墓守《はかもり》は意外《いがい》と
やることが多い

2

Written by YATOGI
やとぎ
ILLUSTRATION by
Genyaky

HAKAMORIHAIGAITO

CHARACTER

YARUKOTOGAOOI

アレン

ローエンベルク国営墓地の墓守を代々務めるアインベルク家の現当主。墓地に発生する凶悪なアンデッドを殲滅する毎日を送っている。

フィアーネ

ヴァンパイアの国エジンベートのジャスベイン公爵家の令嬢。美しい容姿とはかけ離れた残念な性格の持ち主。アレンへの愛情は人一倍深い。

レミア

曾祖父との約束を果たすためにアレンの前に現れた少女。決闘の末アレンに敗れはしたものの、その実力を買われアインベルク家にて雇われる。

フィリシア

幼き頃に魔剣セティスに呪われてしまった少女。呪いを解くべく大陸を巡りアレンの元へと辿り着く。アレンたちの協力により、解呪に成功する。

アディラ

ローエンシア王国の王女。兄アルフィスの親友であるアレンとは幼馴染み。幼き頃よりアレンの事を慕っているが、近年その恋心は暴走気味。

ジュスティス

ジャスベイン公爵家の跡継ぎでありフィアーネの兄。フィアーネ同様に抜けているところがあり巷で残念公子と呼ばれている。ダンジョン作りが趣味。

ジュラス

ローエンシア王国の第八代国王。数々の改革に着手し、名君として名高い。アレンの父ユーノスとは親友であり、アレンの成長を楽しみにしている。

ロム

代々アインベルク家に仕える家令。妻のキャサリンとともにアレンの身の回りの世話を行っている。高い戦闘能力を有し、アレンの武術の師でもある。

HAKAMORIHAIGAITO

OUTLINE

YARUKOTOGAOOI

ローエンシア王国のローエンベルク国営墓地の管理を代々任されているアインベルク家の当主アレンは、夜な夜な自然発生するアンデッドを駆逐する日々を送っていた。

ある日、いつものように見回りに行こうとするアレンの前に、吸血鬼の国の公爵家の兄妹フィアーネとジュスティスが現れる。国営墓地の施設見学の目的で訪れた二人と見回りに行くとアンデッドとの戦闘が起こり、二人の吸血鬼は圧倒的な力を見せつけただけでなく、多大な損害を残して帰っていった。

それを機に度々墓地を訪れるようになっていたフィアーネ、先祖との約束を果たすためにアレンに決闘を挑みに来たレミア、魔剣の呪いを解く為にアレンの元を訪れたフィリシアたちと過ごす中で、アレンの墓守としての毎日に少しずつ変化が訪れるのであった。

レミアとフィリシアが国営墓地の見回りの仕事にも慣れてきた頃、王族主催の夜会が行われ、権力に興味の無いアレンも渋々出席するのだが、そこには権力者たちの様々な思惑が溢れていたのだった……。

墓守は意外とやることが多い

CONTENTS

第一章
『恋心』
episode.01

深夜のローエンベルク国営墓地を二人の少女が歩いている。

少女達は周囲を見渡しながら国営墓地の見回りを行っていた。このローエンベルク国営墓地は瘴気が恒常的に発生し、アンデッドと呼ばれる怪物達が徘徊するローエンシア王国屈指の危険地帯だ。

その危険地帯で二人の少女は恐れる事無く見回りを行っている。これが二人の少女が有する戦闘力が並外れている事を容易に想像させていた。

二人の少女の片方は黒髪にショートカット、腰に一般的な剣よりも僅かに短い双剣を差している。装飾はほとんど無くシンプルな双剣であるが、見るものがみればその双剣の材質はミスリルであり、相当な業物である事がわかるだろう。

もう一人の少女は、背中まで伸ばされた赤い髪、腰に一振りの長剣を差している。これも装飾のないシンプルなものであった。

二人の少女は服装も武器もそれほど共通点があるわけではないが、二人とも容姿が美しい事は共通している。

黒髪のショートカットの少女の名はレミア＝ワールタイン。意志の強さを感じさせるパッチリとした黒い瞳にスッと通った鼻、愛らしい唇が絶妙のバランスで配置された美少女だ。

赤い髪の少女の名はフィリシア＝メルネス。こちらの少女は清楚と称するのが最も相応しい雰囲気を持った少女であり、少し垂れた眼が彼女の柔らかい雰囲気に一花添えているのは間違いない。

二人ともローエンベルク国営墓地の管理者であるアレンティス＝アインベルク男爵（通称アレン）に雇われているローエンベルク国営墓地の管理人であり、アレンからの信頼も厚い二人である。

今夜は初めて二人だけで国営墓地の見回りを行う日。アレンが二人ならば大丈夫と太鼓判を押した結果だった。アレンはレミアとフィリシアという信頼の置ける仲間を得た事で、アインベルク家を継いで初めて休暇というものを得ることが出来たのだ。現在、アレンはアインベルク邸で休んでいる。

「それでね〜八百屋のおじさんって、おばさんにまったく頭が上がらないのよ」

「ふふふ、それが夫婦仲が良い秘訣なのかもしれないわね」

「そうね。何だかんだ言ってもおばさんはおじさんが大好きなのよね」

レミアとフィリシアは楽しそうにお喋りをしながら墓地の見回りを行っている。その楽しそうな声は、深夜の墓地である事を考えれば、違和感しかないのだが二人はまったく気にしている様子はなかった。

フィリシアもすっかりアレン達と馴染んでおり、言葉遣いも友人に向けるものになっている。ただアレンに対しては敬語であった。アレンも敬語は使わなくても良いといったのだが、フィリシアはそこを譲るつもりはないようで、敬語のままであった。フィリシアとすれば決してアレンに悪い感情を持っているわけではなく、敬語をやめてしまう事に対する一種の照れと呼んで良いのかもしれない。

楽しそうなお喋りは突如中断する。もちろん二人がお喋りを中断した理由はアンデッドの気配を察したからだ。

レミアとフィリシアは頷き合うとすぐさま剣を抜き放った。フィリシアは魔剣セティスを手放してからはアレンから贈られた剣を使用している。アレン曰く、なじみの鍛冶屋に打ってもらった予備の剣との事だったが、丈夫で切れ味も良いために気に入っていたのだ。

レミアとフィリシアがアンデッドの気配のする方へ視線を向けると、百メートルほど離れた所にデスナイトとスケルトンソードマンが徘徊しているのが見える。

「デスナイトとスケルトンソードマン……行くわよフィリシア」

「ええ、一気に決めましょう」

レミアとフィリシアはアンデッド達に向かって駆け出した。まだアンデッド達は二人に気付いていない。二人は凄まじい速度で一気にアンデッド達に迫る。アンデッド達が二人の存在に気付いた時、すでに二人はアンデッドの間合いに踏み込んでいた。

レミアは一合も切り結ぶことなくスケルトンソードマンの核を斬り裂いた。スケルトンソードマンを斬り伏せたレミアが次の相手に狙いをつけた時にデスナイトに斬りかかるフィリシアが視界に入る。

(デスナイトにはフィリシアが相手するようね、じゃあ私はスケルトンソードマンね)

レミアはそう判断すると双剣を振るう。レミアの双剣は巧緻を極めており、スケルトンソードマンは一瞬後には斬り刻まれ消滅していた。

フィリシアはデスナイトの間合いに飛び込むと同時に足元へ斬撃を放つ。足元に放たれた斬撃をデスナイトは手にした大剣で受ける。

キィィィィン!!

金属同士がぶつかる鋭い音が周囲に響く。デスナイトはフィリシアの剣をその膂力で弾き飛ばして体勢を崩し、そのままフィリシアの首を落とす必殺の斬撃を放つつもりだったのだろう。

だが、デスナイトの思惑は見事に空回る事になった。まずフィリシアはデスナイトの凄まじい膂力を真っ正面から受け止めるような事はせずに自ら剣を引いたのだ。突如消えた力のとっかかりに逆に体勢を崩したのはデスナイトの方だった。フィリシアはその隙を見逃すことなくデスナイトの大剣を持つ腕を肘の位置から斬り落とした。斬り落とされた腕は地面に落ちるまでの僅かな時間に塵となって消え失せている。

そして次の瞬間、フィリシアはデスナイトの膝へ斬撃を放っていた。フィリシアの斬撃は鋭くデスナイトの右膝を容易に切断する。デスナイトが倒れ込んだ瞬間にフィリシアは跳躍した。空中で剣を逆手に持ち替えると、そのまま剣をデスナイトの背中に突き立て、核を貫いた。

核を貫かれたデスナイトは苦悶の表情を浮かべると黒い塵をまき散らしながら消え去った。デスナイトは発生が確認されれば軍隊の出動が要請されるべきアンデッドなのだが、フィリシアは苦も無く斃してしまった。何よりデスナイトのような凶悪なアンデッドを斃したにも関わらずレミアもフィリシアも淡々としているのが、逆に二人の底知れぬ実力の高さを思わせた。

「とりあえず、他にアンデットはいないわね」

「そうね、数が少なくて何よりって所ね」

「ゾンビ系がいなくて良かったわ」

「あれ肉片とか腐った体液が付いちゃったりしたらすごく臭うからね」

「そうそう、三日ぐらい臭いが取れないような気がするわ」

レミアとフィリシアは明るい声で話しているが、ゾンビの肉片とか体液とか普通の女の子が使わないフレーズを使うのは、やっぱり異質だった。もし他人が街中で二人の会話を聞けば後ずさる事は間違いないだろう。

見回りを再開した二人は他愛ないおしゃべりをしながら歩いていると、二人の話題はいつのまにか『好みの異性のタイプ』となっていた。年頃の女の子の会話ならさほど不思議はない。あくまで場所と時間を無視すればであるが。

「それで、フィリシアはどんな男の子がタイプなの？」

「そうね……頼りがいがあって、落ち着きがあって、面倒事にもなんてことないという顔で取り組める人で、そのくせ動揺するとあたふたと慌てるようなカワイイ所があるような人が理想ね」

「……」

フィリシアの予想以上に細かい返答にレミアはつい苦笑してしまう。フィリシアの言った相手はアレン以外考えられない。

「ふ〜ん、フィリシアの好みのタイプってアレンそのものね」

「ふぇ」

レミアの言葉にフィリシアは一瞬で真っ赤になりあたふたとしている。今までのフィリシアの境遇を考えれば、その境遇から救い出してくれたアレンに対して好意を持つのは至極当然の事だろう。加えてアレンは能力的にも人格的にも肩書きにおいても女性から好意を寄せられる要素が盛りだくさんだ。

「私の事は置いといて、レミアはどうなの？」

「私の好みのタイプはもちろんアレンね」

フィリシアは気恥ずかしさから、レミアに話をふってみたのだが、レミアの返答はあっさりとしておりそこに気恥ずかしさなどは一切見られない。

「だって、アレンは私よりも強いのよ。元々私はアレンとの果たし合いのために王都に来たんだもん」

「果たし合い？」

物騒な単語にフィリシアが驚きの表情と声を上げる。レミアはニッコリと微笑んで話を続ける。

「誤解しないでね。血なまぐさいものじゃなく純粋な腕試しよ。私とアレンの曾祖父が試合をして、子孫の私達が再戦をしたのよ」

「そうなんだ」

「決着がついて両親に報告したのだけど、家族は『そうかそうか、また修行を重ねないとな』と言ってさらにやる気になってたわ」

レミアが勝負の結果を実家に伝えるとレミアの家族はさらにやる気になっていた。ワールタイン家の家風は〝困難は修練によって克服すべし〟というものだったため、修練に精を出すのは当然だった。ある意味レミアの実家も脳筋一族と言えるのかも知れない。

「ねぇ……レミアってアレンさんの事好きなの？」

フィリシアはおずおずとレミアに切り出す。実際の所、確認するまでもなくレミアの表情を見れば丸わかりなのだが、どうしても確認しておきたかったのだ。

「ええ、もちろんよ。私は友人としてでなく恋愛対象として見てるわ。それはフィリシアも一緒でしょ？」

レミアはフィリシアの返答に一切の躊躇も無く言い放った。その一切の躊躇の無さに、フィリシアも誤魔化すことは不誠実という思いが瞬間的に生まれ、レミアに正直に返答する。

「うん。私もアレンさんが好きよ」

フィリシアは真っ直ぐにレミアの眼を見て言う。フィリシアの視線を真っ正面から受け止めたレミアはニッコリと微笑むと口を開く。

「やっぱりね」

「というかバレてた？」

「もちろんよ。アレンに視線を無意識的に送っていたし、アレンを見つめる目が妙に熱っぽかったりしてたもん。ロムさんとキャサリンさんも多分気付いていると思うよ」

「う〜〜〜」

レミアの指摘にフィリシアは顔を真っ赤にして両手で顔を覆っていた。自分の恋心が周囲の人にバレている事は想像以上に恥ずかしかったのだ。

「ところで私達はアレンを巡っての恋敵というわけだけど……」

レミアの言葉でフィリシアの心に不安の感情が芽生える。いや、アレンへの恋心を自覚したときからこの不安はあった。レミアとフィアーネがアレンに恋心を持っていた場合に自分との友情も終わるのではないかという不安だったった。

「私は諦めるつもりはないわ。それはフィリシアもでしょう？」

レミアの言葉にフィリシアは迷い無く頷く。迷い無く頷いた所でレミアは意を決したように次の言葉を発した。

「いざとなったら、二人でアレンの妻にならない？」

「え？」

レミアの予想の斜め上の提案にフィリシアの思考は凍ってしまう。今自分達はアレンへの恋心の話をしていたのに、どうしてそのようなぶっとんだ話になるのかフィリシアが戸惑うのも無理は無かった。

「アレンは男爵位を持つ貴族様じゃない。貴族には複数の妻を持つという事も認められているわ」

「そ……それは確かに……」

「私だってアレンに私だけを見て欲しいわ。でも私はアレンも大好きだけど、フィリシアも大好きなの」

レミアの言葉の意味するところをフィリシアは正確に理解していた。レミアは自分が選ばれたいという気持ちはあるが、そうなればフィリシアが苦しむ事になる。そうなればアレンの隣に座る事が出来ても心から喜ぶことは出来ないと考えたのだ。そしてこれはレミアとフィリシアの立場を入れ替えた場合に、そっくりフィリシアの心情となるのだ。

「もし私がアレンの妻になれたらフィリシアも妻にするようにアレンに頼む。逆にフィリシアが妻となったら私も妻にするようにアレンに頼む……どう？」

レミアの意見にフィリシアは考える。レミアの提案はフィリシアにとって目から鱗というべきものである。もちろん常識的にはここまで思い切った提案は中々無いのだが、フィリシアにとって誰も傷付かない提案に思えたのだ。

（確かにそれなら私もアレンさんの家族になることが出来るかも知れない）

私〝だけ〟を見てもらえるという幸せを掴むことは出来ないが、私〝も〟見てもらえるという幸せを掴むことは出来るのだ。

フィリシアはそう考え、レミアの提案を受け入れる事を決心するとニッコリと微笑んだ。その微笑みを見てレミアは、フィリシアが次に何を言うかがわかった。

「やろう!!　レミア、私達でアレンさんの妻になりましょう!!」

「うん!!　フィリシア頑張ろう!!」

予想通りの言葉にレミアも笑いながらがっしりとフィリシアの手をとった。美少女同士の握手は微笑ましいものであるはずなのだが、この時に二人の握手は戦場に向かう一流の戦士を思わせるものだった。

「あ、そうだ」

ここで、フィリシアが思い出したように言う。

「フィアーネはどうするの？」

フィリシアの口からもう一人の友人の名前が紡がれる。フィアーネがアレンに好意を持っているというのはあからさまであり、一人にとって強大なライバルである事は間違いなかった。このフィリシアの言葉にレミアはあっさりと返答する。

「もちろん、仲間に引き込むわよ。フィアーネだってアレンの事が大好きなんだから私達の誘いに乗る可能性は十分にあるわ」

「そうね。でもフィアーネは公爵令嬢でしょう？　そのフィアーネが……あっ」

レミアの意見を否定しようとしたフィリシアであったが、何かに思い至った様に頷いた。フィリシアが思い出したのは自分の呪いが解かれた日のことだ。あの時、フィアーネはアレンとの夜の生活についての妄想を垂れ流しており、その中にレミアとフィリシアの名も出ていたのだ。

「うん、フィアーネなら十分にあり得るわ」

「でしょ？　フィアーネは公爵令嬢でもトゥルーヴァンパイアという枠組みで考えるのは危険よ。フィアーネはフィアーネという種族と考えた方が良いわ」

レミアの言葉にフィリシアは苦笑してしまうが、大いに頷かざるを得ない言葉だった。〝フィアーネはフィアーネという種族〟という言葉は、一旦意識してしまうともはやそれ以外には考える事が出来なくなってしまうから不思議だった。

「それじゃあ、話がまとまったという事で見回りを続けましょ」

「うん」

レミアの言葉にフィリシアは元気よく答えると歩き出した。二人が歩き出してすぐに声をかけてきた者がいた。

「レミア～～～!!　フィリシア～～!!　待って～～～!!」

声をかけられた二人が振り返ると、先程まで話にのぼっていた少女がこちらに駆けてきているのが見える。

もちろん、このローエンベルク国営墓地においてここまで能天気な声を出せる者は限られている。ついでに言えばアンデッドを十数体連れての登場であった。

別にフィアーネはアンデットに追われているから助けを求めているわけではない。あの程度のアンデットは、フィアーネにとって何ら危険性のないものであることをレミアもフィリシアも分かっている。純粋にレミアとフィリシアを呼び止めて一緒に見回りをしたいという考えだったのだ。

ちなみにフィアーネが連れてきたアンデッドは、デスナイト、死の狂戦士《デスバーサーカー》、リッチなどの一軍を動かす必要があるレベルのアンデッド達であるが、フィアーネにとって恐れるような相手ではない。

フィアーネの背後からリッチが火球《ファイヤーボール》を放ったが、フィアーネはそれを見ないままに直撃する瞬間にさっと躱した。まるで背中に眼があり躱しましたと言われても信じてしまうほどの見事な回避である。

「二人ともなんで先に行っちゃうのよ!!　もう少し待っててくれてても良いじゃない」

フィアーネの抗議にレミアもフィリシアも苦笑しながら謝罪の言葉を言う。

「ゴメン、ゴメン」

「いつも門前で待ってるのにいなかったから、今夜は来ないんだなと思ったのよ」

「そうそう、アレンが今夜はこないからフィアーネもこないと思ったのよ」

レミアとフィリシアの言葉にフィアーネは頬を膨らませる。子どもっぽい仕草であるが、美の結晶のような容姿を持つフィアーネがすると、それすら絵になるのだから容姿の持つ力とは存外にバカには出来ないものであることを思い知らされる。

フィアーネは吸血鬼の王国であるエジンベート王国一の名家であるジャスベイン家の令嬢であり、その美しさは群を抜いている。銀色の髪に吸血鬼の肉体的特徴である紅い瞳はまるでルビーのように輝き、眼、鼻、口のそれぞれのパーツは美の極致のように整っており、それがこれまた美の極致のような輪郭に絶妙に配置されている。要するに絶世の美女と呼んで良かった。

ただ、容姿は美の極致なのだが、人の話を聞かない点と勢い余って物を壊してしまう点と思考が色々と残念な点が玉に瑕の美少女であった。少々〝瑕〟が多いのだが、魅力的な少女である事は間違いなかった。

「も～～。私はもちろんアレンに会いに来てるというのもあるけど、レミアとフィリシアにも会いに来てるの!!」

フィアーネは他者への好意を前面に押し出す性格をしている。もちろん心を開いている人限定であり、心を開いていない者に対しては礼儀作法という名の化粧をして応対するのだ。

「あはは、ゴメンゴメン。私もフィアーネに会えて嬉しいわよ」

「もちろん私もよ♪」

レミアとフィリシアはニコニコと微笑みながら謝罪するとフィアーネもニッコリと笑う。

ちなみにこの時、三人はのどかに話しているが、話ながらもアンデッド達を駆除していた。襲い来るアンデッド達はフィアーネの拳を受けて次々と消滅していく。最後の死の狂戦士《デスバーサーカー》の核を打ち砕き、アンデッドの集団は壊滅していた。

「よし♪　それじゃあ見回りを続けるとしましょ」

フィアーネがそう言って踏み出そうとしたときにレミアが声をかける。

「ちょっと待ってフィアーネ」

「ん、どうしたの？」

フィアーネが不思議そうな表情を浮かべてレミアを見る。

「フィアーネってアレンの事、大好きよね」

「もちろんよ♪　大好きに決まってるじゃない」

「いつ頃からアレンの事が好きになったの？」

「え？」

「あ、私も聞きたい。フィアーネがアレンさんを好きになったきっかけ」

レミアとフィリシアはニコニコとした表情を浮かべていたが、その瞳は真剣そのものであった。

フィアーネはそれを察するとニッコリと笑い、口を開いた。

「そう？　二人はライバルだし話しておくわね」

フィアーネは自分がアレンに恋心を持つに至った話を語り出した。

†

「ここが、その瘴気によって汚染されたという地域か……」

アレンが目的の場所に案内されてから呟いた第一声である。アレンはフィアーネ、ジュスティスの依頼を受けジャスベイン領に発生したという瘴気に汚染された土地に来ていた。

「うん、お父様が結界を張ったから中のアンデッドは外に出ることはないんだけど、このままというわけにはいかないのよ」

「おい、フィアーネ……この結界を張ったのはジャスベイン公なのか？」

「うん、間違いなくお父様が一人で結界を張ったわ」

「すごいな……こんな巨大な結界を一人で張ることが出来るなんて」

アレンの声はお世辞ではなく心からの賞賛に満ちている。アレン達の目の前にはアンデッドの大群が、張られた結界を破ろうと結界を攻撃し続けている光景が展開されていた。

アレンがざっと見た所、ローエンベルク国営墓地ほどの広さの土地が汚染されており、それをすべて覆うぐらいの巨大な結界を一人で張るというのは規格外もいいところである。

「まぁお父様も、趣味が絡まなければ本当に優秀なのよ」

「え？」

「まぁそれは置いといて……どうしたら良いと思う？」

フィアーネの言葉にアレンは考える。フィアーネとジュスティスが墓地見回りに初めて参加した時に、浄化を試みたが失敗したという話を思い出したのだ。あの二人が不可能というのだから困難の度合いがわかるというものであった。

（とにかく、汚染の原因を突き止めなきゃな）

何はともあれ原因を突き止めなければ対処しようがない。アレンはフィアーネにジャスベイン家がどこまで把握しているか確認することにした。

「とりあえず、原因を探るのが第一だな。フィアーネ、ジャスベイン家はどこまで原因を掴んでいる？」

「分かっているのは三カ月程前に、突然この周辺にアンデッドが出没したという事。すぐさま領軍が出動してアンデッドを駆除したのだけど、この周辺の瘴気は濃くなる一方だったの。領軍では対処出来ないという事でお父様が結界を張ったのよ」

「そうか、元々ここの地域には何があったんだ？」

「ここら一帯は単なる森林地帯よ。周辺に集落はなし」

「逆に言えば人目が無いという事だな」

アレンの言葉にフィアーネも頷く。人目のないこの地域は隠れて何かをやるには色々と都合が良い。

「この事態を引き起こしたのは組織的なものじゃなく、個人レベル、もしくは極小規模な組織だな」

「なるほどね。確かに組織的なものであれば物資を運んだりするのに何かしらの情報が入るわね」

「そういう事だ。でもそれゆえに厄介だな」

アレンの言う厄介とは、ここまでの事態を引き起こしたのが個人であるとするならば、その実力は極めて高いと思われる事だ。

「結界の中の調査は行ったのか？」

「ううん。瘴気が満ちている状況に何も備えずに入り込むのは危険という事でまだ誰も入っていないの」

「それで、似たような状況のローエンベルク国営墓地に視察というわけか」

「うん、瘴気の中で私達ヴァンパイアの能力がどれほど制限されるか確認したかったのよ」

フィアーネの言葉にアレンは納得する。同時にフィアーネ達の用心深さというものを感じた。あの時、視察に来た時に二人は〝どんなアンデッドが現れるか確認に来た〟と言っていたが、能力制限についてては何も触れていない。初対面のアレンがどのような人間か分からなかったために能力については黙っていたのだ。

「お前って何も考えてないようで実はちゃんと考えてるんだな」

アレンの言葉にフィアーネはエッヘンと胸を張った。ここまで鼻高々という表現を臆面もなくさらせるフィアーネの心はやはり並大抵の強さでは無い。

「ふっふふ〜♪　私はこう見えても常に二手、三手先を考えて行動しているのよ」

「なるほどフィアーネ、お前バカじゃ無かったんだな」

「もちろんよ……ん？　ひょっとしてアレンって私の事バカだと思ってたの⁉」

「いや、美人だけど残念な奴、もしくは残念な美人と思ってる」

「むき～～～!!　どっちにしても残念が入ってるじゃ無いの!!」

アレンの返答にフィアーネは気分を害したようだ。だが本気で怒っているわけではないことはアレンも十分承知していた。何だかんだ言っても二人は気心が知れた仲と呼べるぐらいには信頼関係を築いているのだ。そこに恋愛感情が含まれているかどうかは微妙な所であったが。

「まぁまぁ、機嫌を直せよ」

「む～～あんまり納得出来ないけど、助けてもらう立場だからここは我慢するわ」

「さすが出来る女は切り替えが早いな」

アレンの言葉にフィアーネもとりあえず矛を収める事にしたらしい。中々無礼なやりとりであったが、フィアーネにとってはそれほど嫌なやり取りでは無い。むしろフィアーネもこのやり取りを楽しんでいると言って良かった。

「それにしてもジュスティスさん遅いな」

「そうね」

「待ち合わせ時間は過ぎてるよな」

「うん。お兄様が遅刻するなんて珍しいわ。何かあったのかも知れないわね」

フィアーネの言葉にアレンが頷く。そしてその瞬間に汚染地域を覆っていた結界が砕け散ったのだ。

何の前触れも無く突然結界が消滅した事にさすがのアレンとフィアーネも驚きを隠せなかった。

「え？　お父様の結界が……破られた？」

「フィアーネ、来るぞ!!」

「あ、うん」

アレンの言葉にフィアーネは我に返ると構えをとる。結界を破ろうとしていたアンデッド達が堰を切ったようにアレンとフィアーネに襲いかかってきたのだ。なぜ突然結界が破られたかは気になるところであるが、今は襲いかかるアンデッドの大群をどうにかする方が遥かに大事だ。

アレンやフィアーネの実力ならば襲い来るアンデッド達に後れをとる可能性は少ないが、数が多いために思わぬ不覚をとる可能性はあるのだ。

「いくぞ!!」

「うん♪」

アレンの言葉にフィアーネは声を弾ませてアンデッド達に突っ込んでいった。幸いだったのは周辺のアンデッド達が次々とアレンとフィアーネに向かって突進してくる事だった。アンデッドが生者を襲うというのは、常識であり周辺のアンデッド達が二人に向かっていると言う事はこの周辺に生者はいないという事であり、思い切り戦う事が出来る事を意味していた。

その事を分かっているのだろう、フィアーネは一切の容赦をするつもりはないようだ。

「てぇぇぇい!!」

フィアーネの拳が放たれる。すると間合いから遥かに遠い位置にいたはずのスケルトンが突然砕け散った。フィアーネが放ったのは魔術でもない、ただの正拳突きのはずであったが拳圧のみでスケルトンを打ち砕いたのだ。

(う～ん……なんて規格外な)

アレンはフィアーネの強さを知っていたのだが、さらに上方に修正する必要性にかられたのは仕方の無い事なのかも知れない。

『グォォォォォ!!』

そんな事を考えているとデスナイトがアレンに斬りかかってきた。デスナイトが剣を振り上げた瞬間にアレンは懐に飛び込むとデスナイトの核を刺し貫く。核を貫かれたデスナイトは塵となって消え去った。

デスナイトを斃《たお》したアレンに休んでいる時間はない。次々とアンデッド達が襲いかかってきたのだ。

アレンは少しも慌てること無く手にした長剣を振るい次々とアンデッド達を斬り伏せていく。

「これにしよっと……」

アレンの耳にフィアーネの言葉が入り、チラリとフィアーネに視線を移すと、襲い来るデスナイトの一体を背負い投げで地面に叩きつけていた。自分の身長よりも遥かに大きいデスナイトを苦も無く投げ飛ばすフィアーネの技量も十分に常識外であったが、次の行動に比べれば常識内の行動であった事を思い知らされる。

フィアーネはデスナイトの足首を掴むとそのまま棒きれを振り回すようにデスナイトを振り回し始めたのだ。いや、国営墓地で似たような事をしていたのでこれは驚くべき事ではないのかも知れない。

今回のフィアーネは吹き飛ばしたデスナイトの足首を空中で掴むと、デスナイトを片手に一体ずつ掴み振り回し始めたのだ。

「この間の上があったのか……ご愁傷様……」

アレンは道具として扱われているデスナイト達に心の中で手を合わせる。フィアーネという規格外の戦い方をする相手に目をつけられたデスナイトに同情したのだ。

（国営墓地のアンデッドより一枚、二枚落ちるな……これなら、不覚を取らなければ大丈夫だな。面倒だけど……）

アレンはそう考えるとそのままスケルトンの首を斬り飛ばし頭蓋骨を鷲づかみすると魔力を込めてデスナイトの胸部に投げつける。魔力の込められた頭蓋骨はデスナイトの胸部を破壊すると核ごと粉砕した。デスナイトの消滅を見ること無くアレンは次のアンデッドを斃していく。

アレンもフィアーネもアンデッド達を次々と蹴散らしていき、僅か十分ほどの戦闘で二人合わせて二百以上のアンデッドを斃したのは間違いない。だが一向に数が減っていく様子は見られない。後から後からアンデッド達はアレン達に襲いかかってきている。

ただ、アレンもフィアーネも息一つ乱しておらず、余裕は十分すぎるほどあった。いやフィアーネに至っては余裕がありすぎると言って良かった。

「てぇぇぇぇい!!」

フィアーネに振り回されてる哀れなデスナイト達は、腕、頭部などがいつの間にか欠損している。
本来であればすぐに再生するのだが、フィアーネに振り回されているデスナイト達は再生したその都度アンデッドに叩きつけられ再び欠損するという状況だったのだ。
すると、振り回していたデスナイトが別のデスナイトを殴り飛ばした時に塵となって消え去った。

どうやら武器として使っていたデスナイトの核が砕かれてしまったらしい。

「もう、脆いわね。いちいち再生しなければもっと長く使えるのに」

舌打ち混じりにフィアーネがデスナイトの再生に文句を言い始める。デスナイトとすればたまったものではないだろう。もし、デスナイトが自我を有しているのならあまりにも自分勝手なフィアーネの言い分に抗議の声をあげたに違いない。

「次はこいつ……っと」

フィアーネは、先程と同じようにまたデスナイトを投げ飛ばし、足首を掴むと再び振り回し始めた。またも理不尽がアンデッド達に降りかかり、自我の無いアンデッド達は砕かれることで抗議を示すしか出来なかった。

アレンとフィアーネが理不尽な戦闘力を発揮しアンデッド達を次々と駆除していく。次々と消滅するアンデッド達を見ながらアレンは次の手を考え始めていた。このままアンデッド達と戦っていても正直な所、危険を感じることは無いのだが、数が多いため面倒であったのだ。

アンデッド達を順調に蹴散らしていた二人であったが、強力なアンデッドの気配を感じると動きを止める。

そのアンデッドは漆黒のローブを身に纏い、手には禍々しい光を放つ宝玉がつけられている一本の杖を持っている。その禍々しさはアンデッドの凶悪さと共鳴して、より不吉さを増しているようにアレンとフィアーネには感じられた。

「死者の法皇《グラメスペイン》か……こいつが原因かな？」

アレンの警戒した声が響いた。

†

死者の法皇《グラメスペイン》……。

最高レベルのアンデッドであり、その絶大な魔力は一国を簡単に滅ぼすと言われている。リッチの進化形とも言われているが詳細は不明だ。アンデッドが日常的に発生するローエンベルク国営墓地においても発生する事はほとんどないアンデッドだ。

『人間共よ……選ぶが良い』

死者の法皇《グラメスペイン》は、アレン達に声をかける。その声はアレンとフィアーネへの嘲りに満ちている。死者の法皇《グラメスペイン》のような強大なアンデッドにとって生者など死を恐れて足掻く弱者に過ぎないのだ。

「何をだ？」

死者の法皇《グラメスペイン》の質問にアレンが答える。無視しても良かったのだが、情報を引き出すことをアレンは優先したのだ。もし、この死者の法皇《グラメスペイン》が今回の騒動を引き起こしたのではなく単に誰かの意思に従って動いていた場合は根本的な解決にはならないのだ。

『我のためにその命を捧げよ。そうすれば苦痛無く我が配下に組み込んでやろう』

死者の法皇《グラメスペイン》の言葉はある意味、アレン達にとって想定内のものである。むしろ〝迷惑をかけて済みません〟と謝られればそちらの方が動揺しただろう。想定内の事を言われた以上、アレン達は一切動揺する事はない。

「嫌」

「アホじゃ無いのこいつ？」

アレンは一言で、フィアーネは可哀想な者を見る目で死者の法皇《グラメスペイン》の提案を即座に拒絶する。

『やはり愚かな選「あ、そんな事よりもききたいことがあるんだが」』

死者の法皇《グラメスペイン》がくぐもった声でアレン達の選択の愚かさを嘲ろうとした所にアレンが容赦なく声を被せてきた。アレンの声には明らかに面倒だけど聞いておくという感情が込められている。しかも普通の洞察力があれば察する事が出来るレベルである。

「お前のボスの名前は？」

アレンの言葉に死者の法皇《グラメスペイン》は気分を害したようだ。いや、正確に言えばアレンが先程、死者の法皇《グラメスペイン》の前口上を邪魔して不快さを味わった所にこの質問である。

死者の法皇《グラメスペイン》のような強大なアンデッドは、実はかなり自尊感情が高い。しかもその中でも自分が絶対者であると考えているリッチ系のアンデッドに高い傾向があった。

アレンの言葉は自分を絶対者だと思っている死者の法皇《グラメスペイン》にしてみれば凄まじいばかりの侮辱であった。

『ふざけるな!!　我はヴァシア＝ゴルデンバイン!!　王である我が、他者の風下に立つ事などあり得ぬ!!』

死者の法皇《グラメスペイン》が激高と共にヴァシアと名乗る。放たれる殺気、禍々しさは凄まじく多くの者が死というものを意識させられ体の芯から震えてもおかしくない。だが、アレンとフィアーネは顔を見合わせて会話を交わし始める。

「なぁ、フィアーネ……あのヴァ…某《なにがし》さんさ、えらく自信たっぷりに答えたんだが、このエジンベートで有名だったりするのか？」

「え～と……そう、有名よ。すっごく有名!!」

「ほう……そんなに有名だというのなら何かしらエピソードがあるんだろうな？」

アレンはフィアーネの言葉に疑いの目を向けるとヴァシアのエピソードを聞かせるように催促した。

途端にフィアーネはバツが悪そうな表情を浮かべる。

「え～と、金貨を拾って役所に届けたり、迷子の子どもの手を引いて両親を探してあげたりしてたエピソードなんかが有名ね」

「そうか、結構良い奴なんだな。でもしょぼいな……」

フィアーネの言葉にアレンがため息をつきながら返答する。もちろん、これまでの流れはアレンとフィアーネが単にヴァシアをからかっているだけだ。

アレンは〝ボスは誰だ〟という質問のヴァシアの反応で、どんな性格か測ろうとしたのだ。もちろん、ヴァシアの演技という可能性があるために頭から信じるような事はしないが、ヴァシアを挑発することは何かしらの利益をもたらす可能性があると言うことで行ったのだ。

「え～と、ヴァルデンバインさん。あなたがここに瘴気をばらまいたという事は不問にしますんで後片付けをして帰ってくれませんか？　今なら殺さないでおいてあげますよ」

フィアーネの言葉は礼儀の化粧を施していたが、その化粧はあまりにも薄すぎたためにその下にある侮辱の本心が透けて見えた。ご丁寧に名前を間違えているし、最後の〝あげますよ〟という言葉はヴァシアにしてみればあり得ないレベルの侮辱だろう。

（容赦なく責め立てるな……まぁ、正直な所こいつがここで生まれたのか、どこからか流れてきたのかはどうでも良いことだな）

アレンは心の中でそう決定付ける。ヴァシアがこの騒動を引き起こしているというのなら斃すまでである。ヴァシアを斃した所でこの土地の瘴気の汚染が即座に解決するわけでは無いだろうが、とりあえず大本を断つことが出来れば解決に近付くのは間違いない。

「さて、あんまりこいつと問答しても可哀想だ。こいつはそれなりの実力に高すぎる自尊心をもったアンバランスなアンデッドだ。死んでまで栄光にしがみつく惨めなアンデッドなんだから、名前を間違えるような失礼な事をしたら可哀想だろ」

「そうね。所詮はアンデッドなんだから死者の冒涜をするべきじゃ無いわよね」

アレンとフィアーネはこの段階になってもヴァシアへの侮辱を止めない。アレンとフィアーネは侮辱しつつヴァシアの隙を伺っていたのだ。二人は動くべき時は決めていた。そしてその瞬間が訪れる。

『人間如きがこの死の王たる我に対して不遜な……え？』

ヴァシアの怒りの言葉が吐き出された時にアレンとフィアーネは動く。まるで瞬間移動したかのようにヴァシアとの距離を潰すと、アレンとフィアーネはそのままヴァシアに攻撃を行う。

ヴァシアはこの段階でアレンとフィアーネが動くと思っていなかった事と気がついた時には間合い

に飛び込まれており、その対処に遅れてしまったのだ。

『く……』

アレンの斬撃がヴァシアの顔面に放たれるがそれをヴァシアはなんとか躱す事に成功する。だが、それで終わりでは無い。アレンの第一撃を躱した先を読んでいたフィアーネがすでに回り込んでおり、凄まじい拳の一撃をヴァシアに見舞った。

バギィィ!!

ヴァシアは何とかその一撃を左手で受ける事に成功したが、フィアーネの拳の威力を完全に防ぐことは出来ずそのまま吹き飛ばされてしまった。

アレンとフィアーネがそのまま追撃を行おうとした時に、ヴァシアの姿が煙のようにかき消え、三十メートルほど離れた位置に現れる。どうやら転移魔術を起動させ、アレンとフィアーネから距離をとったようだ。

『やれ!! 殺せ!!』

ヴァシアが叫ぶと先程まで動いていなかったアンデッド達が再びアレン達に襲いかかり始めた。どうやらヴァシアとの会話でアンデッド達が動いていなかったのはヴァシアが止めていたかららしい。

「アレン、完全にこの事態を引き起こしたのはあいつね」

「そのようだ」

アレンとフィアーネは原因が確定した事でニヤリと嗤う。この場にいるアンデッド達がヴァシアの命令を聞いた事で、このアンデッド達の支配者である事が確定したのだ。

「さてやろうか」

「うん」

アレンとフィアーネはヴァシアに向け駆け出した。

†

アレンとフィアーネが駆けだしてすぐにアンデッドの大群とぶつかった。襲いかかるアンデッド達はデスナイト、死の聖騎士《デスパラディン》、死の狂戦士《デスバーサーカー》等であり、一流の実力者達であっても足止めをされるのは不思議では無いアンデッド達だ。

だが、アレンとフィアーネという理不尽さを体現した二人の前に、アンデッド達は瞬く間に核を斬り裂かれ、あるいは砕かれると次々と塵となって消滅していった。

アレンは一体のスケルトンソードマンの肩口から袈裟斬りにして核を斬り裂き、崩れ落ちるスケルトンソードマンの頭蓋骨を掴むと魔力を流し込み強化するとヴァシアに投げつけた。

ゴゥ!!　という音と共に高速で投げつけられた頭蓋骨をヴァシアは余裕で躱した。その避ける動作には余裕が感じられたほどだ。どうやらヴァシアは死者の法皇《グラメスペイン》という魔術師系統のアンデッドであるにもかかわらず、それなりの体術を身につけているようだった。

(体術もそれなりに使えるというわけか……あとはどれほどの魔術の腕前かな……まぁ、その前に斃してしまえば問題無いか)

アレンはヴァシアの戦力を少しずつ把握していく。相手が何が出来、何が出来ないのか。何を好み、何を嫌がるのかという情報は戦いにおいてその重要度は誰でも知っている。アレンの戦い方はどれほど圧倒的に見えても、基本は情報収集から入るのだ。

一方でフィアーネもまた独自にヴァシアの戦力を確認している。こちらの方はアレンよりもさらに大雑把なものであった。デスナイトの喉元に貫手を突き刺すとそのまま引きずりヴァシアに投げつけたのだ。

「でぇぇぇぇぇぇい!!」

〝公爵令嬢とは何ぞや?〟とつい哲学的な疑問が浮かんでしまうほどの勇ましいかけ声である。美の結晶ともいうべきフィアーネの口から飛び出るには不釣り合いな勇ましいかけ声にアレンは少しばかり苦笑してしまう。

投げつけられたデスナイトは一直線にヴァシアの元に飛んでいく。ヴァシアは左掌を掲げると魔力の塊を放出した。魔力の塊はデスナイトの背中に直撃するとそのままデスナイトの強靱な肉体を破壊して分断する。その際に核を破壊したのだろうデスナイトは塵へと還っていく。

ヴァシアは投げつけられたデスナイトを鬱した視線の先にフィアーネが居ない事に気付く。

「こっちよ!!」

フィアーネはデスナイトを投げつける事で死角を作り、ヴァシアの懐に飛び込んでいたのだ。フィアーネが声をかけたのは確実に攻撃が入るという自信の表れである。

懐に飛び込んだフィアーネは凄まじい速度で正拳突きを放った。ヴァシアは防御陣を幾重にも形成してフィアーネの拳を防ごうとした。

パパパパリィィン!!

幾重にも張り巡らせられた防御陣であったがフィアーネの拳の前には、まるで濡れた紙のようにまったくの無力であった。幾重にも張り巡らされた防御陣が砕ける音が周囲に響いた。

バギィ!!

そのまま、フィアーネの拳がヴァシアの右頬に直撃する。ヴァシアは吹き飛ぶが何とか倒れ込まずにとどまる。ヴァシアを殴り飛ばしたフィアーネはそのまま追撃のために動いた。

ヴァシアは左手に瘴気を集めて巨大な槌を作り出すと、間合いを詰めようとするフィアーネに向かって振り下ろした。凄まじい速度で振り下ろされた戦槌をフィアーネは半身になって躱した。さらなる攻撃を行おうとしたときにヴァシアに頭蓋骨が投擲される。投擲したのはもちろんアレンだ。

投擲された頭蓋骨をヴァシアは紙一重で躱すと、嘲りの言葉をアレンに向けはき出した。

『舐めるな!!　そんなものが当たると思っているのか!!』

ヴァシアがそう叫んだ瞬間に凄まじい衝撃がヴァシアの右側頭部に走る。その衝撃は思いの外大きかったらしくヴァシアは大きくよろけてしまった。

衝撃の正体は先程アレンが投擲した頭蓋骨である。避けられた頭蓋骨をフィアーネが受け取るとそのままヴァシアに投げつけたのだった。頭蓋骨を躱した際にヴァシアはアレンに意識を向けた事でフィアーネの動きを見逃してしまったのだ。

(ぼさっとするなよマヌケが……)

アレンが心の中で呟くとよろけるヴァシアに斬撃を放つ。この段階で戦いの主導権を握っているのは明らかにアレン達であった。

アレンの斬撃が振るわれヴァシアは手にしていた杖《スタッフ》を剣の軌道に滑り込ませて受けようとする。だが、アレンの剣は軌道を変えるとヴァシアの右腕を斬り落とした。

『な……』

ヴァシアの口から驚愕の声が漏れる。アレンの剣は速度、威力が規格外である事はわかっていたが、そこに精緻さまで兼ね備えていることをこの段階でヴァシアは思い知らされたのだ。斬り落とされた右腕は手にした杖《スタッフ》ごと地面に転がった。

ヴァシアの視線が斬り落とされた自らの右腕に集中した時に、フィアーネがトドメとばかりに貫手をヴァシアの背後から心臓の位置に刺し込んだ。

『ギャアアアアアアアアアアア!!』

心臓を貫かれたヴァシアが絶叫を上げた。いや、より正確に言えば心臓の位置にあった核を貫いたのだ。死者の法皇《グラメスペイン》のような強大なアンデッドであっても核を破壊されれば消滅するというのは変わらない。フィアーネが右腕をヴァシアの体から引き抜くと力を失ったヴァシアが地面に崩れ落ちた。

「ふぅ……」

ヴァシアを斃し安堵の息を吐き出したフィアーネは周囲のアンデッド達に視線を向ける。先程まで明確な攻撃の意思を持っていたのにヴァシアが斃れた事で、アンデッド達の行動は途端に鈍くなっている事がアレンとフィアーネにはわかった。

「アレン、大物は斃したし後はこいつらを何とかしましょう」

「ああ、そうだな」

フィアーネの言葉にアレンも頷くとアンデッドへの駆除を再開しようとする。死者の法皇《グラメスペイン》のような大物が斃れた今、それほど警戒すべき相手がいるようにはアレンとフィアーネには思えなかった。個々の力は大した事無く、面倒なのは数が多い事だけであるとこの時、アレンとフィアーネは思っていた。

これを油断と責めるのはいささか酷というものだ。すでに崩れ落ちたヴァシアの骨の残骸にそして、主を失った杖《スタッフ》に注意を向けるものなど存在しないだろう。

だが、注意を払っていなかった事が悪手であった事を、アレンとフィアーネは次の瞬間に思い知らされる事になった。

フィアーネがアンデッドに飛びかかろうとした瞬間にそれは起きる。ヴァシアの右腕に握られていた杖《スタッフ》についた禍々しい光を放つ宝玉から大量の瘴気が一気に放出されるとフィアーネの体を覆った。

「な、何これ!?」

「フィアーネ!! これは……しまった!!」

アレンとフィアーネは同時に驚愕の声を上げる。驚愕の叫びの後にアレンは事情を察する。ヴァシアは死者の法皇《グラメスペイン》ではなかった。死者の法皇《グラメスペイン》が持っていた杖《スタッフ》の先にある〝宝玉〟こそがヴァシアだったのだ。

フィアーネの体を覆った瘴気はそのままフィアーネに纏わり付いたままだ。だが、フィアーネの意識はあるのだろう。戸惑った表情を浮かべているが恐怖の表情を浮かべていないのは流石と言ったところだ。

『さて……新たな体が手に入ったと言う事で……先程までの無礼の報いをくれてやろう』

宝玉から嫌らしい嗤い声と共に悪意がアレンに向けて発せられた。

「フィアーネ、意識はあるか？」

アレンが瘴気にとらわれたフィアーネに声をかける。フィアーネの戸惑いの表情から意識がある事は十分に窺えているのだが、一応念のために聞いておくことにしたのだ。

「うん、意識はあるんだけど……体の自由はきかないわ」

アレンの問いかけにフィアーネは答える。色々と身じろぎしようとしているが拘束をほどく事は出来ない様だった。

「フィアーネ、お前と俺が初めて出会った場所と他に誰がいたかを答えろ」

アレンが再びフィアーネに問いかける。先程の受け答えがヴァシアに操られた結果であれば、不覚をとる可能性があるため確認しようとしたのだ。フィアーネもアレンの質問を察したのだろう、一切の不満を見せること無く答える。

「お兄様と一緒に国営墓地の視察に行ったのが出会いよ。ちなみにお兄様が事前にアポを取り忘れてたわ」

フィアーネの言葉にアレンは頷く。フィアーネの意識があることを確認したアレンは微笑みながら言う。

「そうか、安心しろフィアーネ。すぐに助けてやるからな」

アレンの言葉にフィアーネは微笑む。瘴気に覆われ自由がきかないという状況なのに、フィアーネの表情には一切の悲壮感はない。それどころかその笑顔は見るもの全てを魅了するほど美しかった。

「うん」

フィアーネがそう言った瞬間に瘴気がフィアーネの全体を覆った。覆っていた瘴気がフィアーネに吸収されていき、白皙《はくせき》のフィアーネの肌が褐色に変化する。そしてフィアーネの口からフィアーネのものとは思えない男の不快な声が発せられる。

『別れは終わったか？　貴様ごときがこの女を助けることなど出来るわけが無いというのに滑稽な事だ』

ヴァシアのあからさまな挑発に対し、アレンはまったく心を動かされた様子は見えない。それどころか煩わしいという態度がアレンの行動の端々に見える。

「さて、さっさと始めようか。楽しみはあんまり引き延ばすもんじゃないんでな」

「楽しみだと？」

アレンの言葉にヴァシアは訝しげな声を出す。その返答を受けてアレンはニヤリと嗤い口を開く。先程のフィアーネに向けたものとはまったく種類の異なる嗤顔《えがお》だ。ヴァシアはその嗤《え》みを見たときゾクリとした感覚を感じる。

「人質をとるようなクズが、どんな無様な命乞いをするのか見たいと思うのは当たり前だろ？」

アレンの冷たい言葉がヴァシアに叩きつけられた。

アレンは苛烈な意思表示を示すと同時にヴァシアに向かって斬りかかった。ここでいうヴァシアとは死者の法皇《グラメスペイン》が手にしていた杖《スタッフ》の先に取り付けられている宝玉だ。

そこにヴァシアに操られているフィアーネが立ちふさがった。フィアーネが立ちふさがった事に対してアレンは一切の動揺はない。ヴァシアがフィアーネを操りアレンと戦わせるというのはわかりきった事だった。

アレンとすればフィアーネに怪我を負わされるわけにはいかなかった。なぜならアレンがフィアーネに怪我をさせられればフィアーネは酷く傷付く事を理解していたからだ。

アレンはフィアーネの事をよく残念令嬢とか呼んでからかうのだが、その心根は非常に優しい事を知っていたのだ。もし、フィアーネが操られた事でアレンに怪我を負わせたという事になればフィアーネは気に病むことだろう。アレンはそうなってフィアーネの曇った表情を見るのは嫌だったのだ。

困難であるが操られたフィアーネが守る宝玉《ヴァシア》を砕かなければならないのだ。だが、アレンはそれを決して不可能で無いと思っていた。フィアーネ自身ならばアレンは無傷での完勝などという大それた考えは持たなかった。しかし、いかにフィアーネが強くても操るのはヴァシアだ。そうなれば無傷での勝利というのも十分可能であると思っていたのだ。

「はっ!!」

フィアーネがアレンの懐に飛び込むと同時に拳を突き出す。踏み込みの速度、拳速は間違いなく一流の技である事は間違いない。まともに食らえばアレンの体は砕け散ってしまうのは確実だ。

だが、アレンはフィアーネの一撃を容易く躱した。アレンは拳を躱すと同時に手にした剣を横に薙いだ。狙った箇所は左手の腱だ。アレンはフィアーネの戦力を削ぐことを考えたのだ。

シュン!!

アレンの剣の風切り音が周囲に響く。今度はフィアーネがアレンの斬撃を躱すと、すぐさま貫手を放つ。フィアーネの貫手は顔面に一、喉に一、胸に一と一瞬で三連撃として放たれたのだが、アレンはそれを難なく躱した。必殺の三連撃を躱されたフィアーネは、一旦間合いをとる選択をしたらしく一度後ろに跳ぶ。その際に杖《スタッフ》を手に取った。

どうやらアレンがフィアーネをやりすごしてから宝玉を砕く可能性を考慮したらしい。最初からこの程度の事は想定しておくべきなのだが、ヴァシアがマヌケということもあり、操られているとは言えフィアーネほどの実力者を越えてくるという事は困難であると考えていたようだ。

（ふん……どこまでも中途半端な奴だ）

アレンはこのヴァシアの行動を心の中でせせら嗤う。ヴァシアは一つ一つが中途半端なのだ。アンデッドの使役も他者を操作する能力も戦いに臨む姿勢も何もかもが中途半端であり、何一つ敬意を払う要素がないのだ。実際にアレンと対峙する事に意識を向けるあまり周囲にいるアンデッド達を操作することを完全に失念している。これだけの数のアンデッドを支配下に置いているのは評価できるが、まったくそれを活かしきれていないのだ。

『ほぉ……人間のくせに随分と思い切りの良い事だ。この女の柔肌に傷をつけることをまったく躊躇わぬとわな』

　ヴァシアはフィアーネの口を使ってニヤニヤと嗤いながらアレンの行動を責める。アレンは口元に冷笑を浮かべると静かに言い放った。

「不思議だな……」

『なんだと?』

　アレンの言葉にヴァシアは訝しみながら返答する。アレンの言葉の意図がまったくわからなかったのだ。

「同じ顔のはずなのにフィアーネの笑顔は見惚れるほど美しいのだがな。お前がフィアーネの顔を使って笑うとどうしてこうも醜いんだろうな」

『……』

「ああ、すまんな。答えはとっくにわかってるんだが、言わずにいられなかった。お前の魂が穢れきっているから周囲の者には不快感しか与えられないという事だな。お前は恐れられてるんじゃ無い。ただ魂が穢れているから嫌われているだけだ」

　アレンの言葉にヴァシアは呆然としていた。いきなり魂が穢れていると言われれば誰でも呆然とすることだろう。しばしの自失が過ぎると怒りがふつふつとわき上がってきたようでフィアーネの表情が醜く歪む。その表情を見てアレンはさらに挑発を続ける事にした。

「そう怒るなよ。俺はお前の勘違いを正してあげたんだ。お前は勘違いして恐れられていると考えていたが、実際は嫌われていただけなんてショックだよな。まぁ道端に落ちている馬の糞と同じ……いや、糞はまだ農業で役に立つな。こいつと糞を比べるのはちょっと悪いな」

『貴様‼』

アレンの度重なる挑発行為にヴァシアは激高したと同時にフィアーネの左掌を掲げると魔法陣が浮かび上がった。

『死ねぇぇぇぇぇ‼』

非常にわかりやすい意思表示をヴァシアが行った事に対して、もはやアレンは憐れみに似た感情をヴァシアに対して持っていた。

（なぜこういう連中は攻撃を静かに行う事が出来ないんだろうな……）

アレンは呆れているが放たれた魔術は強力なものであった。瘴気を竜の形に形成し、対象者へ向けて放つという高等魔術の瘴竜の咆哮《クジュラルシュム》だ。

高速で放たれた瘴気で形成された竜がアレンに向かうが、アレンはそれを紙一重で躱す。アレンにしてみればわざわざ攻撃しますというタイミングを知らせてくれているのだから、避けれないという方がよほど難しいぐらいだった。

アレンは魔矢《マジックアロー》を展開すると、約四十本もの魔矢《マジックアロー》がヴァシアに向けて放たれる。ヴァシアは防御陣を形成しアレンの放った魔矢《マジックアロー》を受け止めた。

（やれやれ……俺がなぜ魔矢《マジックアロー》を放ったのかこいつは理解してないんだろうな……）

アレンは心の中でそう呟くとヴァシアに斬りかかった。ヴァシアの防御陣に直撃した魔矢《マジックアロー》の何本かは地面に着弾し、生じた爆発は土を舞い上げている。それが煙幕となってヴァシアの視界を塞いだ。

キィィィィィン‼

アレンはこの斬撃で杖《スタッフ》を斬り落とすつもりだったのだが、杖《スタッフ》にはかなりの量の魔力が込められていたらしく、アレンであっても両断というわけにはいかなかったのだ。

『ふはは、煙幕を利用しての斬撃か!! そんな使い古された手がこの我に通用するか!!』

ヴァシアがアレンを嘲るもアレンは一切動揺した様子を見せることなく、もう一度斬撃を繰り出そうとするが、フィアーネがアレンに拳を繰り出した事でその斬撃は断念する。

アレンは一旦、操られたフィアーネから間合いをとる。すでに〝タネ〟を撒いている以上、これも作戦のうちであった。

アレンが間合いをとった事をヴァシアは、アレンの弱気ととらえたのだろう。嫌らしい嗤いを再びフィアーネの顔に浮かべ、左手に瘴気を集めると一本の短刀を作り出しそれをフィアーネの喉元に当てる。その意図は明らかであった。

『おい、この女の喉を斬り裂かれたくなければ、自らの剣で自分の喉を斬り裂け!!』

ヴァシアの要求は非常にわかりやすいものだった。ヴァシアの暗い愉悦が形となればこの状況が生まれるのだろうという事はわかる。だが、アレンは焦ること無く、いや、余裕の表情でその光景を眺めている。

「断る!! フィアーネに俺の命を背負わせるわけにはいかないからな。俺がここで命を絶てばフィアーネは俺を死なせたという負い目を持って生きていく事になる。そんな重荷をフィアーネに背負わせる訳にはいかない事ぐらいわかるだろう」

アレンの言葉にヴァシアは訝しんでいるようだった。操るフィアーネの表情にその心情が表れていた。アレンの言葉には勝利を確信した者の響きがあり、この状況をひっくり返す手段をアレンが持っているとヴァシアが考えるには十分であった。

『ふん、この女が「大体、なんで今なんだ?」』

ヴァシアの言葉にアレンが言葉を被せてくる。アレンの言葉にはもはや嘲りの感情が込められている事は明らかであった。

『何?』

「なぜ、今フィアーネを人質として使う? なぜ最初から使わなかった?」

『な……』

「いや、フィアーネをとらえた時にお前はまずフィアーネの喉を斬り裂き、俺の動揺を誘い俺を攻撃すべきだったんだよ」

『……』

アレンの言葉にヴァシアは明らかに狼狽し始める。アレンの言葉からヴァシアは、もはや戦いの決着がついた段階のような印象を受けていた。

「それがお前が勝利を収める唯一の方法だったんだ。お前はどこまでも小者なんだよ」

『ふざけるなぁぁぁぁぁ!! 貴様のその言葉のせいでこの女が死ぬのだ!!』

ヴァシアはそう叫ぶとフィアーネの喉を斬り裂こうとした。その時、地中から突如三体の裸の女が現れる。その女達は人間でも吸血鬼でもないのは明らかだった。なぜならその背中にはまるで物語に語られる妖精の羽のような形をした羽がはえていたからだ。そして女の体は生物のものではなく瘴気によって形成されている。造詣は美しいが、放つ雰囲気、有する瘴気が禍々しいという印象を与えていた。

その女の一体が地中から現れると同時にフィアーネの左腕にしがみつくと、瘴気で作った短刀を取り上げた。そして残りの二体がそのままフィアーネを羽交い締めにする。

『な、なんだこいつら!!』

ヴァシアの狼狽しきった声が発せられる。その疑問に答えたのはアレンだった。アレンは地中からその女達が現れると同時に行動を起こしていたのだ。

「俺の術に決まってるだろ。どこまでも間抜けな奴だ」

アレンは剣を振るうとフィアーネの右手に握られていた杖《スタッフ》の先に取り付けられている宝玉を斬り落とした。

✝

アレンの剣が一閃され、杖《スタッフ》から斬り落とされた宝玉をアレンはあり得ない速度で拾い上げた。

『ヒッ!!』

アレンが宝玉を手にした瞬間にヴァシアは恐怖に満ちた声を発する。この段階でアレンはヴァシアの本体がこの宝玉である事を確信した。フィアーネを覆う瘴気とこの宝玉のどちらかが本体であると思っていたのだが、この段階で確信したのだった。

「さて、お前の命はこっちが握った……現状をきちんと把握しているか？」

『離せ!!　無礼者!!』

ガン!!

ヴァシアの抗議に対してのアレンの返答は、剣の柄で宝玉を打ち付けることであった。打撃音が周囲に響く。

『ヒッ!!　や、止めろ!!』

ガン!!　ガン!!

ヴァシアの恐怖に満ちた言葉を無視してアレンは再び剣の柄で宝玉を殴りつける。もちろん手加減はしているのだが、それによってヴァシアの恐怖が和らぐ様子はないようだった。

「フィアーネを解放しろ。ちなみに言っておくがお前を粉々にしてからフィアーネを俺自身が救うことも可能だ。少しでも生き残る可能性が高い方を選んだ方が良いと思うぞ？」

『ふん、お前の魂胆はわかっている。そうだよなぁ、その女を助けたいよなぁ～。その女を救うことが出来るのは俺だけだ!!　俺を殺せばその女は永遠にそのままだ!!』

アレンがフィアーネの解放を条件に出した事で、ヴァシアは自分が人質を取っていることを思い出したのだろう。途端に強気な声を上げ始めた。フィアーネを救うためにアレンは譲歩せざるを得ない。そこにヴァシアはつけ込もうとしたのだ。

アレンはため息をつくとフィアーネの方に歩き出す。フィアーネは動こうとしているのだが、瘴気の女達に取り押さえられており動くことは出来ない。もちろん、本来のフィアーネであれば女達を引きはがすことも容易なのだが、現在はヴァシアによって操作されているので動くことが出来ないのだ。

「アホには実際に見せないといけないんだな」

アレンはそういうとフィアーネの右腕を掴む。するとアレンに掴まれた箇所から瘴気が抜けていっているのだろう。少しずつフィアーネの瘴気に纏われた褐色の肌が、本来の白皙《はくせき》の肌に変化を始める。その変化は非常にゆっくりであったが、確実に変わっている。

『な……まさか、人間如きが我の術を……』

ヴァシアの言葉が驚愕の感情を含み、それが恐怖に変わるまでそれほどの時間はかからなかった。アレンの言葉がハッタリでも何でもなく事実であることを思い知らされたのだ。

『わかった、降参する!! その女は解放する』

ヴァシアはついに心が折れた。自分の優位性など自分の思い込みに過ぎず、どこにも存在していなかった事を理解したのだ。

「は？」

ヴァシアの偉そうな言い方にアレンは声を潜めると手にした宝玉を握りつぶそうと力を込めた。

『はぎゃあああああ!! 申し訳ございません!! あなた様の大事な御方は解放させていただきます!! お許し下さい!!』

ヴァシアはよほどの苦痛だったのだろう。アレンに力一杯の謝罪を行う。それを聞いた時にアレンは宝玉を握る手の力を緩める。

「やっと理解したか……言葉遣いには十分気を付けろよ。何が最後の言葉になるかわからんぞ。では

さっさとやれ」

『は、はい。その方を解放したあかつきには……』

「ああ、もちろん俺はお前に手を出すような事はしないから安心しろ」

『あ、ありがとうございます!!』

ヴァシアはアレンの言葉に安堵の雰囲気を発しながら、フィアーネを纏っていた瘴気を一気に解き放った。するとフィアーネの褐色だった肌が元の白皙《はくせき》の肌に変わる。

「ふう……」

フィアーネは安堵の息をはくと体を動かし始める。瘴気の女達がまだ押さえようとしているがフィアーネはあっさりと拘束を引きはがしてしまっていた。アレンはそれを見て微笑むと女達をフィアーネから引き離した。

「ありがとう、助かったわアレン」

どこもおかしい所がない事を確認したフィアーネはアレンに礼を言う。少しだけ頬に赤みが差しているのにアレンは気付いたが、思い至る理由がいくつかあったためにそこには触れない事にした。アレンが思い至った理由は、ヴァシアへの怒り、不覚をとった事に対する羞恥、そしてアレンに対する感謝などがそれである。もし羞恥であった場合、それに気付かないふりをするのも優しさとアレンは考えたのだ。

「いや、無事で良かった」

「うん、心配かけてごめんね。あ、そうそうアレン、そいつをこっちに放ってくれない？」

フィアーネの言葉にアレンは頷く。フィアーネが何をしようとしているのか察したが何も言わない。一方でヴァシアは不穏な空気を感じたのだろう。

『止め……約束が違う!!』

アレンがフィアーネの目の前に宝玉を放る。フィアーネの拳に凄まじい量の魔力が込められていくのがアレンにもわかった。

「あんたに手を出さないと約束したのはアレン、私はあんたと約束なんかしてないし、アレンは手を出したわけでは無いから約束は破ってないわ」

フィアーネの論法は詭弁の一歩手前、いやもしかしたら越えていたかも知れないが、それに抗議する時間も余裕もヴァシアにはない。アレンに放られた宝玉がフィアーネの間合いに入った瞬間にフィアーネが拳を繰り出した。

『ギャアアアアアアアアアアアア!!』

フィアーネが放った拳が宝玉を打ち砕き、粉々にすると同時に断末魔の叫びがヴァシアから発せられた。粉々に砕かれた宝玉が地面に降り注ぎ、含まれていた瘴気が地面を汚染する。

「あらら、宝玉にもかなりの瘴気が含まれてたんだな」

「本当ね……つい考え無しにやってしまったわ……」

フィアーネがすこしばかり気落ちした声を出す。だが、アレンもフィアーネの行動を責めるつもりにはならなかった。体の自由を奪われ、殺されかけたのだから怒りをもってヴァシアを打ち砕きたくなっても仕方の無い事だ。人によっては感情的に動き、冷静な態度をとらなかったことを責める者もいるだろう。だが、そんなに常に冷静でいるという事を求めるのは、所詮は傍観者の意見であり、自分が傷付かない所で意見を言っているだけだ。意外とそういう連中の方が自分の身になったら感情を爆発させるのだ。

「まぁ、その辺はジュスティスさん達に任せよう」

「そうね。あ、そうそうちょっと聞きたいんだけど」

「なんだ？」

「この瘴気で作られた人形って何？」

「ああ、これは俺が瘴気で作った、動く彫刻の闇姫《やみひめ》だ」

「闇姫？」

「ああ、どんな形にも変化させられるからな。結構重宝するぞ。戦闘能力もかなり高いしな」

「なるほどね。魔矢《マジックアロー》の中に潜り込ませていたというわけね」

「その通り、ヴァシアはアホだからただ煙幕代わりに魔矢《マジックアロー》を放ったと思っていたようだったけど、闇姫《やみひめ》を仕込むのが本命だったというわけだ」

「なるほどね」

アレンの言葉にフィアーネは納得したようだ。アレンがあの時に斬りかかったのは、仕込んだのを悟らせないためだったのだ。

「さて、アンデッド達も消滅したようだし、解決ということで良いな」

ヴァシアが消滅した事でアンデッド達は皆土に還っていたのだ。あれだけの数のアンデッドを使役していたのだからヴァシアの力はやはり並外れていたと言って良いだろう。アレンとフィアーネだからこそ事なきを得たのだ。

「うん♪」

「な、なんだよフィアーネ」

フィアーネはニッコリと笑うとアレンの腕に抱きついた。このフィアーネの予想外の行動にアレンは狼狽える。先程までの完全無欠の感じはなく、初心な少年の反応がそこにはあった。

「えへへ～テレないで良いのよ♪」

フィアーネが嬉しそうな笑顔をアレンに向けると、アレンは頬を染めて顔を逸らした。

（本当にありがとう。アレンがいたから私は無事だったのよ……）

フィアーネは心の中でアレンに礼を言う。瘴気が自分の体を覆い自由を奪われていく時は、流石のフィアーネも不安があったのだ。そこにアレンの〝すぐに助けてやる〟という言葉がどれだけ安心を与えてくれたか、そしてアレンの戦いぶりを見ていて、いかに自分に負担をかけないように戦ってくれていたかがわかったのだ。

アレンがもし傷付いていれば、フィアーネは自分を許すことは出来なかっただろう。だが、だからこそアレンは躱す事にいつもよりも集中していたのだ。そのためにアレンに謝罪では無く御礼を言うことが出来たのだ。アレンがフィアーネの事を理解し、それ故の行動をとったことに嬉しさを感じたのだ。

（アレン、私はもうあなたの友人は嫌よ……）

フィアーネは心の中でそう思う。フィアーネはこの時、アレンへの恋心に目覚め、しかもそれを自覚していた。これほど自分の事を理解してくれて、心を砕いてくれる存在を家族以外には知らない。恋心を自覚したフィアーネはさらにぎゅっとアレンの腕にしがみついた。

（私はアレンと恋人……ううん、その先……妻になりたい）

フィアーネの心がそう変化した事を、抱きつかれ戸惑うアレンには察する事は出来なかった。

†

「……と言う訳よ♪」

フィアーネは話し終えると満足そうな笑みを浮かべた。フィアーネの話を聞いてレミア、フィリシアは納得の表情を浮かべている。先程のフィアーネの話を聞いてすべての女性が納得するというわけでは無いのだろうが、すでにアレンに恋心を持っているレミアとフィリシアにしてみれば、アレンの魅力に溢れた話でしかなかったのだ。いわゆる〝恋は盲目〟というやつだ。

「なるほど、確かにそんな経験をすればアレンに惚れちゃうのも当然ね」

「うん、アレンさんの強さと優しさにフィアーネは参っちゃったというわけね」

レミアとフィリシアの同意にフィアーネは嬉しそうに頷く。フィアーネにとってレミアとフィリシアも大事な友人であることに変わりはなく、その友人達から理解を得られて嬉しいのは当然だった。

「それにしても、その汚染された土地はどうなってるの？」

レミアが気になっていたその後の事をフィアーネに尋ねる。

「うん、実はあの後、お兄様達がやってきてくれたのよ。そして簡易的な結界を張って汚染された地域を隔離したのよ」

「え？　浄化してないの？」

フィアーネの言葉にレミアが驚きの声を上げる。フィリシアも意外そうな表情を浮かべていた。

「うん、アレンからの説明を受けた時にお兄様が思いついたみたいなの……」

フィアーネの表情にはため息をつく一歩手前の表情があった。その事にレミアもフィリシアも気付いていたが、敢えて気付いていないふりをすることにした。フィアーネがこのような表情をするときは、ジュスティスの趣味に関する事である可能性が高かった。

「この汚染地域を敢えて浄化しなかった場合、アンデッド達が発生するでしょう。それをダンジョンに配置すれば良いとか言いだしたのよ」

「え……それって国営墓地のような場所がフィアーネの領内にあるという事？」

「うん、もちろんアレンは反対したわ。でもお兄様はアレンから危険性を聞き出してから、それにすべて対処してるわ」

「うわぁ……」

フィアーネの言葉にレミアが呆れたような声を出す。アンデッドの専門家であるアレンが挙げる危険性はそれこそ膨大な数になったことだろうが、ダンジョンという趣味のためにジュスティスは方向性を誤った有能さを発揮したのだろう。

「しかもお兄様はその汚染地域を領軍の訓練施設にもしちゃったのよ」

「「……」」

「そこまでされればアレンももう何も言えないわ。というよりも途中でアレンも開き直ったのか。楽しそうに協力し始めてたわ」

フィアーネの言葉にレミアとフィリシアは何とも言えない表情で視線を交わしていた。

「まぁ、ある意味アレンにしてみても〝牧場〟は実験施設となるし良かったのかもね」

「牧場？」

「うん、言葉通りアンデッドの牧場よ」

「そのまんまね」

「ええ、その辺の事はお兄様は凝らないのよ」

「なるほどね。そしてアレンさんのお墨付きを貰ってから運用を始めたといった所かしら？」

「その通り、お兄様はアレンの出した条件をすべてクリアしたわ。本当に間違った方向に能力を発揮する人よね」

フィアーネの言葉には呆れた感情が込められており、レミアとフィリシアの苦笑を誘う。だが、二人はフィアーネの声にジュスティスへの親愛が含まれている事を察していた。実際にアレンの出した条件は非常に厳しかったのだが、ジュスティスはそれを短期間ですべてクリアしてしまった。

「ところで、私からも聞きたいんだけど、何で私がアレンを好きになったきっかけを聞きたいと思ったの？」

フィアーネがレミアとフィリシアに尋ねる。その疑問にレミアとフィリシアは視線を交わして互いに頷くとレミアが口を開いた。

「それはもちろん、私達の仲間に引き込む為よ」

「え？　私達仲間でしょう？」

「もちろんフィアーネは私達にとって大事な友人だし、国営墓地の管理人としても大事な仲間よ」

レミアの返答にフィアーネは首を傾げる。レミアの〝友人であり墓地の管理人としても大事な仲間〟という言葉はフィアーネにとって当然の事であり、それ以外に何の仲間があるのか思いつかないのだ。レミアはさらに言葉を続けた。

「私とフィリシアは実はある目的のために、その二つの目的とは別の意味で仲間なのよ」

レミアの言葉にフィリシアは頷く。そして、フィアーネは二人の様子を見て少し首を傾げるが、レミアのいう目的の仲間について思い至ったのだろう。そして、まさかという表情を浮かべる。

「ひょっとして……アレンに関する事？」

フィアーネの言葉にレミアとフィリシアは頷いた。フィアーネは二人の放つ雰囲気には少しの緊張が含まれているのを感じた。

「ねぇ、フィアーネ。私達二人は、二人でアレンの妻になるつもりなの」

「へ？」

レミアの言葉にフィアーネはつい呆けた声を出してしまった。あまりにも予想外の言葉だったのだ。

「ど、どういうこと？」

「言葉通りよ。ローエンシアの制度では、貴族は複数の妻を持つ事を許されているわ。私達はその制度に従ってアレンと結婚するつもりよ」

「……二人はそれでいいの？」

「うん、そうなれば私〝だけ〟を見てくれる事は無くなるけど、私〝も〟見てくれるわ。それだけでもやる価値はあるわ」

レミアの意見に今度はフィリシアが続く。

「私もレミアと同意見なの。そこでフィアーネも私達と一緒にアレンさんの妻となるようにお互いに協力しない？」

「いいわよ」

フィリシアの言葉にフィアーネは即座に答える。そのあまりにも早い決断にレミアとフィリシアが驚いたぐらいだった。

フィアーネも色々と貴族の令嬢として型破りではあるが、代償無しに手に入るものなどたかが知れているという価値観を持っていた。貴族が何故、特権を持っているかというとそれに応じた義務を負っているのだ。

フィアーネはアレンの妻になるのに、代償無しでなれるものではないという事を当然理解していた。これでとんでもない性格の歪んだ女と共にアレンを支えなければならないのならともかく、レミアとフィリシアであれば性格的にも能力的にもフィアーネにとって信頼している相手だ。この二人なら代償にはならないのだ。となるとここで言う代償とはレミアとフィリシアの言った『自分〝だけ〟を見てくれる幸せ』を放棄する事だけであり、その程度の代償などアレンの妻になることが出来ない苦しみに比べれば、問題にするのもバカバカしいレベルだった。

「えっと……フィアーネ迷い無いわね」

レミアの戸惑いを受けてフィアーネは高らかに宣言する。

「何言ってるのよ。アレンの妻の座に座るのにその程度の事は考慮するほどのものじゃないわ。むしろアレンの隣に座る代償としては安すぎるぐらいよ。二人だってそうでしょう？」

フィアーネの言葉にレミアとフィリシアも頷く。結局の所、この三人は似た者同士であり同じ価値観を共有しているのだ。

「よし!!　そうと決まれば早速、お父様、お母様、お兄様に報告ね♪」

フィアーネは輝くような笑顔を浮かべて言う。美形のフィアーネの輝くような笑顔は見る者全てを魅了する。

「さて、フィアーネというこれ以上無い味方が出来た事は素直に喜ぶべきよね」

「うん、後はアレンさんに私達を妻にするのを頷かせるだけね」

「さぁ、俄然盛り上がってきたわね」

「「うん」」

三人はニコニコしながら話している。そこにレミアが心配そうな声で言う。

「ところでさ、アレンに想いを寄せてるのって私達三人だけかしら？」

「わかんない……」

「あ、そういえば〝夜会〟の件がなかった？」

フィリシアの言う夜会という言葉に、二人が思い出したかのように頷く。アレン自身は行くのを渋っていたが、最終的に参加することになっていたのだ。

「ねぇ……そう言えば妙に王家主催の夜会の招待状がアレンに届いてたわよね」

フィアーネの言葉にレミアとフィリシアも頷く。アレンの重要度をローエンシア王国が正しく認識しているかは、アレンに対する貴族達の対応を見ていると疑問があるのは事実だ。だが、国王や宰相、軍務卿は正しく認識しているのは間違いない。でなければアレンが出仕した時に三人が一堂に会してアレンの報告を聞くわけがない。普通に考えればそれだけでアレンがいかに王国のトップに重用されているか明らかなのだが、多くの者はその事を知らないために、アインベルク家は軽んじられているのだ。

「そう言えば、アレンと王太子殿下って幼馴染みで親友という話よね」

「あ、それは私も聞いたわ。アレンさんが王太子殿下の事を〝アルフィス〟と呼び捨てにしてるのも聞いた」

「私も聞いた事はあるわ。そしてローエンシア王国には王女様もいたわよね？」

レミアの問いかけにフィアーネもフィリシアも頷く。ここまで条件が揃えば手を打つべき相手が誰なのか三人には見えてきた。

「……ひょっとして、王家がたびたびアレンを夜会に招待するのは……」

「王女様……と結びつけるため？」

フィリシアの言葉に三人は視線を交差させる。

「これは探りを入れる必要があるわね」

フィアーネの言葉にレミアとフィリシアは頷く。

「フィアーネの言う通りね。そして、それが出来るのはフィアーネだけよ」

レミアが言うとフィアーネは大きく頷く。王家主催の夜会に問題無く入り込むことが出来るのはこの中では公爵令嬢のフィアーネしかいないのだ。フィアーネは他国の公爵令嬢だが、レミアとフィリシアよりも遥かに実現可能性があるのは事実である。

「もし、王女様がアレンに恋い焦がれていたとしたら……」

「この上ない強力なライバルね」

「となると、フィアーネの重要度はさらに増したわよ」

「任せて、やるべき事はわかってるわ」

三人は互いに頷き合う。もし、王女アディラがアレンに恋い焦がれていた場合、説得して仲間に引き込むつもりだったのだ。

アレンの包囲網が着々と形成されつつあり、そこにアディラが加わろうとしている事にアレンはこの時、まったく気付いていなかった。

第二章

『夜会』

episode.02

「何？　ジャスベイン家だと？」

ローエンシア王国の王城にあるジュラス王の執務室で、部屋の主であるジュラス王が訝しげな声を発する。

ジュラス王は現在三十八歳、金髪碧眼の美丈夫であり、数々の改革が実を結び、王としての評価は年を追うごとに上がっている。性格は剛胆且つ慎重という一見矛盾しているようであるが、それをたやすく成立させるという傑物である。

アレンの父親であるユーノスとは身分を越えた親友であったため、その息子であるアレンを気にかけており、ローエンシア王国政府においてアレンの数少ない理解者の一人である。

「はい、此度の王家主催の夜会に是非とも参加したいと……」

ジュラス王にそう告げるのは、アロン＝マルノム＝エルマイン公爵だ。ローエンシア王国において宰相の地位に就いている人物だ。年齢は五十一歳、金色の髪をオールバックにし、背筋をピンと伸ばし宰相としての威厳に満ちあふれている。身につけているのは一見質素な文官服であるが、見るものが見れば一流の生地に、一流の職人がその持てる技術を惜しげも無くつぎ込んでいる素晴らしいものであることがわかる。仕事には大変厳しい人物だが、情に厚いために文官達の尊敬を一身に受けている。

「エジンベートは友好国……。その名家中の名家が参加したいというのを断る理由はどこにもないな」

「はい、日数的なことを理由に断るという方法もございますが、それは得策ではございません」

「確かにな。今なら十分に対応可能だ」

「ならば……」

「うむ、ジャスベイン家の参加を認めるしかない」

「御意」

ジュラス王の言葉にエルマイン公も賛意を示した。元々断る理由などどこにもないし、ジャスベイン家とつながりを持つという事はローエンシアにとっても国益に叶う事だ。

だが疑問があるのも事実だ。他国の王族主催の夜会に参加を求めるなどあまり例が無いことである。しかも、エジンベート一の名家であるジャスベイン家がそのような慣例を無視するなどほとんど聞いた事がなかった。

「アレン絡みか……」

ジュラス王の口からポツリと原因と思われる者の名が漏れる。ジュラス王の呟きを聞いていたエルマイン公も即座に頷いた所を見ると、どうやら思い至っていたのだろう。ジャスベイン家の令嬢であるフィアーネがアレンと共にローエンベルク国営墓地の見回りを行っているというのはアレン自身から報告を受けていたのだ。

実は早い段階でジュラス王とエルマイン公、レオルディア侯はフィアーネがアレンに懸想している可能性に気付いていたのだが、アレンの報告からは恋人同士のような甘い雰囲気は一切感じ取る事は出来なかったため、様子を見ようという事で落ち着いていたのだ。

「その可能性は十分にございます。もし夜会の場でアインベルク卿とフィアーネ嬢が仲睦まじい様子を見せれば……」

「まずいな……」

「はい、外堀を埋めに来ていると考える事も出来ます」

「アディラが暴走する可能性もあるな」

ジュラスの言葉には愛娘であるアディラの事を心配する親心が含まれている。アレンを一途に想っているアディラが、フィアーネとアレンが一緒にいる所を見れば心穏やかにいられることはないだろう。

またアディラの恋の成就はローエンシア王国の国益にも直結しているのだ。アレンにアディラが降嫁すれば、アレンがローエンシアを離れる可能性はそれだけ低くなるのだ。それだけでもアディラの恋の成就がもたらすものは大きいのだ。国王としての意見はそうであるし、親としても愛娘の恋の成就を願うのは当然であった。

「夜会の間にアレンとアディラを一緒にする機会を設けるか……」

「はい、結局の所は本人次第でございますので、あまり他の者が手出しすればまとまるものも壊れてしまいます」

「そうだな……アルフィスとクリスティナが参加しないのは今にしてみれば痛いな」

ジュラス王の言葉にエルマイン公は頷く。王太子アルフィスとその婚約者のクリスティナは、隣国のリヒトーラ公国の第一公女の結婚式への参列のために出向いており、今回の夜会は欠席が決まっていたのだ。

ちなみに王太子アルフィスの婚約者であるクリスティナは、エルマイン公の愛娘でありアレンの数少ない友人でもあった。そして何よりクリスティナはアディラが大好き、いや溺愛していると言っても過言ではない。

この二人がいればアディラに数々のフォローを行ってくれる事は確実だったのに残念でならない。

「そしてもう一つ……」

「うむ」

「ジャスベイン家の嫡子ジュスティス卿の非公式の会談の申し込み」

「その内容が正直、アレン以外で思いつかないな」

ジュラス王の言葉にエルマイン公はまたしても頷くことしか出来ない。非公式の会談の申し込み、しかも夜会の最中だ。これはどう考えてもただ事ではない。もし、アレンの引き抜きであるならば全力で阻止するつもりだったのだが、ジャスベイン家がそんな下手を打つとは考えられない。そんな事をすればエジンベート王国との関係にヒビが入るのは当然であり、ジャスベイン家の立場も悪くなるのだ。

「いずれにせよ。その時にならねばどうなるかわかりませんな」

エルマイン公の言葉にジュラス王も頷く。ローエンシア王国の最高指導者の二人は、どことなく楽しそうである。実は二人とも予想もつかない展開というものが嫌いなわけではないのだ。

今回の夜会は何が起こるのか。ジュラス王とエルマイン公はお互いにニヤリと嗤った。

†

（とうとうこの時が来てしまった……）

アレンが心の中でぼやく。今夜は王族主催の夜会の日である。アレンにとって地獄といっても過言ではない。ここまでアレンが夜会に忌避感を持つのは、アレンの数少ない友人のアルフィスとクリスティナが夜会に出席しない事を既に知っていたからである。

アレンは夜会に出席しても〝楽しく〟会話をする相手が誰もいないという事が決定しているのだ。楽しい会話がないという表現は逆に言えば〝不愉快な〟会話ならあるという事だ。もちろん、王族主催の夜会であるため、ジュラス王、アディラ等のアレンに好意的な人も出席するのだが、王族主催である以上アレンと会話する機会などほとんど無い事は確実だ。という事はただ不愉快な思いをするために夜会に出席するのだからアレンがぼやきたくなるのも当然と言える。

（ふ～気が重いな……さっさと陛下やお偉方に挨拶して帰ってしまおう）

アレンは、少しでも短い参加ですむように作戦を練り始めていた。夜会は王城の式典用の会場で行われるという話だ。さすがに夜会への出席に徒歩というわけにはいかないので、ロムが馬車をレンタルしてくれていた。

アインベルク家には馬車も馬もいない。貴族としてそれでいいのか？　と言われそうだが、馬を飼えば当然、世話をする必要がある。この場合馬の世話は実質ロムがする事になるだろう。アレンは馬の世話で余計な苦労をさせたくないと馬を飼うことをしていなかったのだ。

そのために夜会に出席する時は、ロムが馬車を調達して王城に向かうことにしていたのだ。

ロム、キャサリンに見送られて、アレンは馬車に乗り込むと王城に向けて出発する。今夜のアレンの服装は、黒を基調とした礼服である。その黒も淡い感じの黒であり、圧迫感を与えるものではない。良く言えばシンプル、悪く言えば地味な格好のアレンであるが、別に夜会に出会いを求める心づもりが全くないので、アレンとしては何の不都合も感じていない。だが、地味とは言っても、アレンの均整のとれた体格に黒を基調とした礼服は、アレンの容姿が整っている事もあり、精悍な印象を与え女性達の目を奪うのは間違いない。

アレンを乗せた馬車は何事も無く王城に到着すると、雇った御者に礼をいい、馬車を降り会場へ歩み出す。すでに多くの出席者の姿が見える。アレンと同年代の少年達も数多く出席しているのは、おそらくアディラも出席するためお近づきになるのを目的としているのだろう。

アレンはそれを浅ましいとは思わない。貴族にとって結婚とは家の都合が優先される事であることを理解していた。アレン自身はそのような立場にはないためにあまり考えないのだが、そうでない価値観があることを否定しようとは思わない。あくまでも自分と親しい人達に害を及ばさないという前提があるのだが。

アレンは夜会の会場に入ると周囲を見回した。当然だがアレンの親しい人は見当たらない。それは理解していたが、今一この夜会のコンセプトを理解していないアレンとしては状況を判断する必要があったために周囲を見渡したのだ。

（ふむふむ……立食形式、中央はダンスフロアとなっている。そして、楽団が配置されているのを見るとダンスを披露する場面もあるというわけだな……）

アレンがきちんと紹介状や前情報を仕入れていれば、当日になってこんな情報収集を行う必要はなかったのだが、アレンはどうすれば夜会に出なくても済むかという反対のベクトルに意識を集中させていたので、ついおざなりになってしまっていたのだ。

王族の方々もまだ会場に現れておらず、会場のあちらこちらでは親しげに挨拶を交わす貴族達の姿が目に入る。一見華やかだが笑顔という仮面を被った牽制があちこちで見受けられる。

（はぁ……目が笑っていない笑顔なんて気持ち悪いだけだな。俺が気付いてるんだからあの人達も当然それに気付いているよな。本当に何が楽しいんだか）

アレンは心の中でため息をつきながら周囲を観察する。割合的に見れば本当に楽しそうな笑顔を浮かべているのは三割といった所で、他の七割は目が笑っていなかった。

「ふん、墓守風情が……」

「相変わらずみすぼらしい格好だな」

「このような華やかな席に喪服で来るとはな」

アレンの周囲でヒソヒソとした嘲りを含んだ声が聞こえてくる。今までに何度も聞こえて来た内容である。当然アレンは不愉快な気持ちになるのだが、表面上はまったく気にしていないように振る舞う。百回という縛りがあるからだが、アレンは侮辱の内容次第では行動を起こすことも辞さないつもりだった。

アレンは陰口などで心が折れるような柔な精神構造とは無縁であるが、蠅がブンブンと自分の周囲を飛び回っていれば叩きつぶしたくなるのも当然であった。困った事にアレンの実力を知らない者が、ローエンシア王国の貴族には多すぎるのだ。

これはアインベルク家の力が強力すぎることで、王家に叛意ある者がアインベルク家を利用するのを防ぐために、その実力を意図的に隠されているのが原因であった。アインベルク家もその事は了承していた。

だが、言われもない蔑みをいつまでも甘んじていてやるほどアレンは寛大では無い。だからこそ、アレンは爵位の継承の際にジュラス王に百回までは耐えるという条件を提示したのだ。ジュラス王もエルマイン公もレオルディア侯もアレンの心情をきちんと理解し、それを了承した。

ジュラス王達はアインベルク家の名誉を守るために影ながら守ってくれていたが、すべてを防ぐことは出来ない。わずか半年ですでに五十回を超える事になっていたのだ。このペースにジュラス王達は頭を抱えてしまう状況になっているのだった。

（はぁ……面倒な展開だな。あっち行けよゴミ虫ども……）

アレンが心の中で毒づいた理由は、若い貴族のグループが近づいてきてたからだ。顔はニヤニヤと意地の悪いというよりも卑しい笑顔を浮かべており、近付いてくる目的が丸わかりだったのだ。

アレンの想定した通り貴族のグループの一人がアレンに肩をぶつけてきた。だが、吹き飛んだのはアレンではなくぶつかってきた貴族の少年の方だった。アレンの実力を考えれば僅かに揺らすことすら出来ないのは間違いない。

（なんだ……自分からぶつかってきておいて吹っ飛ぶなんて頭が悪いにも程があるだろ）

アレンは心の中で失笑する。アレンにしてみれば失笑を表面に出さないようにするのに苦労したほどだった。吹き飛んだ少年は呆然と座り込んでいたが、自分が恥をかいたことに思い至ったその少年の目に怒りの感情が宿るのをアレンは察する。

「これは申し訳ありませんでした。自分からぶつかってきておきながらまさか吹き飛ぶような事になるとは思ってもみませんでした」

アレンの言い方は慇懃無礼の極致というべきものであり、当然ながらアレンの言葉に貴族の少年に対する好意など一切含まれていない事は誰の目にも明らかである。

アレンにしてみれば自分からぶつかってきて吹き飛んだマヌケに対して一切好意を持つ理由など存在しない。このあたりの対応の一貫性の無さはアレンの未熟を示すものなのかも知れないが、卑屈に振る舞うのが貴族だというのならば貴族などこちらからお断りというのがアレンの本心であった。

「貴様……」

座り込んだ貴族の少年は顔中に『不愉快』という表情が浮かんでいるが、ここでアレンに文句を言っても惨めになるだけだし、何よりも今吹き飛ばされた事に対しての恐怖感があったため黙って立ち上がる。

その様子を見ていた、他の貴族の少年がアレンに向けて声をかける。この少年に対してはアレンも見覚えがあった。アレンがテルノヴィス学園という貴族の子女が通う全寮制の王立学校に通っていた時に何かと嘲ってきた少年だった。

（こいつは確か……元同級生のシーグボルド公爵家の嫡男だったな……名前は何だっけ？）

アレンは心の中でローエンシア屈指の名門のシーグボルド家の嫡男である事を思い出したが、家の名前は思い出したがどうしてもこの少年のファーストネームを思い出すことは出来なかった。

「久しぶりだな、アインベルク」

「そうですね」

「相変わらず辛気くさい服装で王族主催の夜会に顔を出せるその厚かましさ……貴様らしいな」

シーグボルド家の某《なにがし》は露骨な蔑みの言葉を口にする。某の服装は白を基調とした礼服に、金糸の刺繍の入った豪華なものであり、シーグボルド家の財力の大きさを周囲に印象づけるものである。この某も黙って立っていれば貴公子然とした容貌をしていると言って良いが、アレンはこのににじみ出る性格の悪さというか、不愉快な雰囲気がどうしても好きになれず、出来るだけ視界に入れないように過ごしてきたのだが、この夜会に堂々とアレンの視界に入ってきたどころか言葉をかけてきたのだ。

（俺に構うなよ。お前の取り巻きと下世話な事でもやってろよ）

アレンは心の中で某に悪態をついているが、口に出した内容はともかく口調は非常に丁寧なものであった。

「いえいえ、そちらこそ相変わらず大変派手なお召し物ですね。まさに飾り立てた粃《しいな》のようです」

アレンの言葉に貴族の少年達は首を傾げる。例えられた粃《しいな》というものが何か分からなかったのだ。

ちなみに粃《しいな》とは、穀物の穂のなかで発育不良のために中身の無いものの事を言う。ようするに公爵家の嫡男に対して〝お前は中身の無いつまらない奴〟と言い放ったのだ。

言われた本人達は粃《しいな》の意味が分からず困惑していたが、その意味をアレンに尋ねるというような事はプライドが邪魔して出来ないと考えての事であった。

話は終わりと言わんばかりにアレンは貴族の少年達に一礼するとそのまま離れようとしたが、少年の一人がアレンの前に立った。

「何か？」

あからさまな行動にアレンの問いかける声も僅かながら低くなる。行く手を阻んだ少年は、少しばかり恐怖心を感じたようであったが声をかけてきたのは粃《しいな》の少年であった。

「そう慌てなくても良いではないか。アインベルク卿、お前には伝えておきたいことがあるのだ」

粃《しいな》の少年が、自分が侮辱されている事も気付かずに尊大な態度でアレンに言葉をかける様子はひたすら滑稽であり、無様であった。意味が分かったときが見物だが、どのみちこいつらの頭ではそう長く覚えているとは思えないために、アレンはあまり気にしていない。

「伝えたいこと？」

「そうだ、王女殿下とのことだ」

粃《しいな》の少年の口から発せられた言葉に対してアレンは訝しく思う。限りなく相手をするのは面倒なのだが、アレンは忍耐力を動員し会話を続ける事にした。微妙に不快さが声に含まれたがそこは仕方がない。

「王女殿下がどうされました？」

「アインベルク卿、卿の爵位はたかだか男爵。王女殿下とは身分が釣り合わぬ」

「はぁ……？」

アレンは秕《しいな》の少年の意図を測りかね芸の無い返答を行う。その事を察したのか声に不快さを滲ませながら秕《しいな》の少年は言葉を続ける。

「お前は王女殿下の社交界へのお披露目に男爵でありながら王女殿下のダンスの相手をしただろうが」

「はぁ……」

「まして貴様は卑しい墓守、墓守如きはおとなしく墓を見回っておれば良いのだ」

「……」

秕《しいな》の少年の言葉にアレンはため息をつきたくなるのを必死に堪える。アディラが社交界デビューのお披露目の際にアレンも出席したのだ。その際にアレンは王太子アルフィスにせっつかれてアディラにダンスを申し込んだ。その時のアディラの喜びようは誰の目から見ても明らかだったのだ。

その様子を見ていた同年代の貴族の子弟達は当然ながらアレンに対して敵意を向けた。たかだか男爵ごときが王女の心をとらえているなどという事を認めることはどうしても出来なかった。

（要するにこのアホは、俺がアディラと踊ったことが気にくわないというわけか。さすがは秕《しいな》君だな。中身が空っぽだから難癖も中身が無い。何か本当に可哀想な奴だな……）

アレンが心の中で秕《しいな》の少年に同情の目を向けた時に少年は不快気に顔を歪めると新たにアレンに絡み始める。

「なんだその目は？　まさか貴様はこのシーグボルド公爵家の嫡男レオン＝ルイ＝シーグボルドに文

句があるのか？　アインベルクなど片手でひねり潰せるのだぞ」

アレンは秕《しいな》の少年が名乗った事に対してようやくレオンという名である事を思い出した。その時の顔をレオンは自分に都合良く解釈したらしい。それはアレンが自分に恐怖を感じているという解釈だ。

そしてその解釈を取り巻きの少年達も共有したらしい。全員がニヤリと嫌らしく顔を歪める。

「ふん、まったく貴様のような墓守がこの夜会に出席すること自体おかしいのだ」

「まったくです。アインベルクのような墓守がこの場にいることは、王族主催の夜会の格を下げることになりますね」

レオン一行が口々にアレンに嘲りの言葉を投げ掛ける。アレンが言い返さないことに気を良くし少年達の蔑みは完全にタガが外れてしまった。アレンの父親まで侮辱し始めたのだ。

「そういえば、先代のユーノスも墓守などというつまらぬ仕事しか出来なかったらしいですね」

「まぁアインベルク家には墓守ぐらいしか、務まりますまい」

「親子そろって墓守以外は務まりませんな」

尊敬する父を侮辱されアレンの雰囲気が一気に変わる。だが、貴族の少年達はその変化にまったく気付いていない。自分が家に守られているため絶対に安全だという意識が、危険を察知する能力を著しく減退させていたのだ。

「調子に乗るなよ……クソ共が……」

アレンの底冷えするような声に少年達の嘲りが止まった。文句を言おうと口を開こうとしたが、アレンの凄まじい殺気に腰が砕けそうになる。

（もういいよな？　ここまで侮辱されて何で我慢しなくちゃならないのかな……もう、いいや暴れるとするか……邪魔する連中は遠慮無くぶちのめしてしまおう。百回の縛り……そんなもん糞食らえだ）

そう決心したアレンの心は不思議と清々しさで満ちていた。耐える必要などないと心に決めるだけでこうまで心が軽くなるという事をアレンは今更ながら知った。人間は心の持ちようでいくらでも幸せを感じるという事を確信した瞬間であった。

アレンが実行に移すために一歩踏み出ようとした時に威厳のある声がアレンとレオン一行に投げ掛けられる。

「その辺にしてはどうだ」

かけられた声はその一声であったが、アレンに冷静さを取り戻させるには十分すぎるものだった。声の主が誰だかアレンは当然理解している。アレンが振り返ると、そこにはアレンの予想通りの人物であるローエンシア王国宰相アロン＝マルノム＝エルマイン公爵が立っていた。

エルマイン公は厳しすぎる視線をアレンとレオン一行に向ける。一切の反論を許さない絶対者のような視線であった。

「血気盛んな若者の行動は嫌いでは無いが、ここがどこだか理解してるのかね？」

エルマイン公の言葉にレオン達は息をのむ。エルマイン公は王国宰相、文官の最高位にあり、国王の信頼厚い大貴族である。レオンの家が同じ公爵家であっても相手取るには恐ろしすぎる相手であった。いや、家柄や役職など関係なく放たれる威圧感はレオン達ごときでは相手取る事が出来ないのは確実である。

「し……失礼しました」

レオン一行はようやくそれだけを言って、そそくさとアレンから離れていった。残されたアレンはエルマイン公に礼を言う。

「……ありがとうございました」

アレンの礼には隠しきれない不満が含まれており、エルマイン公は肩をすくめながらアレンに尋ねる。

「不満そうだな？」

「そりゃあね。見事に私の怒りのやり場を奪われてしまったんですから不満はありますよ」

「そうか……君がそこまで怒るという事はそれなりの事を言われたのだな」

「ええ、あいつら俺の父上を侮辱しましたよ。父上はあんなクズ共に侮辱されるようなつまらない男だったんですかね？」

アレンの言葉にエルマイン公は静かに首を横に振る。

「なら何故あんな奴等の言う事に俺が我慢しなくちゃいけないんですかね？　百回の縛りがありますから我慢しないといけないんでしょうけどね。限度がありますよ」

アレンは吐き捨てるように言う。いつものアレンであれば年長者に対して絶対に使わない口調だ。

それ故にエルマイン公はアレンの怒りが相当なものである事を感じている。

（無理も無い……アインベルク卿にとって亡き父上は偉大すぎる存在だった。それを何も知らぬ者に

嘲られれば到底許すことは出来ぬであろうな)

エルマイン公はアレンの気持ちを十分に察しているが、アレンを手放す訳にはいかないのだ。ローエンシア王国にとってアインベルク家は無くてはならない存在だ。

「アインベルク卿、今何回だ？」

「え？」

「だから例の回数だ」

「七十六回です。さっきの侮辱で一気に三回もカウントが進みました。あのクズ共も少しは役に立ったわけですね。もうここまで来れば時間の問題ですから気楽なものですよ」

「そうか……あと二十四回か」

「はい」

アレンの声は明るいが、それは冷静さを取り戻した故ではなく、腸が煮えたぎっている事だけだとエルマインは感じている。

(もう時間が無い……急がねば)

エルマイン公は心の中でそう呟いた。


エルマイン公と別れアレンは多少冷静さを取り戻したが、心は平安とは程遠い状況であった。

夜会に来て早々に品性下劣な生き物に絡まれ父を侮辱されれば、心がささくれ立つのも当然であった。

（あのクズ共……必ず報いをくれてやるぞ）

アレンの心が負の感情に支配されそうになっていた時に、ローエンシア国王ジュラスが王妃ベアトリクスと王女アディラと共に登場する。

ジュラスの隣に佇む王妃ベアトリクスはジュラスと同年齢の三十八歳だが、年齢よりも遥かに若々しく見える。金色の髪に碧い瞳、整った容姿、暖かな雰囲気はローエンシアの聖女と称えられる程だ。

そして、王妃ベアトリクスの隣に立つアディラは金色の髪をまとめ上げ淡い青を基調としたドレスに銀糸であしらった刺繍がよく似合っている。

（はぁ〜絵になる家族だな〜）

アレンは国王一家を見て正直に思う。不在であるが王太子のアルフィスがいればさぞかし、素晴らしい絵になることは間違いないだろう。なんだかんだ言ってアルフィスは容姿も大変優れているのだ。

そんなことを考えていると出席者は一斉に拍手を始める。どうやらアレンが国王一家について色々考えていたらすでにジュラス王の演説がいつの間にか終わっていたらしい。アレンは慌てて周囲に追従して拍手を始める。

そして本格的に夜会が始まった。

（まずは国王両陛下とアディラにご挨拶だよな）

アレンはそう考えると国王一家へ挨拶をするために歩き出す。本来であれば男爵という身分で国王陛下に挨拶というのはあまり行われないのだが、ジュラスから夜会が始まったらまず顔を見せに来ることと言われていたのだ。

国王一家はすでに多くの出席者に挨拶を受けており、かなりの順番を待つ事になっているが、これは仕方の無い事でありアレンは黙って待つことにする。

アレンが列に並んだことで周囲の貴族達は露骨に蔑みの目を向けるが、国王一家の前で嫌味を言うわけにはいかないので、非好意的な視線を向けるだけに留まっていたのだ。

アレンにしてみれば、父への侮辱以外はどうでも良いので、ひたすら無視をしている。いや、もはや視界にすら入っていないのだ。

するとアレンと同年代の少年がアレンに向かって歩き出してきた事に気付く。その少年は亜麻色の髪に整った目鼻立ち、アレンよりも身長はわずかに高く、均整のとれた体格をしている。

(なんだあいつ？　あいつも確か同級生だった気がするな)

アレンは心の中で自分に向かってくる少年の事を思い出そうとするが、思い出すことは出来なかった。貴族にとって顔を覚えるというのは必須のスキルなのだが、アレンは普通の貴族のように人脈を広げ家を繁栄させるという意思がまったくないので、貴族の顔を覚えることはほとんどなかったのだ。

その亜麻色の髪の少年がアレンの目の前に立つと嫌悪感を隠そうともせずに口を開いた。

「アインベルク……お前はここで何をしている？」

「もちろん、両陛下、王女殿下へのご挨拶のためですよ」

「貴様、身分を弁えたらどうだ？」

「なにがです？」

「貴様はたかだか男爵、それが国王両陛下、王女殿下に挨拶だと？」

少年の目にはアレンへの敵意が含まれている。アレンとすればこの少年の命令を聞く理由はどこにもないので、毒舌の刃で切り刻むことにする。いつものアレンであればサラリと流すところなのだろうが、さきほどのレオン一行とのやり取りで平常心とは程遠い心境にあった事が毒の量をいつもより増していた。

「私は国王陛下に夜会が始まったら顔を見せるように言われたから挨拶をしようとしているだけだ。それに主催者に対してご挨拶申し上げるのは、招待された側としては至極当然の事ではないか？　お前は身分を弁えろと言ったが、お前こそ道理というものを弁えたらどうだ。初対面の人間に不躾な事を言い放つお前の品性下劣さを顧みてみろ。お前の両親はまともな躾をしてこなかったようだな。身分云々よりもお前は必要最低限の常識を身につけるんだな。お前のような品性下劣な人間であっても努力次第ではまともになれる可能性が少しでもある以上、それを目指すべきだぞ」

アレンは息継ぎ無しに少年に毒舌という名の攻撃を叩きつける。少年は呆然とし、目を白黒させていたのだが、自分が侮辱されたことに気付いて怒りの表情を浮かべ爆発しようとするのをアレンは察する。そこにアレンが機先を制するために次の言葉を続ける。

「こんな所で大声を出して、恥をかくのは私ではなくお前の家ではないのか？　王族主催の夜会でも め事を起こす……お前はこの意味を正確に理解しているのか？　一体どれほどの傷がお前の家の看板につくか少しは考えてみるんだな？」

「く……」

アレンは先程、レオン一行を殴り飛ばそうとしており、この少年以上のもめ事を起こそうとしていたのだから、本来この少年を責めるのはお門違いも良いところなのだが、その事を少年が知らない以上有効な口撃となったのだ。

アレンの言う事は苛立たしいが、その言葉には一理あることを少年は認めざるを得ない。たとえアレンに侮辱されたと言っても、このような場で騒動を起こしお咎め無しというわけにはいかないのだ。

「ところで、先程も言ったがお前はそもそも誰なんだ？」

「なっ……」

アレンの問いかけに少年は呆然とした声を出す。アレンの中で学園での同級生かもしれないと思っていたのだが、少年の反応からそれが事実であった事をアレンは察した。

「初対面でいきなり突っかかってくる無礼者だ。せめて名前ぐらいは覚えてみようと考えているので、名前ぐらい教えて貰っても良いだろう？　ああ、嫌なら名乗らなくても良いよ。義理で聞いただけだからな」

アレンの言葉は本当に無礼以外の何者でもなかった。だが、いきなり身分をかさに見下してくるような少年に対してアレンが好意を持つことは決して無い。また、レオン一行とのやりとりに対する怒りも未だに残っていたのだ。

「貴様……このハッシュギル侯爵家嫡男であるゲオルグ＝ヨアヒム＝ハッシュギルを侮るか」

「ああ、そうですか。じゃ」

アレンはゲオルグの言葉に何ら関心を示すことなくゲオルグの相手を打ち切り列に並び直した。

さすがにこの場で実力行使する事はゲオルグには出来ない。ゲオルグは苦虫を百匹ほど同時に噛み潰したような表情を浮かべていた。

「このままではすまさんぞ……」

アレンの後ろ姿にゲオルグは確かな陰が籠もった声で言い放った。

†

（まったく妙な奴に絡まれるな……）

アレンはゲオルグの敵意、殺意のこもりすぎた視線を背後から感じていたが、まったく動じる事無く列に並んでいる。この程度の殺意に心折れるようでは、ローエンベルク国営墓地の墓守は絶対に務まらないのだ。

（しかし、さっきのアホといい、品性下劣な生き物集団といい、ろくな奴がいないな）

この夜会が始まって少しも心楽しい事がないため、アレンとすればもう帰りたい気持ちで一杯であった。

（さっきのアホが家に泣きつき、アインベルク家が取りつぶしとかになってくれれば、万々歳だな。そうすれば百回なんて縛りをいちいち気にする必要なんか無くなるな。国を出ることになれば煩わしい貴族共の相手なんかしなくて良くなるよな）

アレンはそう考えた時に意外と悪くない結果になるという事に思い至った。

(あれ？　高位の貴族に喧嘩を売って、アインベルク家を取りつぶさせるというのは有効な手段だな。アインベルク家を嫌いな奴らは嬉しいだろうし、俺もあいつらのような品性下劣な連中に会わなくて済む。みんなが幸せになれる素晴らしい結果になるじゃ無いか)

アレンは心の中でニヤリと嗤う。考えれば考えるだけアレンにとって素晴らしい未来が見えてくる気がした。

(取りつぶしになったら冒険者なんてのも良いな。そういえばレミアは駆け出しとはいえ冒険者だっけ。なら一緒にパーティを組んでもらうというのもいいな。フィリシアも冒険者だったんだよな。俺、レミア、フィリシアの三人で冒険者……ありだな)

アレンはすでに心の中で冒険者になってローエンシア王国を出る道筋を考え始めていた。アレンの心に再び清々しさが戻ってきていた。先程、レオン一行を完膚なきまでに叩きのめす事を決心した時のスッキリした気分である。

(ゲオルグとかいうさっきのクズもつまらないプライドなんか捨てて家に泣きつけば良いのにな。そうすれば頭ぐらい撫でてやるぞ)

そんな事を考えていると、国王一家への挨拶の出番が回ってきた。人間楽しいことを考えていると時間の経過が早いものだった。

「国王両陛下、王女殿下、本日はご招待いただき誠にありがとうございます」

アレンは完璧な礼儀作法に則り文句のつけようのない挨拶を行う。アレン自身は貴族の位に対してまったく執着はないが、その場に相応しい振る舞いをする事ぐらいの教養は十分修めているのだ。

「ふむ、アインベルク卿、今夜は楽しんでいって欲しい」

「アインベルク卿、会えて嬉しいわ。ますます凜々しくなりましたね」

「おに……じゃない。アインベルク卿本日はご機嫌麗しゅうございます」

アレンの挨拶に国王一家が返答する。三人の声にはアレンに対する親愛の情が含まれておりアレンの荒んだ心がかなり癒やされたのは間違いなかった。

「さて、アレン先程の話は聞いた」

「は？」

ジュラスがアレンに言う。その声には明白な怒りがある。先程の話とは何の事だと思った時、視界の端にエルマイン公の姿が映り、それがレオン一行との件であることを察した。

「どこのクソガキがユーノスを侮辱した？　ただではすまさん。アレン、言え」

「え？」

「早く言え。隠すと為にならんぞ。どこのクソガキだ？　宰相は口を割らんからお前から聞くしか無いんだ」

「え～と……」

ジュラスの目は本気である。アレンにとって父ユーノスは偉大な男であった。同時にジュラスにとっても大事な親友であったのだ。その親友を侮辱されジュラスが黙っている訳はないのだ。

「陛下、そんなにアレンを困らせてはダメですよ」

そこにベアトリクスが割って入る。ジュラスを窘めるとジュラスは困った様な表情を浮かべた。自分の行動が色々とまずいことを思い出したのだ。

「ごめんなさいね。陛下、ほら……」

「あ、ああ……」

ベアトリクスに促されジュラスは口を開く。

「アレン、今夜の夜会ではアディラと一緒にいてくれないか？」

「え？」

「アディラも気心の知れたアレンと一緒に居る方が心安まるのではないかしら？」

「へ？」

「アレンお兄ちゃんのご迷惑でなければ……」

ジュラス王、ベアトリクス王妃の提案にアディラはポッと頬を染める。正直、男ならその可憐な姿に心が動くことは間違いない。アレンもアディラの仕草を見てドキッとしたのは事実であった。

そのアレンの心を見抜いたのだろう国王夫婦は顔を綻ばせた。といってもジュラスはニヤリ、ベアトリクスはニコリという表現が似合う笑顔である。

「え……いや、そういうわけには……」

せっかくの申し出であるがアレンは断りの言葉を口にする。もちろんアディラの事が嫌なわけでは無い。

アディラは王族であるし、アレンのような気軽な身分（気軽と思っているのはアレンぐらい）ではないのだ。もし、一緒にいることでアレンと恋仲とか噂が立ってしまえばアディラにとって大きなマイナスであると考えていたのだ。

「ふむ、つまりアレンはアディラと一緒に居たくないというわけか……」

「ああ、アディラは可哀想だわ……大事な大事なアレンに邪険にされるなんて……」

「アレンお兄ちゃん……ご迷惑ですか……」

国王夫婦はわざとらしくアレンを責め立て、アディラは上目使いでアレンを見つめてきた。アディラの様子に捨てられそうな子犬がすがっているかのような錯覚をアレンは持ってしまった。そんな目を向けられて平気でいられるほどアレンは冷血人間ではない。アレンは元々、自分が好意を持っている者に対して情が深い人物なのだ。

「いえ、とんでもない。喜んでご一緒させていただきましょう」

アレンはあっさりと陥落してしまう。アレンの返答を聞いて、アディラの喜びは一目で分かるほどであった。

「ありがとう。アレンお兄ちゃん♪　さぁ行きましょう♪」

「ふむふむ、それではアレン、アディラをよろしく頼む」

「アレン、アディラをよろしくね」

アディラはアレンの手をとると王族席を離れる。アレンとアディラが連れ立って歩き出すと周囲から驚きの声が上がる。

その様子を見送っていた国王夫婦は、二人とも悪い笑顔を浮かべていた。企みが上手くいったとき、

人はこういう笑顔になる見本のような笑顔である。ジュラスは先程の怒りが完全に消えたわけでは無かったが、一つの目的が上手く動き出した事に対してとりあえず満足したようであった。

「上手くいったな」

「ええ、誰かさんがユーノス卿を侮辱されて冷静さを欠かなければもっとスムーズにいったと思いますけど」

「そう言うな……許せないものは許せないのだ」

ジュラスの言葉にベアトリクスは苦笑を浮かべる。ジュラスが怒りを見せた事でアレンの溜飲が下がったようにベアトリクスには思われる。

(これが演技でないからアレンも溜飲を下げたのね)

もしこれが演技であればアレンはその洞察力で確実に見抜いた事だろう。そうすれば自分を利用しようとしているとアレンは態度を硬化させるという結果になった可能性が高い。そうなれば今夜にも国を出奔する可能性すらあった。

だが、ジュラスのユーノスを侮辱された事による本気の怒りが、ユーノスの名誉を大事に思うのは自分一人でない事をアレンに思い出させたのだ。

「まぁ私も将来の義理の息子の家族を馬鹿にされるのは面白くないわね」

ベアトリクスの言葉にジュラスはゾクリとする。ベアトリクスは普段は優しく、滅多に怒ることはないのだが、怒った時は普段の聖女然とした雰囲気は完全に消えてしまう。優しいだけの女性では王妃は務まらないのだ。

「急がねばな……」

ジュラス王の言葉にベアトリクスも頷く。先程、エルマイン公爵からアレンとのやりとりを国王夫婦は聞かされており、アレンの心が爵位を捨て去る方向に傾いている事を察していたのだ。

先程も、ハッシュギル侯爵家の子息に絡まれた際に、いつもであれば聞き流すところを思い切り反撃していた。ジュラスもベアトリクスもアレンが侯爵家の権力を使い、アインベルク家を取りつぶさせようと思っての反撃であろうと睨んでいた。もし侯爵家から処罰を求められればアレンは喜々として受け入れ爵位を返上し、国を出るつもりであると考えたのだ。

ジュラス、ベアトリクスもそれだけは何としても避けたかった。そのためにも今回の夜会で、アディラには頑張ってもらわなくてはならないのだ。アインベルク家がローエンシアを離れる事の意味を正確に把握している国王夫婦にとって、アレンをローエンシアにつなぎ止めるアディラの恋路は、かなりの優先事項であった。

国王夫婦の推測は、当たらずとも遠からずであったが完全な正解ではない。ゲオルグに反撃し家を取りつぶさせようというのも実は順番が逆で、反撃した後に〝その手があった〟と思いついたのである。

結構、アレンは後付けが得意であり、まず行動し理由付けをするという事も結構やっていたのだ。要は行き当たりばったりな所がアレンにはあるのである。

「それを置いといても、あの二人には上手くいって欲しいですね」

「そうだな」

国王夫婦の二人を見る目はまさしく愛しい我が子を見る目であった。

✝

（ふふふ〜お父様もお母様もナイスアシスト!!）

アディラの喜びはひとしおだ。アレンの動揺がおさまらない間にアレンの手を取って歩き出す。一旦動き出してしまえばそれを押しとどめるのは困難だ。アディラはそれを考え、アレンの混乱した隙を見つけ行動を始めたのだ。

「アレンお兄ちゃん、今夜の私はどうですか？」

ニコッと華が咲き誇る笑顔を見せる。

アレンも今夜のアディラの美しさは群を抜いていると思っていた。淡い青色のドレスは決して華美なものではなかったが、アディラの可憐さ、清楚さを十二分に引き立てている。アクセサリーのネックレス、髪飾りも派手なものではないが、その控えめな装飾もアディラの魅力を引き出している。というよりもアレンの好みのドストライクだった

アディラは、もともと派手な装いを好む方ではなかったが、アレンの好みのキーワードが『可憐』『清楚』であることを看破し、そちら方面の女性となるように努力していたのだ。

「勿論、綺麗だよアディラ」

アレンは意識せずに素直に感想を述べていた。そして、感想を述べた後すぐにここが公的な場であ

る事を思い出すとまずいと思ってしまう。

公的な場では『王女殿下』と呼ぶべき所をつい『アディラ』と呼んでしまったのだ。これは臣下の立場としてはあってはならない事だ。幸いにして周囲の者達には聞こえなかったようだ。

アレンは別に自分が責められることを恐れたわけではなく、アディラの立場をおもんばかってのことである。もし臣下に気安い口を利かれるという事になればそれはアディラが周囲の者に軽んじられる可能性がある。アレンにとってアディラは幸せになって欲しい存在であり、軽んじられるような事はあってはならなかったのだ。アレンのその感情が恋愛感情に基づいてのものかどうかは、アレン自身にも現時点ではわからなかった。

そのアレンの心配をよそに、素直に褒められたアディラの方は、もう……王女という立場を完全に忘れ恋する乙女モードを全開にしていた。

「ぐへへ～お兄ちゃんが綺麗って……ぐへへ～」

いや、全開にしていたのは恋する乙女モードではなく変態親父モードの方であった。

「アディラって……これはお世辞じゃないわ……ぐへへへへ」

「あ……あの……王女殿下?」

アディラの奇行にアレンは先程までのレオン一行、ゲオルグ達とのやりとりによる怒りの事はすっかり忘れていた。ジュラスの本気の怒りを見て、かなり溜飲が下がり、アディラと夜会を楽しむという状況で気分が上向きになりかけたところに、アディラの奇行で完全に飛んで行ってしまったのだった。

アレンはアディラの奇行を止めるために『王女殿下』という呼び方をして正気に戻そうとしたのだが、変態親父モードを発動している今のアディラには、『王女殿下』という嫌な他人行儀な言葉でさえ奇行の養分でしかなかったのだ。

「ああ、アレンお兄ちゃんが王女殿下って……いいわ〜私を大事にしてくれている証拠よね……ぐへへへへ♪」

アレンとしてみれば、この変態親父モードの笑い声の『ぐへへ』だけでも止めたいところであったが、その方法がまったく見つからずお手上げ状態であった。正統派の美少女の口から変態親父を思わせる嗤い声が発せられる光景というのは、中々シュールなものがあった。

ただアディラにしてみれば、アレン以外の男に言い寄られても迷惑なだけであるし、もっと言ってしまえばどうでも良かった。実の所、自分が好意を持っている人の評判だけは気にするが、それ以外には基本無頓着だったのだ。これはアレンもほぼ同様の価値観であったので、この二人は実は似た者同士であると言って良かったのだった。

「王女殿下、一曲踊っていただけますか？」

お手上げ状態のアレンは、一曲踊る間にアディラを正気に戻そうという思いからダンスに誘ったのだが、これは思った以上の効果をもたらすことになったのであった。

「喜んで♪」

アレンにダンスに誘われた事でアディラの変態親父モードは、表面上はおさまった様に見える。そしてアディラは花の咲くようなという表現そのものの笑顔を浮かべた。アディラほどの美少女の笑顔を見て不愉快になる者はいないだろう。しかもこの時のアディラの笑顔は、世界中の幸せを独り占めにしたかのような幸せな笑顔である。

ちなみにアディラの脳内では、幸せ一杯でお花畑をアレンと走る幻覚を見ているほどであった。

(ぐへへへ〜アレンお兄ちゃんからダンスに誘われるなんて♪　そうだ、この際三曲踊っちゃおう!!　そうすれば、アレンお兄ちゃんとの仲は公認のものになれる!!　ぐへへへ)

ローエンシアの夜会の流儀では、一曲踊るのは友人、二曲踊るというのは恋人、婚約者を意味し、三曲踊るのは夫婦を意味している。未婚で三曲踊るというのはそれだけ愛し合っていますという事を周囲に知らせる行為だったのだ。

アレンにエスコートされ、アディラは夢見心地のままダンスを一曲踊る事になった。

(あ〜幸せ、アレンお兄ちゃんが私の腰に手を回している。こんなにアレンお兄ちゃんの顔が近い〜〜やっぱりアレンお兄ちゃんは格好良いわ〜〜ぐへへ)

アレンとのダンスの間、アディラはアレンと密着した事で脳内で変態親父モードを発動させていた。

アレンのダンスは十分及第点に達していたのだが、アディラのダンスが非常に優れており、アレンのダンスが相対的に劣ったものに見えてしまった。

(アディラってこんなにダンスが上手かったのか……きっとすごい努力したんだろうな)

二カ月前の社交界デビューの時よりもはるかにアディラのダンスは上達しており、アレンは幼馴染みの努力と成長に内心驚きつつアディラに告げる。

「王女殿下、すばらしいダンスですね。前回ご一緒したときとは別人のようです」

「えへへ～アレンお兄ちゃんと一緒に踊るときのために一生懸命レッスンしたんです♪」

「あ……はい」

アレンは真っ直ぐなアディラの好意にすっかり気恥ずかしくなり、アディラから目をそらした。

（きゃ～アレンお兄ちゃんが照れてる♪　これは脈ありよね!!　山脈レベルで脈あるわよね!!　これで脈が無いというのならこの世界は間違っているとしか思えないわ!!）

露骨に目を逸らされた事に対してアディラは、気分を害するよりも心の中で狂喜乱舞していた。周囲の目があった事を思いだし、騒ぎ出さなかっただけであった。

一曲目を終えた二人が下がると途端にアディラに次のダンスの誘いが殺到した。申し込んだ貴族の青少年達の中には先程、アレンに絡んだレオンとゲオルグも含まれていた。アディラは、ニッコリと微笑んで貴族のダンスの誘いを断る。

「申し訳ございません。私は今夜はアインベルク卿以外と踊るつもりはございませんの」

普段のアディラからは考えられないほどはっきりとした断りであった。アディラが現在優先すべきは王族としてのアディラではなく、恋する乙女アディラとしての気持ちの方であった。にべもなく断られた貴族達は、二の句を継ぐ事が出来ずにアレンに嫉妬のこもった視線を向けてくる。

「アインベルク卿、こちらに……」

アディラは明らかに恋をしているという熱の籠もった視線をアレンに向け、アレンの手を取ると貴族達から離れていく。

アレンの視界の端に、袖にされた貴族の青少年達の殺意に歪んだ顔が捉えられる。それから背後に刺さるような視線を感じたのも気のせいでは無いだろう。

アディラのアレンにべったりな様子は、夜会の出席者達の耳目を集めるには十分だった。そのため出席者達は二人に対する噂話に華を咲かせる事になった。女性達の反応は、非好意的なものではなく、むしろアディラに他の優良物件をとられずに済んだという安堵感に満ちていた。

アディラは正統派の美少女であり、性格も可愛らしい。しかも王族というほとんど反則レベルの優良物件である。普通の男であればアディラに好意を向けられれば靡かないような者はいないと思われる程だ。女性にしてみればアディラは強力すぎるライバル、いや、ライバルにすらならない、同じ土俵に立つ事すら難しいという相手だったのだ。

そのアディラがたかだか男爵家、しかも墓守という権力とは無縁の仕事しかしていないようなアレンにべったりなのだ。それは女性達にとっては僥倖としか表現できない事だったのだ。

ただ、それは女性の意見であり男性としては当然看過できる問題では無い。男爵、しかも墓守如きが、アディラを独占しているというのは許しがたい暴挙なのだ。だが、当のアディラがあそこまではっきりと〝アレン以外と踊らない〟という宣言をするのは珍しい事であり、それを覆すのは困難を極めるどころか、場合によっては王家に睨まれるという事になりかねない。

様々な思惑がアレンとアディラを話題の中心としていたが、新たな出席者の登場により、話題の中心が移る。

「誰だ？　あのご令嬢は？」

「美しい……」

男性達は新たに登場した女性に対し見惚れていた。口から漏れ出る言葉も女性の美しさを褒めるものばかりであり、つい洩れてしまったという言葉が女性の美しさを否が応にも引き立たせていた。

「誰……あの方……」

「美しい……」

女性陣は、男性の視線を独り占めした女性をエスコートする男性に目を奪われている。その男性の何気ない仕草には気品があふれ、エスコートする女性と相まって一枚の絵画のようである。

出席者の視線を独占していた話題の二人をアレンが見て、驚きのあまり固まってしまった。アレンが固まったのは、二人を知っており、そして今夜この夜会に来る事をまったく知らなかったからだ。

その二人は吸血鬼の王国であるエジンベート王国一の名家ジャスベイン家の兄妹である。少女の名はフィアーネ＝エイス＝ジャスベイン、青年の名はジュスティス＝ルアフ＝ジャスベインだった。

✝

（なぜ……フィアーネがここに……）

面倒事のにおいをまき散らしながら、フィアーネが夜会の会場を歩いてくる。ジュスティスと連れだって歩く姿は、絵画の題材になりそうなほどである。

夜会の出席者達は、この二人の美貌に目を奪われており性別、年齢問わず、二人に見惚れている。この二人がいかにぶっ飛んだ性格をしているかなど知らない以上、仕方のないことなのかも知れない。

アレンは見つかると厄介な事になると思い、その場を離れようと動き出そうとする。気配を完全に絶っており、よほどの実力者であってもその動きを捉える事は出来ないだろう。だが、その動きにアディラは気付いた。アレンに関する事ならば実力者以上の気配を察知する事が出来る事を〝恋する乙女〟だからで片付けるのはかなり難しいだろう。

「アレンお兄ちゃん、一体どうされたのですか？」

アディラの声には隠しきれない不安が混ざっていた。フィアーネの美しさにアレンが心を奪われる事への不安が音声化されたのだろう。

「いや、アディラ何でもないんだ。とにかくちょっと向こうに行きたくなったんで移動しようとした。それだけなんだ」

アレンはフィアーネの視線に入らないように焦っていたため、つい訳の分からない言い訳をしてしまった。だが、その言い訳は、美貌を持つ二人に近付くためでなく離れるためのものである事を知り、心の中で安堵の息を漏らした。

アディラは新たな出席者の方を見る。より正確に言えばフィアーネの方に視線を合わせていたのだ。アディラの目から見て、フィアーネは比較されるのも恥ずかしいぐらいに美しかった。絹糸の様な銀髪を夜会巻きにまとめ、白磁《はくじ》の肌に、秀麗としか表現できない目鼻立ち、体型も女性らしさを意識させる胸、腰、お尻のなだらかな曲線は見惚れる以外無かった。

また女性の深紫のドレスは、白磁の少女の肌に絶妙な対比を生み出し、少女の清楚さを際立たせている。

アディラの美しさは可憐、可愛らしいという向日葵のようなものであるのに対し、フィアーネの清楚さは月下美人のような透き通る美しさであり、自分とは異なる系統の美しさにアディラが不安になるのも不思議ではなかった。

「アレンお兄ちゃんはもしかしてあの方とお知り合いなのですか？」

「……え〜と、はい」

言いづらそうなアレンの返答に、先程までのアディラの幸せは急降下した。アディラの表情には、はっきりと〝不安〟を見ることが出来た。当然、アレンもアディラの表情の変化に気付いていた。明らかに誤解されていると考えたアレンは、アディラの目を真っ正面から見つめて言った。

「アディラ、良く聞け。フィアーネに見つかると非常に面倒なことになるんだ。見つかる前にこの場を離れよう」

アレンの真剣な表情にアディラは頬を赤らめるが、アレンの〝フィアーネ〟という言葉を聞いて驚愕の表情を浮かべた。

（ま、まさか……あの人がフィアーネ様なの？　ちょっと待ってよ……あんな美人って反則じゃないの……）

アディラは心の中でフィアーネという強敵に身震いするが、アレンを諦めるという選択肢は元々アディラにはない。アディラは決して引くことの出来ない戦いに踏み込む事を迷わず選択すると、フィアーネのもとに歩き出したのだ。

アディラのこの行動に驚いたアレンであったが、この場でアディラの腕を掴んで制止するという行為は絶対にできない。アレンが戸惑っているうちにアディラはフィアーネの元にずんずんと歩いて行った。

(アディラは一体何故、フィアーネの元に向かおうとしてるんだ?)

アレンはアディラの行動に戸惑いつつアディラの後ろについていく事しか出来なかった。フィアーネは自分の方に向かってくるアディラの後ろにアレンがいる事に気付くと、にこやかに微笑みかけてきた。その微笑みに周囲の出席者達の半数以上が魅了されたようであった。

その一方でアディラもまた花が咲くような輝く笑顔を浮かべる。するとこれまた半数以上の出席者がアディラの笑顔に魅了されたのは間違いない。

そして、ついにアディラとフィアーネは邂逅する。夜会の出席者達は二人の邂逅を固唾を飲んで見ていた。二人の表情は万人が見惚れるほどの笑顔であるし、剣呑な雰囲気をわずかも発していない。だが出席者達は二人の間に流れる空気に、剣豪同士の果たし合いのような空気を感じていた。ぴりぴりとした緊張感が時間を増すごとに強まっているようでもあった。

「初めまして、ローエンシア王国王女アディラ＝フィン＝ローエンでございます」

この高まる緊張をまず破ったのはアディラの挨拶であった。アディラの挨拶は完璧な礼儀作法に則っており賞賛されてしかるべきものだ。だが出席者達はまったく心安んじられる事はない。

アディラの挨拶を受けたフィアーネがどのような返答をするかに興味が移っていたのだ。

「ご丁寧にありがとうございます。フィアーネ＝エイス＝ジャスベインと申します」

フィアーネも完璧な挨拶をアディラに返した。普段のフィアーネは令嬢としての振る舞いはしないためについ忘れがちになるが、公爵家の令嬢である以上当然礼儀作法は仕込まれているのだ。

アディラとフィアーネの挨拶は甲乙つけがたく出席者達は両者の様子を固唾を飲んで見守っている。

（くっ……なんて優雅な挨拶……それに何なのこの美しさ……間近で見るともう反則じゃないのよ……）

アディラはくじけそうになる心を無理矢理奮い立たせる。少しでも気後れしてしまえば一気に流れを持っていかれることを本能で察していたのだ。

（な……なんて可憐な王女様なの……これは反則レベルの可愛さだわ）

その一方で、フィアーネもアディラの可憐さに心中穏やかでは無かった。お互いがお互いを強敵であると認めていたのだ。

「フィアーネ様、お聞きしたいことがございます」

「なんでしょうか？　王女殿下」

「アレンティス＝アインベルク様との関係です」

「え？」

「アレンですか？　もちろん恋人であり、将来の旦那様ですわ」

「な、なんですって!!」

フィアーネの返答にアディラはこれ以上なく狼狽えた声を上げる。普段のアディラからは想像することの出来ないような口調に周囲の出席者はゴクリと喉を鳴らした。

「ア……アレンお兄ちゃんの恋人ですって……そんな……」

次いで放たれたアディラの言葉には絶望が色濃く浮かんでいる。だが声とは裏腹に、目にはアディラの強い意志が宿っていることをフィアーネは察する。

「王女殿下こそアレンとどのような関係なんですの？」

「わ、私はアレンお兄ちゃんの幼馴染みよ!!」

「幼馴染み……なるほど」

アディラの返答にフィアーネは何か納得したように頷く。フィアーネの中でどのような結論が出たかは正直現時点では分からないのだが、アレンとすればこのままにしておくことはまずい流れであると感じると一歩進み出ようとした。そこにジュスティスがアレンに対して声をかける。

「お〜アレン君、久しぶり元気だった？」

ジュスティスの声は非常に軽やかであり高まった緊張を緩和させるものがあった。アレンは緊張が緩和された事に少しばかり安堵しながらジュスティスに返答する。

「あ……どうも、ジュスティスさん。ところでなぜここに？」

アレンの質問にジュスティスが返答をする前にアディラとフィアーネがアレンに質問をする。

「アレンお兄ちゃん、フィアーネ様と恋人というのは本当なんですか!?」

「アレン、王女殿下と一体どんな関係なの？　ただの幼馴染みなの？　それとも……」

アディラの声は否定を期待しているものであり、フィアーネの方はどう思っているのかという疑問であり、アディラの方が必死な印象を受ける。アディラにはフィアーネのこの口調が余裕に感じられて仕方が無い。

「アディラ、少し落ち着け」

アレンがアディラを宥めることを選択したのはある意味、声色からどちらの質問に答えるべきか判断した結果だった。だがアレンの言葉は現在のアディラにとって不安を与えるものでしかなかった。

「これが落ち着いていられますか!!　アレンお兄ちゃんに恋人……がいるなんて」

「いいから聞けって、フィアーネと俺は恋人同士でも将来を誓ってもいないぞ」

「え？　そうなんですか良かったぁ……」

アレンの否定の言葉にアディラは途端に安堵の言葉を口にする。だが、次のフィアーネの言葉で収まりかけた緊張感はまたも一気に高まった。

「またまた～アレン照れないで良いのに♪」

「フィアーネ……お前はどうして俺の言葉をそんな風に解釈できるんだ？」

フィアーネの言葉にアレンは心の中で頭を抱えている。

「良かった～フィアーネ様の勘違いというわけですね」

そこにアディラの明るい言葉が発せられた。その言葉にフィアーネは余裕の笑みを浮かべながら返答する。

「王女殿下、アレンは照れてるだけですわ。このように皆様の目がある中でアレンが照れ隠しに心ない言葉をはくことはよくありますわ」

「あら、フィアーネ様ったらアレンお兄ちゃんは今自分の口で否定しましたよ？」

「だから照れ隠しですわ」

アディラとフィアーネの舌戦が展開され始めた所でたまらずアレンが口を挟む。いや正確に言えばツッコミを入れたとも言える。

「いや、照れ隠しじゃ無くて事実を言っただけだろ」

「私との仲を隠そうとするなんて私を思っての行動ね。でも私はただ守られるだけの令嬢ではないわ」

アレンのツッコミを、フィアーネはまたもその斜め上の解釈で自分の都合の良いように持っていってしまった。

「……頼むから俺の話を聞いてくれ」

アレンのぼやきにも似た声が発せられたのだが、アディラもフィアーネも舌戦を収めるつもりはないようだ。

「ほら！　フィアーネ様、アレンお兄ちゃんが困ってるじゃないですか!!」

「アレンったら♪　そんなつれない態度で私の気を引かなくても良いのに♪」

(駄目だ。相変わらずフィアーネは人の話を聞かない。アディラはアディラで興奮して『アレンお兄ちゃん』を連発してる。周囲の目はだんだん厳しさを増してきたな。これどうやって収拾つければ良いんだ？)

アレンが心の中でどうやってこの場を収めようかと思い悩んだときに、思わぬ横槍が入る事になった。

「何の騒ぎだ？」

夜会中の目が集まるアディラ、フィアーネの口論に対し声をかけたのはジュラス王であった。

✝

ジュラス王の登場にアレンは顔が引きつる思いである。しかもジュラス王の隣には王妃ベアトリクスもいる。アレンの目には両陛下が、アディラとフィアーネの舌戦を楽しんでいるように見える。

「え〜と……」

さすがにどう説明したものかアレンは迷う。アディラとフィアーネが自分を原因に口論を始めた事を素直に伝える事は、アディラとフィアーネの両方の名誉を傷つける事になると考え憚られたのだ。

「フィアーネ＝エイス＝ジャスベインと申します。両陛下にはお騒がせした事をお詫びいたします」

アレンの心など露知らず、フィアーネは堂々とした態度で両陛下へと完璧な挨拶を行う。フィアーネの挨拶を受けてジュラス王が微笑みながら挨拶を返す。

「ローエンシア国王ジュラス、こちらは妻のベアトリクス。娘のアディラが迷惑をかけたようだね？」

ローエンシア王国の国王として威厳に満ちつつも優しい声にフィアーネも流石に畏まる。

「いえ、決してそのような事は……」

「それで、二人が揉めている理由を聞かせてくれないかね？」

ジュラス王の言葉にフィアーネは返答する。その様子をアレンは緊張の面持ちで見守っている。何しろフィアーネは空気を読まないことに対して定評がある。正直アレンからすれば〝我が一族は空気を読むつもりはありません〞というのを家訓として掲げていてもまったく不思議に思うことはないだろう。

「アディラ様が私とアレンが恋人同士である事を信じてくれないため、つい口論となったわけです」

アレンの危惧したとおりフィアーネの口からはやはり空気を読まない発言が飛び出していた。フィアーネの言葉にアレンは、両陛下の前であるのにいつもの口調でフィアーネに抗議を行う。

「だから、フィアーネ、お前の中でなんでそれが決定事項なんだよ。俺とお前がいつ恋人になったんだよ!!」

「嘘も百回つけば本当になるわよ。ずっと言い続けてるんだから、そろそろ本当になってもおかしくないんじゃ無いかしら?」

「嘘は何千回ついても嘘であって、本当にはならないの!!」

ジュラスはアレンとフィアーネのやりとりを見ながら、アディラに和やかな笑みを向け言う。

「アディラ、良かったな。アレンとフィアーネ嬢は恋人同士ではないということだ」

「……え、あ、はい!!」

アディラはジュラス王の言葉に安堵の表情を浮かべる。すると途端に冷静になったのだろう。自分が夜会という場で恥ずかしすぎる行動をとっていた事に今更ながら気付くと顔を真っ赤にする。ジュラス王は微笑みながらアディラに優しく告げる。その後ろでベアトリクスも優しげに微笑んでいる。

「それではお前がフィアーネ嬢と争う理由はなくなるな?」

「はい」

「フィアーネ嬢、アディラとこれからも仲良くして欲しい」

「は、はい、喜んで」

ジュラスの言葉にフィアーネはほぼ反射的に返答する。別にフィアーネとすればアディラと揉める気などさらさら無い以上、当然の言葉であった。

「それでは、みな楽しんでくれ」

ジュラスはそういうと王族席へ戻っていく。すこし遅れてベアトリクスも続いた。騒ぎが一応の決着を見たため周囲の野次馬達も視線を外した。もちろんあからさまに見ないだけで全員の関心が無くなったわけではない。

アレンも当然その事に気付いており、アディラをとりあえずこの場から引き離しにかかる。

「え～と、アディラ……とりあえず、こっちに…」

来てくれと続けようとしたアレンの声を遮り、フィアーネがアディラに声をかける。

「王女殿下、少しお話があります。二人きりで話せる場所はございますか？」

「フィアーネ……それはいくら何でも無理だろ？」

アディラは王族である。二人きりで話すことなどはっきり言って警護の面でも認められるわけは無いのだ。アレンはその事にフィアーネの考えが回らないとは思えない。

「アレン警護の面だけでも認められないのは十分理解しているわ。それでも私は王女殿下とどうしても話し合いたいことがあるのよ」

「いや、だから無理だって……」

「構いません。ですが、さすがに二人きりというのはいらぬ誤解を与えます。ですから護衛として数人配置することをお許しください」

アレンの言葉を否定したのは他ならぬアディラであった。アディラの口から承認の言葉が発せられた事でフィアーネは嬉しそうに答える。

「わかりました。ただし、絶対に洩れては困る内容なので、口の堅い、信頼の置ける者にしていただけますか」

「それは当然です。私の信頼する者にいたします」

アディラはフィアーネを真っ正面から見据えると凜とした表情で言う。この時のアディラの表情はいつもの天真爛漫な美少女のものではなく、ローエンシア王国王女として威厳に満ちたものであった。そしてニッコリと笑うフィアーネもいつもの残念美少女ではなく、公爵令嬢としての気品に満ちた笑顔である。

「あのさ……俺も参加して良いか？」

「アレン、女の子同士のおしゃべりに混ざろうなんてそんな野暮な事は言わないでね」

「アレンお兄ちゃん、フィアーネ様が私に危害を加えるなんてあり得ないから、心配しないで」

「……わかった」

アレンの申し出はあっさりと二人に却下されてしまう。さすがに両方から断られてはそれ以上、干渉するわけにはいかず。アレンは引き下がるしかなかった。

「それでは、こちらへ」

アディラに連れられフィアーネが会場を離れていった。すると次にジュスティスがアレンに声をかけてくる。その声にはまったく悲壮感などはなく、それがアレンにとって何よりも有り難かった。

「アレン君、大丈夫だよ。フィアーネがローエンシアの王女殿下に危害を加えるような事は絶対無いから」

「いや、フィアーネがそんな事しない事は分かってますよ。ただ、何の話なのかなと思って」

「まぁ、そんなに悪い話じゃ無いと思うよ。君にとっては大変な事になるかもしれないけど」

「え？」

「おっと、私も両陛下に話があるから、ちょっと席を外させてもらうよ」

ジュスティスはアレンにそう告げると両陛下のもとに向かう。その先でジュスティスがジュラスに何やら話しかけると、ジュラスも席を立つのが見えた。

（本当に何なんだろう……ジャスベイン家がローエンシア王国となにやら取引でも求めるのかな？）

アレンは色々と考えるが、情報がほとんどないために考えても無駄だと結論付けると、壁側に移動しそのまま壁の花となったのだった。

†

フィアーネはアディラに連れられ、王宮の一室に通された。

アディラはフィアーネに席を勧め、控えていたメイドに紅茶を用意するように命令するとメイドが紅茶の用意をするために外に出て行く。

しばらくして紅茶の用意を終えたメイドが戻ってくると、後をアディラのそばに常に控えている護衛のメイドであるメリッサとエレナに任せて退出する。こうして部屋にはアディラ、フィアーネ、メリッサ、エレナの四人だけになった。

メリッサとエレナはアディラの護衛として常に側に控え、アディラに対して絶対の忠誠を誓っている。そしてアディラも絶対の信頼を置く二人であった。

(中々の実力者ね……)

フィアーネはメリッサとエレナの実力をそう見ていた。二人の実力はフィアーネには及ばないが、アディラがこの部屋を出るまでは十分に持ちこたえる事が出来るのは事実である。

「それで、フィアーネ様お話というのは？」

アディラはさっそくフィアーネに話の内容を切り出した。単刀直入という表現そのままにアディラはフィアーネに斬り込んでいく。王族、貴族ともなれば本心をさらけ出して言葉を交わすという事は中々無い。自分の持っている情報を小出しにしながら相手から情報を引き出すという腹の探り合いを行うしかないのだ。

フィアーネはアディラの単刀直入ぶりに好感を持った。フィアーネにしても笑顔の仮面を貼り付けた腹の探り合いなど望んでいないのだ。

「私はアディラ様がアレンをどう思っているのかをお聞きしたいのです」

「私にとってアインベルク卿は」

「先程まで、アレンの事を、アレンお兄ちゃんと呼んでいたのに？」

「う……」

アディラの返答を遮りフィアーネがさらに斬り込んでくる。フィアーネとしてはアディラがアレンに恋愛感情を持っているのかを知りたいのであって、表面上の事を聞いても意味が無いのだ。

アディラもそれに気付いたのだろう。返答に詰まった事が何よりもそれを物語っていた。

「アディラ様、ズバリお聞きします。あなたはアレンの事を異性として好きなのですか？」

フィアーネは動揺するアディラにさらに斬り込んできた。

「あ〜う〜それは……その」

フィアーネの攻勢にアディラは顔を真っ赤にして、しどろもどろになると答える事が出来なくなってしまった。

「あら？　アレンの事を好きかと思っていたんだけど、思い違いだったのかしら」

「あ〜う〜」

「好きでないなら、アレンの隣の席は私が座らせてもらいますね」

「……!!」

フィアーネの言葉に、アディラは言葉を発することができない。

（アディラ様の本音までもう一押しね）

フィアーネはアディラの動揺した様子を見て攻勢を強めていく。相手を動かすには感情をまず揺さぶる必要がある。だが、これは逆に言えば動揺すれば相手に意のままに操られる事を意味するため、王族、貴族は感情の制御に力を入れるのだ。

「アディラ様、私はアレンが好きですよ。それは嘘偽り無い私の心です」

もちろん、フィアーネはアディラの心など分かっていた。あのやりとりを経てアディラがアレンに恋心を抱いていないなどと思うのは、コミュニケーション能力が完全に欠如した人物ぐらいだろう。

フィアーネは空気を〝読まない〟事が多いのだが、決して読めないわけではないのだ。

一方でアディラはフィアーネが自分をからかっている事を察しており、屈辱のあまり涙が出そうであった。

「結局アディラ様は、アレンよりも王女という立場を選ばれるのですね」

そこにフィアーネから決定的な一言が発せられる。この言葉はアディラにとって『あなたはアレンに相応しくないわ』と言われたと同義であった。恋敵に『あなたの恋心などしょせんはその程度』と見下されることだけは、アディラにとって受け入れることは絶対に出来ない。たとえ、アレンが自分を選ばなくても、この恋心を否定されるのだけは絶対に受け入れることは出来ないのだ。

その事に思い至った時、アディラは王女らしくない声を上げる。

「そんなわけないじゃない!!」

アディラはそう叫ぶと立ち上がった。その表情には確固たる戦いの意思が宿り、真っ直ぐにフィアーネを見据えて言い放つ。

「アレンお兄ちゃんに比べれば王女の立場なんかどうでもいいわよ!!　ずっとずっと!!　私はアレン

お兄ちゃんを想ってきたのよ!!　アレンお兄ちゃんにふさわしい相手になるために今までダンスも勉強も礼儀作法だってやってきたのよ!!」

アディラの今まで鬱積していたものが一気に噴き出した。一度噴き出してしまえばもう止めることは不可能であり、そのままの勢いで突き進むしかないのだ。

「もちろんお兄ちゃんはダンスや勉強、礼儀作法が出来ないからって人を見下したりしないわ!!　でもお兄ちゃんが好きかもしれない、好きになってくれるかもしれないと思えばやる以外の選択肢はないわ!!」

フィアーネも二人のメイドもアディラの怒濤のように紡ぎ出される言葉を黙って聞いている。いや、口を差し挟む隙間がないほどの怒濤の勢いに圧倒されていたと言っても良かった。

「大体、フィアーネ様は私のアレンお兄ちゃんへの気持ちを見下しているけど、私がアレンお兄ちゃんを想う気持ちは誰にも負けないわ!!」

アディラのこの怒濤の勢いに対してフィアーネは静かに言い放った。

「しかし、このままでは王女殿下はアレンの隣に座ることは絶対に出来ません」

アディラにとって、この言葉はフィアーネに『私に勝てると思っているの？』と言われたに等しい。この言葉にアディラがフィアーネに『じゃあ勝負よ!!』と宣戦布告しようとするのはアディラの現在の心理状態では当然であった。だが、フィアーネはどこまでも静かに言葉を続けた。

「王女殿下誤解なさらないで下さい。私は『このままでは』と言ったのですよ」

「……どういうことですか？」

フィアーネの言葉にはアディラを労るような優しさが満ちている。そして仲間に引きずり込もうという感情も含まれているようにアディラには感じられた。アディラはフィアーネの意図を図りかね困惑を深めていく。

「王女殿下は、今現在のアレンに想いを寄せている女性の存在をどれだけ把握しておられていますか？」

フィアーネの言葉はアディラにとって常に懸念事項であったものだ。だが自分がアレンの情報を探ることでアレンが不愉快な思いをすることになり、嫌われるかも知れないと考えるとどうしても実行に移すことが出来なかったのだ。

「アレンお兄ちゃんの周りに……」

「はい、私と王女殿下の他にです」

「……」

「私達の他にレミア、フィリシアの二人がいます」

「……レミア……フィリシア」

「はい、その二人は万人が認めるほどの美少女、性格も素晴らしいです。しかも毎晩アレンと共に国営墓地の見回りを行っています」

フィアーネからもたらされる情報は、アディラにとって絶望以外のなにものでもない。アレンに想いを寄せている二人の美少女がいて、毎晩アレンの仕事を手伝っているという情報は、アディラにとって厳しすぎる条件を出されたに等しい。

「アレンに想いを寄せている容姿、性格共に最高級の美少女、そしてアレンと同じ仕事に携わり、アレンを仕事面でもサポートしている。これほど条件を兼ね備えた相手に王女殿下は勝てますか？」

（勝てるわけない……）

アディラの心には絶望が覆い被さっている。会う機会がほとんどないアディラにとって二人との差は歴然としていた。

そんなアディラにフィアーネが決定的な言葉を告げる。

「そう、勝てませんよね？」

コクリ……アディラは重々しく頷く。先程の勢いは完全に失われていた。頷くアディラの目には涙が浮かんでいる。

（嫌だ……アレンお兄ちゃんを諦めるなんて……）

「そこで、『このままでは』と申し上げたわけです」

「……どういうことですか？」

フィアーネの言葉にアディラはますます困惑する。フィアーネがアディラに何を言いたいかを完全にアディラは測りかねていたのだ。

「私達の仲間になりませんか？」

「仲間……ですか？」

そこにフィアーネがさらにアディラの心を混乱させる言葉を告げる。会話が進むにつれアディラの混乱は収まる所か大きくなる一方であった。

「もちろん、アレンの妻となるための仲間です」

「は？」

フィアーネの提案にアディラの混乱は最高潮に達したと言っても良いだろう。ローエンシア王国の貴族には一夫多妻制が認められているが、実際には相続関連などで揉めることになるためほとんど採用されていない。その混乱を巻き起こす一夫多妻制を公爵令嬢であるフィアーネが王族であるアディラにすすめているのだ。

「王女殿下、私達は三人でアレンの妻となるつもりなのです」

「な……」

「王女殿下、あなた様はこのまま行けばアレンの妻になる事は出来ません。王女殿下の魅力は確かに私達に劣っているわけではありませんが、条件が厳し過ぎるのはご理解いただけますよね？」

フィアーネの言葉にアディラは頷く。だが表情には絶望以外の何かしらの決意が宿っているような印象をフィアーネは感じている。

「そこで、この申し出なのです。王女殿下も私達の協定に加わりませんか？　もちろんこの協定に加わるという事はアレンに自分〝だけ〟見てもらうという幸せを放棄する事になりますが、自分〝も〟見てもらえるという幸せは手に入ります」

フィアーネの提案は、至近に雷が落ちたかのようにアディラに衝撃を与えていた。アディラは今までアレンの隣の席は一つしかないと思い込んでいたのだが、席は決して一つだけでない事に気付かされたのだ。

「フィアーネ様、ぜひ私もその仲間に加えていただきたいです」

アディラの口から決意に満ちた力強い返答が発せられた。このアディラの返答に、フィアーネは満足そうに頷く。同時にメリッサとエレナは明らかに狼狽していた。

「王女殿下!! 何を言っているのですか!!」

「そうです!! そのような事、許される訳がありません!!」

忠実なメイドの言葉にアディラは和やかな笑顔を浮かべている。その笑顔には、少しの苦悩も感じられない。むしろ、『なぜこんな事に気付かなかったのか』と言わんばかりの様子だ。

「メリッサ、エレナ、勘違いしてはいけません」

「「え?」」

アディラの言葉はメリッサとエレナにとってありえない言葉だ。王族であるアディラがアインベルク男爵家に降嫁するというのならまだ分かる。爵位はたかだか男爵、いわゆる下級貴族だが、そこに王族が降嫁するというのは、常識ではありえない話だが、平民に嫁ぐよりかははるかに現実味がある。だが、王族であるアディラが他の妻の一人として遇されるなどというのはありえない。王族が臣下に降嫁するのなら、臣下たるものその王族だけを配偶者とするべきである。その程度の事をアディラが理解していないとは思えない。

「フィアーネ様の申し出を受ける以外に私がアレンお兄ちゃんの隣に座る事は不可能なのです」

「そ……そんなことはありません!!」

「王女殿下なら、アインベルク卿を振り向かせることは必ず叶うはずです!!」

アディラの言葉にメリッサもエレナも必死になって思いとどまらせようとしている。アディラは二人が自分を心配してくれていることに感謝してはいたが、考えを改めるつもりは無いようで首をゆっくりと横に振った。

「いえ私の恋敵はこちらのフィアーネ様、レミア様、フィリシア様の三人なんです。そして、このお三方は私よりも遥かにアレンお兄ちゃんに近いのよ。特にレミア様、フィリシア様はほぼ毎日アレンお兄ちゃんと行動を共にしているという話よ」

「「……」」

「しかも、フィアーネ様は、お三方はすでに協力態勢にあるとの事……」

アディラの言葉にメリッサとエレナは声を出す事も出来ない。二人にとってアディラは最高の主であると考えているが、条件が厳しすぎるというのも事実であると考えていたのだ。

「そ……それでも……」

「フィアーネ様もレミア様もフィリシア様も素晴らしい美貌の持ち主、そんなお三方が協力してアレンお兄ちゃんに迫る……必ずアレンお兄ちゃんの心を掴んでしまうわ」

「そ、そんなことはありません」

「いえ、これはもはや確定よ……」

アディラはきっぱりと言い放ち、静かに言葉を続ける。

「でも……そんな私でもまだアレンお兄ちゃんの隣に座るチャンスがあるのよ」

「それが、申し出を受けるということですか？」

「その通りよ」

アディラの断言にメリッサとエレナは唇を噛む。

「確かにフィアーネ様の申し出を受ければ、アレンお兄ちゃんは私〝だけ〟を見てくれることはなくなる。でも申し出を受けることで私〝も〟見てくれるのよ」

アディラは二人に決意を込めて宣言する。

「それなら私に悩む理由なんか無いわ!! 私にとっての最悪はアレンお兄ちゃんを諦める事よ。そんな苦しさに比べれば私〝だけ〟見てもらうという幸せを放棄する事なんて取るに足らない事よ!!」

あまりの展開にメリッサもエレナも二の句が継げない。そんな二人を尻目にフィアーネがアディラに言葉を発する。

「さすがね、アディラ様。その思い切りの良さ、アレンの妻になるために苦しさに耐える覚悟……アレンが気にかけるだけのことはあるわ」

フィアーネの言葉にアディラも微笑み返す。すっかり仲間を見る目だ。いや、仲間というよりも同志といった方が適切かもしれない。アレンの妻になるという共通の目的のために共に歩む同志である。

フィアーネが微笑みながら右手を差し出す。アディラもまた微笑みながら握り返す。二人のメイドはその光景を呆然と眺めていた。

後に〝アインベルクの四美姫〟と称される四人がその一歩目を踏み出した瞬間であった。

アレンがフィアーネにこの時の顛末を聞かされ『お前……それって悪質な洗脳だぞ……』と頭を抱えることになるのは、アレンと四人の関係性が変化してからの事である。

†

アディラとフィアーネが手を握りあい、チームを結成している頃、ジュラスとジュスティスの取引も始まっていた。

「う～む……ジュスティス殿の心は分かった」

「それでどうでしょう？」

「しかし、ジュスティス殿はそれで良いのか？　フィアーネ嬢がいくら納得しているとは言っても、家族として納得はしづらいのでは無いか？」

「それがこの話を持ってきたのはフィアーネ自身なんですよ。フィアーネはアレン君の事が本当に好きでしてね。アレン君の妻になれるなら、そんな事些細な事と笑っています。もう、それはきっぱりと言い放ちましたよ」

「そうか……」

「失礼ながらアディラ王女は、このままではアレン君と結ばれることは無いのではないでしょうか？」

ジュラスは答えない。そしてこの沈黙こそがジュスティスの問いを肯定していた。

「そうなればアレン君をローエンシアに縛り付けることが難しくなりますね」

「……」

「確かに王女殿下はアレン君の幼馴染みですし、容姿も大変優れています。だが、アレン君の心を掴むには不利すぎますよね？」

「……」

ジュスティスの言葉は正しい。アレンに会う機会が極端に少ないアディラでは条件が不利すぎる。となるとジュスティスの申し出である『アレンに複数の妻を持たせてはどうか』を受け入れた方が良いのかもしれない。

だが、それでアディラが本当に幸せになれるかどうか、どうしても確信がもてなかったのだ。

アレンをローエンシアにつなぎ止めるために、アディラに恋仲になることを命じたが、国のため、王家のためという心づもりがある。だが、それ以上にアディラの幸せを願ってのことだったのだ。


「ジュスティス殿……」

ジュラスは静かに問いかける。

「この話は、ジャスベイン公は承知しているのか？」

「勿論です」

「そうか」

ジュスティスの言葉にジュラスは考える。自分同様にアレンに嫁がせることに対して不安が無いわけではないだろう。ましてフィアーネはトゥルーヴァンパイアだ。異種族間の婚姻は最終的に上手くいかないことが多いのだ。

(覚悟を決めるか……アディラを信じよう)

「ジュスティス殿」

「はい」

「よくよく考えれば、我々は家族とはいえ部外者だ」

「はい」

「子の幸せを願わぬ親はおらぬ。だが、子が傷つかないように守ってやるだけが子に幸せを与えることではない。それは子の強さを信じていない事と同じ事だ」

「はい」

「よかろう……私も腹をくくろう」

ジュラスはそう告げると、はっきりとした声で言葉を続ける。

「フィアーネ嬢の申し出をアディラが受けた場合は、私もそれを認めよう」

「はい」

(父親としては完全に納得出来んが、王としてはアレンをローエンシアにつなぎ止める手段としては十分及第点と言えるな)

アディラがアレンの妻の一人となれば、アレンがローエンシアを去る危険性は大幅に下がる。ジュラスは父であると同時にローエンシアの国王なのだ。国の事を第一に考える義務があるのだ。

このジュラス王とジュスティスの取り決めにより、アレンの知らないところでアレンの外堀は急激に埋められていた。というよりも城門が破られようとしている。

その事に当のアレンはまったく気付いていなかった。


夜会の会場でアレンは一人佇んで夜会の状況を静かに見ていた。

（しかし、出席者は何が楽しいのかね？）

アレンとしては不思議でならない。アレンにとって夜会というのは、気の置けない連中というよりも品性下劣な人間と会わなければならないストレスのたまる行事だったのだ。

もちろん貴族の全てが品性下劣というつもりはないが、自分に接触する貴族のほとんどがアレンに嘲りの感情を向け、敵意をむき出しにしてくる以上、アレンの中では貴族の評価は下がっていくのだった。

アレンはレオンと取り巻き達、そしてゲオルグがこっちに向かって来ているのに気付く。

（またあいつらか……どうせさっきアディラと一緒にいた事に対して絡むつもりなんだろうな……）

アレンはレオンに対し先程の父への侮辱を忘れていない。百回の縛りがあるからといって何でも耐えると思われるのは心外だった。しかもたかだか十代の若造に父を侮辱されて耐えるつもりはもはやなかった。先程はエルマイン公が間に入ってくれたから抑えただけだったのだ。

レオンとその取り巻き、ゲオルグは怒りと侮蔑を込めた大変卑しい顔を浮かべこちらに近づいてくる。自分が絶対安全と考えている事はその表情を見れば丸わかりだ。一方的にアレンを侮蔑し、屈辱を与えようとしているのだ。そんな顔をするときの人間はここまで醜くなれるのだという事を証明した顔だ。

（わざわざ、ここにやってくるなんてな……）

アレンはこちらに向かってくるレオン、ゲオルグ達に向け凄まじい殺気を放ちだした。その凄まじい殺気はレオン達の死への恐怖を刺激したのだろう。見る見る顔色が悪くなっていく。

アレンは動きの止まったレオン、ゲオルグ達に向かって歩き出す。レオン達にはその姿がとてつもなく大きく、何よりも禍々しく見えた。

「おい、お前ら話があるから外に来い」

アレンの言葉にレオン、ゲオルグ達はゴクリと喉を鳴らした。先程までのアレンを見下していた気持ちなどすでに朝日を浴びた霜よりも早く消えている。

「早くしろ。この場で惨めな姿をさらしたいのか？　それでも構わんぞ」

アレンから放たれる殺気は、もはやレオン達の心を折るというレベルではなく心を殺しに来ているレベルの凄まじいものだ。

「お、お前は誰に……」

レオンがようやくアレンに口を開くが、その口調には明らかな恐怖があるのは誰の目にも明らかである。いや、この段階でアレンに言葉を放てる気概があるのは驚嘆すべきであろう。それが公爵家の力を大いに借りたものであるにしてもだ。

「もちろんお前らだよ。貴様は俺の父上を侮辱した。叩きつぶしてやるから表に出ろと言ってるんだ。それともお前達は家の後ろ盾がなければ何も出来ないのか？」

アレンはレオン達を嘲弄する。だが、レオン達は自分が侮辱されている事を理解しているがアレンから放たれる殺気が反論を許さない。

「そっちの卑怯者もまとめて潰してやる」

アレンはギロリとゲオルグを睨みつける。もはやアレンにとってレオンと一緒にいるだけで排除対象でしかない。

「な……卑怯者だと?」

「ああ、お前らの様に一人を大勢で囲むようなやつを卑怯者というんだ。一つ賢くなったな。感涙にむせび泣けクズが」

アレンの毒舌の刃はもはや止まることなくレオン、ゲオルグ達を斬り刻んでいく。もはやどちらが悪者かと言われれば多くの者がアレンの名を挙げることは間違いない。

「大体、貴様ら偉そうに俺を見下しているが、お前達は無位無官で何も国に貢献していないだろ。俺は男爵、そしてローエンベルク国営墓地の管理者として国に貢献している。そんな俺を何も貢献していない貴様らがなぜ見下せる? ほらさっさと跪け。お前達の好きな身分という事を考えれば跪くのが道理だろ」

アレンの論法にレオン達はもはや何も言えない。飛躍した論法について行けないのだ。

「その辺にしておきなさい」

そこにアレンに声をかける者があった。振り向くと王国宰相エルマイン公の顔が苦笑を浮かべながら立っている。

「アインベルク卿、そう苛めるな。その者達は何も知らない学生にすぎんのだ」

「確かにその通りですが、この者達は無礼にも無位無官の分際で男爵である私に無礼を働きましたので指導していたところです。どうもこの者達は自分の家の当主が持っている爵位を自分のものと勘違いしておりますので、放置しておけばローエンシア王国の恥となると思います」

アレンの言葉にエルマイン公はまたも苦笑する。アレンの言い分は法的には全くもって正しい。確かにレオン達の〝親〟は爵位を持っているが、現時点で譲られたわけでも無い以上、アレンよりも身分において劣るのだ。

「確かにその通りだが、それ以上は指導ではなく単なる〝苛め〟になってしまうぞ」

エルマイン公の言葉に顔を赤くしたのはレオン達である。自分が見下していたアレンに苛められていると思われるのは彼らにとって大いなる侮辱である。

「エ、エルマイン公、誤解です。我々はアインベルク卿に苛められていたわけではございません」

「ほう……それでは卿らは何をアインベルク卿に伝えようとしたのかな？　まさかと思うがアインベルク〝男爵〟に無位無官の卿らが侮辱をしようとしているのかな？」

エルマイン公は〝男爵〟という言葉を強調する。これはエルマイン公がアレンの後ろ盾についた事の事実上の宣言であった。その事に気付いたレオン、ゲオルグ達はゴクリと喉を鳴らした。

エルマイン公の放つ威圧感は、時としてアレンでさえ身震いする程のものだ。もちろん純粋な戦闘力で言えばエルマイン公はアレンの足元にも及ばないのは確実だ。だが、それとは別の威厳ともいうべきものでアレンは遠くエルマイン公に及ばないのだ。

アレンでさえ緊張するエルマイン公の放つ威圧感にレオン、ゲオルグ達が対抗することなど全くもって不可能である。

「そ、そのようなことは……」

「そうか、少しばかり早とちりしてしまったようだな。それでは私はアインベルク卿にローエンベルク国営墓地の管理の件で大事な話があるのだ。すまないが外してくれるかな?」

エルマイン公の声は穏やかであり威圧するようなものではない。だがレオン、ゲオルグ達は冷や汗が止まらない。

「そ、それでは失礼します」

「そ、それではこれで」

レオンとゲオルグはかろうじてそれだけ言うと一礼してそのまま踵を返す。取り巻きの少年達も慌ててエルマイン公に頭を下げるとアレンとエルマイン公の前から立ち去った。

「エルマイン公、ありがとうございます」

「ふむ……カウントダウンをこれ以上進ませるわけにはいかんからな」

「それもそうですね」

エルマイン公の言葉にアレンは苦笑する。

(ふむ……夜会が始まった時のような刺々しさがないな、アインベルク卿の心を穏やかにしたのは王女殿下か……フィアーネ嬢か……それとも両方か)

エルマイン公はアレンの心境の変化に、アディラとフィアーネが少なからず関わっている事を察していた。この考え方によるとアディラとフィアーネがアレンのささくれ立った心を宥めたという事になるのだが、実際のところはアディラ、フィアーネの邂逅のインパクトが大きく本来の冷静さを取り戻した事に他ならない。でなければレオンに父を侮辱され忍耐の限界を超えた状態のままで、レオン達が再び前に立てば今頃この夜会はレオン達の血で染まっていただろう。レオン達は気付いていないが実は命の危機にあったのだった。

「そうか、今後私は君の後ろ盾になる事に決めた」

「え？」

「これまでの陰から守るというやり方ではカウントダウンが進む一方だ。陛下とレオルディア侯にも話しておく」

エルマイン公の言葉にアレンは返答することは出来ない。アレンとすれば三人が自分にいかに便宜を図ってくれているかを知っており感謝していた。そこに表立ってアレンを守るようになれば表立ってアレンを侮辱するものは一気に減るだろう。だが、決してなくなるものではない。それどころかアレンを通じて国王、宰相、軍務卿に近付こうとする者も増える可能性があった。

「宰相閣下、ありがとうございます」

アレンはエルマイン公の申し出が自分に不利益を被る可能性を理解しながらも、エルマイン公に礼を言う。エルマイン公の気遣いが嬉しかったのだ。

「さて、これ以上若者の邪魔をするのは年長者として望むところではないので退散することにしよう」

「え？」

エルマイン公の言葉にアレンが呆けた声を出したとき、エルマイン公がアレンの肩越しに視線を送るのがわかった。

「あっ‼　アレン‼」

「アレンお兄ちゃん‼」

するとすぐさまアレンに二人の少女の声が聞こえた。もちろん声の主はアディラとフィアーネである。

「それではお二方のお相手をしっかりと務めなさい」

エルマイン公はそう言うとクルリと後ろを向きそのまま立ち去る。向かった先は王族席の方向であったので、国王両陛下の元に向かったのだろう。

「あの貴族の方って確か宰相閣下よね、何を話してたの？」

フィアーネがアレンに尋ねると、アレンは一連の流れを説明する。もはやレオン、ゲオルグ達に配慮するつもりは一切無いので包み隠さず二人に語って聞かせた。

「むぅ～～アレンお兄ちゃんにそんな失礼なことする人がいるなんて許せない‼」

「まぁまぁアディラ、アレンなら大丈夫よ。というよりもその絡んだ方の心が折れてるんじゃない？」

「勿論、そんな人達にアレンお兄ちゃんを傷つける事なんて出来ないのはわかってるわ。でもねフィアーネ……アレンお兄ちゃんを傷つけようとする事自体許せないのよ」

「確かに、アディラの言う通りね。アレンへの侮辱は私への侮辱よね」

アディラとフィアーネはアレンから話を聞き終えると予想通り憤慨した。だが、それよりもアレンには気にかかる事があり、尋ねる事にしたのだ。

「フィアーネ、アディラ……お前ら何でお互いに呼び捨てになってるの？」

「だって、フィアーネとは共通の目的のための仲間なんですから当然です!!」

「その通りよアレン、私とアディラは共通の目的のための仲間、そこに上下関係なんて野暮なものは存在しないのよ」

「はぁ……」

フィアーネとアディラの言葉にアレンは一言芸の無い言葉を言うことしか出来なかった。そこにアディラとフィアーネがとびきりの笑顔でアレンに話しかける。

「ところで、アレンお兄ちゃん♪」

「ところで、アレン♪」

「な……なに？」

二人のやけにテンションの高い口調にアレンは戸惑いながら返答する。その戸惑いを二人は察しているのだろうが、全く意に介することもなく続けて言った。

「一曲踊っていただけませんか♪」

アディラの言葉にアレンはさらに戸惑いを強めていく。すでにアディラとは一曲踊っている。二曲目を踊る事が何を意味するのか知っているアレンとすれば戸惑うのも当然の事である。

「え？　いやアディラとはすでに一曲踊ってるし、二曲目を踊るということは……」

「何言ってるのアレンお兄ちゃん、今日は三曲踊ってもらいたいんです♪」

「そうよアレン、その後に私とも三曲踊ってもらうわよ♪」

「え？」

アレンは二人の女性と夜会で三曲踊る事は通常許されることではない事を伝えようとしたが、それよりも早くアディラとフィアーネがアレンに告げる。

「私も三曲踊ることの意味は当然分かってます。私の気持ちはつまりそういうことですよ♪」

「私もローエンシアの三曲踊る事の意味でアレンを誘ってるのよ」

「いや……ちょっと待て……」

二人の真っ直ぐな視線を受けてアレンは真っ赤になる。アレンはこの状況はまずいと王族席のジュラス、ベアトリクスに目をやる。その隣にはジュスティスとエルマイン公も並んで立っていた。

四人はアレンと目が合うとニッコリと微笑んだ。ジュラスとジュスティスは悪巧みがうまくいった極悪商人みたいな黒すぎる笑顔を浮かべると親指を立てていた。

(なんだその無駄に黒い笑顔は!!　あの親指折ってやりてぇ……)

顔の引きつるアレンを見てアディラとフィアーネはニッコリと笑う。花が咲くような素晴らしい笑顔だったが、アレンの目には大変恐ろしいものに見えていた。

「もう外堀は埋まってるんだよ？　アレンお兄ちゃん♪」

「アレン、チェックメイトまであと少しなのよ♪」

呆然とするアレンの手をアディラとフィアーネはそれぞれとると、ダンスホールに向かってアレンを連れて行った。

(どうしてこうなった……)

アレンは心の中で自分の身に何が起こっているか考えながら、アディラとフィアーネと踊るのであった。

第三章

『訪問者達』

episode.03

ローエンシア王国の王都フェルネルにあるシーグボルド邸で一人の少年が怒り狂っていた。その少年の名はレオン＝ルイ＝シーグボルドという。シーグボルド公爵家はローエンシア王国を代表する名家中の名家である。レオンはその嫡男であり次期シーグボルド公爵となる少年である。

そのような少年の怒りに使用人達は身をすくませ嵐が去るのを耐えるしかなかった。使用人達は数時間前の王族主催の夜会に意気揚々と出かけていくレオンを見送ったのだが、帰ってきた途端に怒りにまかせて感情の嵐をシーグボルド邸に持ち込んだのだ。

このような時に本来であればレオンの両親が諌めるのが当然なのだが、現在両親はアルフィスと同様にリヒトーラ公国の第一公女の結婚式に出席しているために不在だったのだ。要するにレオンを諌める事の出来る者はシーグボルド邸には存在しないのであった。

「おのれ!!　墓守風情が!!」

レオンの忌々しげに叫ぶ姿にレオンが怒り狂っている原因を使用人達は察する。このローエンシア王国で墓守風情と蔑まれる者は、アレンティス＝アインベルクしかいない。どうやらアインベルク男爵となにやら揉めたという事はわかるのだが、それを確かめることは使用人達には出来ない。

「リガード!!　話がある私の部屋まで来い!!」

レオンが家令のリガードを呼びつけるとさっさと歩き出した。リガードはまったく動揺する事無くレオンの後を追う。リガードはシーグボルド家にいる三人の家令の内の一人である。だがそれは表向きの姿であり、実際はシーグボルド家に仇なす者達を秘密裏に処置するといういわゆる汚れ役を引き受ける男であった。

レオンの私室に入室したリガードに忌々しげな視線を向ける。事情を知らない者ならばレオンはリガードこそ憎んでいると勘違いされそうである。

「レオン様、いかがなされたのです？」

リガードは淡々とレオンに尋ねる。リガードは常に感情に左右されぬよう行動するようにしているため、この態度は別にレオンに対して含むところがあるわけではない。

「アインベルクだ!!　あの墓守風情がシーグボルド家を侮辱したのだ」

「なんですと？」

レオンの言葉にリガードの声が一段低いものになる。リガードは代々シーグボルド家に仕えており、シーグボルド家への忠誠心は他の者よりも遥かに高い。シーグボルド家を侮るような者に実力行使に及ぶ事も当たり前のように行う。

「奴は王族主催の夜会のために俺が手出しを出来ない事を良い事に、侮辱してきたのだ!!」

レオンの言葉は完全に誤りである。実際はアレンの放つ凄まじい殺気により腰砕けてエルマイン公に助けてもらったのだ。

「只で済ませるわけにはいきませんな」

リガードの言葉にレオンは嗜虐的な笑みを浮かべる。危険が目の前に迫ったときは腰砕けになり、それが遠ざかると途端に強気になる小者は確かに存在するという生きた事例であると言えるだろう。

「そうだ、リガード……思い知らせてやれ」

「承知いたしました。すぐさま……」

「いや……待て、お前自ら動くのは控えろ。代わりに〝闇ギルド〟に依頼し奴等にやらせろ」

「レオン様は私の腕をお疑いですか？」

レオンの指示にリガードは不快な声を出す。レオンはリガードの声色の変化に僅かながら恐怖を感じると慌てて否定する。

「そうではない。父上の許可もなくお前を動かす事は出来ない。その点〝闇ギルド〟ならお前が直接動かなくとも用足りるだろう。アインベルク如きにお前が出ることもない」

レオンの言葉にリガードは一応納得したようで、レオンに向かって一礼する。

「承りました。すぐさま闇ギルドに渡りをつけます。ただ確認のために私もアインベルク邸に向かいますのでそこはご許可いただけますか？」

リガードの言葉にレオンは満足気に頷く。

（これで良し……リガードに任せておけば万事上手くいくだろう。アインベルクめ……この俺をあそこまで侮辱して只で済むと思うなよ。今夜の無礼を後悔させてやる）

レオンの脳内ではアレンが泣き叫びながら許しを乞う姿が展開されている。だが、それがただの妄想である事をレオンは間もなく思い知ることになるのだった。

†

「アディラから？」

アレンがアインベルク家の執務室で仕事をしているとアディラから使者が送られてきた。ロムからその旨を聞かされたアレンが驚くと一人の侍女が姿を現す。

「メリッサさん、お久しぶりです」

アレンは立ち上がるとメリッサを迎える。メリッサはアディラ付きの侍女であり護衛を兼ねている女性でもある。そしてアレンとも顔見知りなのだ。その事はロムも知っていたため、そのまま執務室に通した。

「アインベルク卿、ご機嫌麗しゅう」

メリッサは優雅に微笑みながらアレンに挨拶を行う。さすがに王女付きの侍女であり礼儀作法のレベルが桁違いである。アレンはメリッサに一礼して返す。

「こちらがアディラ様からの書状となります。ご確認いただきますようお願いいたします」

メリッサは一通の手紙をアレンに差し出す。アレンはその手紙を受け取ると先程のメリッサの言葉からすぐに開封する事を望んでいる事を察し、それに従う。

アレンはアディラからの書状に目を通す。内容は三日後にアディラがアインベルク邸を訪れたいというものである。

「あの……この書状にはアディラはフィアーネ、レミア、フィリシアの三人に会いたいとあるのですが……」

アレンは戸惑いながらメリッサに尋ねる。アディラがなぜレミアとフィリシアの事を知っているかという根本的な疑問が生じたのはある意味当然であった。

「申し訳ございません。私《わたくし》は内容までは知らされておりませんでしたので、その疑問には答えることが出来ません。私が受けた命令は返事をもらってくるようにというものです」

メリッサは困った様子でアレンに返答する。確かにメリッサに尋ねた所で答えが返ってくるはずもないような質問をしてしまった事にアレンは密かに反省する。

「いえ、こちらこそ申し訳ございません。配慮に欠けた質問でした。お詫びいたします。それでアディラの訪問は大歓迎です。みんなには私から伝えておきます」

「ありがとうございます。アディラ様も大層お喜びになると思います」

アレンの返答にメリッサは嬉しそうに微笑む。アレンから大歓迎と言われた事を伝えるだけでアディラの喜びようはすごいものになるだろう。メリッサはアディラの幸せそうな笑顔を見るのが大好きだったのだ。

「それではアインベルク卿、私《わたくし》はこれで失礼いたします」

メリッサはアレンに一礼するやいなや執務室を退出する。この行動はアインベルク家を忌避しているわけではもちろんない。一刻も早くアディラの喜ぶ顔を見たいというメリッサの望みが体を動かしたのだろう。その事を理解しているアレン達はメリッサを責めるつもりは一切無い。

「さて、ロム聞いての通り三日後にアディラが来訪する。準備の方を任せて良いか？」

アレンの言葉にロムは微笑みながら一礼し返答する。

「承知いたしました。私とキャサリンで準備の方はいたしますので、アレン様はアディラ様をお出迎えください」

「ありがとう。俺はみんなにこの事を伝える事にするよ」

「はい」

アレンはロムと会話を交わしながら、アディラが殊更レミアとフィリシアに会いたいという事を訝しむも、険悪な雰囲気になるとは思えないために、心のどこかで楽観視していた。


三日後、アディラがアインベルク邸に到着したのは午前十時になる頃であった。前もって時間が指定されていたのでアレン、レミア、フィリシア、フィアーネの四人はアインベルク邸の玄関前でアディラを出迎える。

王家の紋章の入った馬車を護衛の騎士六人が護衛している。護衛の騎士達は、全員かなりの手練れである事がアレンにはわかった。王女を護衛するような騎士の実力が高いのは至極当然である。

馬車が止まると扉が開きアディラが降りてきた。その後ろにメリッサとエレナの二人が付き従うように降りてくる。メリッサとエレナも護衛を任せられているという事で、その立ち居振る舞いに隙はなく、有する実力が高いことが伺い知れる。

「アレンお兄ちゃん♪　ごめんね、いきなり来て」

アディラは〝嬉しい〟という感情を一切隠そうともせずアレンに話しかける。先日の夜会の件でアディラがアレンに想いを寄せていることは明らかである。

アレンは正直な所アディラの気持ちは嬉しいのだが、いろいろなしがらみがその気持ちに応える事を戸惑わせていたのだ。

「まったく問題無いさ。みなアディラが来てくれるのを心待ちにしていたんだ」

アレンの言葉にアディラは満面の笑みを浮かべる。見る者全ての気持ちを解きほぐすような幸せに満ちた笑顔に全員の頬は緩む。アディラの態度は他の人がやれば、『あざとさ』が鼻につくかもしれない。だがレミアとフィリシアはアディラに対して好感をもったようでアレンは心の中で安堵の息をもらした。どうやらアディラとレミア、フィリシアは波長が合うようだ。アレンとしてみれば彼女たちが啀み合うような場面を見たくなかった。

「こんにちはアディラ」

「ご機嫌ようフィアーネ♪」

既に顔見知りというより、同志の関係にあるというアディラとフィアーネが挨拶を交わす。知り合ってほとんど間もないはずだが、二人の雰囲気はすでに『戦友』という空気を作り出していた。

「アディラ、二人にはすでに話しているわよ」

フィアーネはウインクをしながらアディラに語りかける。護衛の騎士達はフィアーネの美貌に目を奪われているようだ。フィアーネは中身は色々残念な令嬢だが、外見は美の結晶と呼んでも差し支えない美貌の持ち主である。男であれば目を奪われるというのは至極当然なのかも知れない。

アディラは、レミアとフィリシアに視線を移しニコリと微笑むと二人に挨拶を行う。春の日差しのような朗らかな声だ。

「ローエンシア王国王女アディラ＝フィン＝ローエンです。よろしくお願いいたします。レミア様、フィリシア様」

アディラの挨拶にレミアとフィリシアは明らかに狼狽する。アディラが二人に〝様〟と敬称をつけたのは二人には衝撃だった。毎晩ローエンベルク国営墓地を見回るほどの強者であるレミアとフィリシアでさえこの事には衝撃を受けたのだ。

「レミア＝ワールタインです。それから王女殿下、私は王女殿下に様付けで呼ばれるような身分ではございません。レミアとお呼びください」

「フィリシア＝メルネスです。私もレミア同様、フィリシアとお呼びください」

レミアとフィリシアの声に緊張が含まれている事をアレンは察する。だが、その事について二人を笑う気にはアレンはなれなかった。レミアとフィリシアの反応はある意味ローエンシア王国の平民としての当然の反応だったのだ。

「分かりました。それでは、私の事はアディラとお呼びください」

「いえ、そういうわけには……」

そこにアディラからさらなる驚きの提案が為される。レミアとフィリシアに名を呼んで欲しいという提案に二人は明らかに狼狽えると、すぐさまその申し出を固辞する。王女を呼び捨てにするなど不敬すぎると考えたのだ。そこに空気を読まないを通り越し、破壊する残念令嬢であるフィアーネが口を挟む。

「いいんじゃない。アディラ自身が呼び捨てで良いと言ってるんだから。レミアもフィリシアも『アディラ』と呼んであげなさいよ」

このフィアーネの提案にレミアとフィリシアはすかさずフィアーネに抗議を行う。

「フィアーネ、そういうわけにはいかないわよ。王女殿下を呼び捨てなんて出来るわけ無いでしょう」

「レミアの言うとおりよフィアーネ、もし私達に呼び捨てなんてされたら、王女殿下が軽く見られるわ」

二人の抗議は正当なものである。二人はアディラと仲良くなりたいとは思っているが、平民である自分達がアディラと呼び捨てにすれば、アディラ自身が侮られることになる。それがいやだったのだ。

だがフィアーネはそれにひるむことなく言葉を発する。

「そう？　アディラはレミアとフィリシアに呼び捨てで呼んでもらいたいと思うんだけど」

フィアーネの言葉にアディラもさらに斬り込んで来た。

「レミア様、フィリシア様、フィアーネの言うとおりです。私達は〝あの〟目的のための仲間ではないですか。しかも事が成ったあかつきにはお互いに支えていく事になります。その目的のためには身分なんて些細な事だと私は思うんです」

アディラの〝あの〟が何を示しているのかアレンは首を捻る。正確に言えば候補はあるのだが、あまりにも非現実的であるためにその候補をアレンは否定している。だが、レミアとフィリシアは〝あの〟が何を示しているか理解しているようだ。

「でも……」

「しかし……」

「そうですか……残念です……」

二人の返答にアディラの声が沈む。その声は聞く者にたとえ悪くなくても罪悪感を持たせるには十分な声であった。アディラは沈んだ声でさらに続ける。

「レミア様もフィリシア様も結局私を仲間と認めてくれないのですね……」

「いや……そういうわけでは……」

レミアの言葉にアディラはぱっっと表情を一転させると弾んだ声で言う。

「じゃあ、アディラと呼んでくださるのですね♪」

「いえ、それだけは……」

再びレミアが否定したことで再びアディラがしゅん……と沈んだ表情を浮かべる。すると慌ててまたレミアが否定するという先程の展開がくり返された。

「と、とりあえず立ち話もなんだから屋敷に入ってくれ」

アレンが話が堂々巡りになり始めたのを見て、アディラ一行をとりあえず邸内に招き入れる事にした。いつまでもこの場で押し問答しても意味がないからだ。するとアディラがアレンに口を開いた。

「アレンお兄ちゃん、私とフィアーネ、レミア様、フィリシア様だけで話し合いたいことがございます。しばらくどこか部屋を貸していただけませんか？」

「ああ、サロンがあるんだけどそこで良いか？」

「はい勿論です。それでは三人とも行きましょう」

アディラは三人を伴いずんずんと歩いて行く。実はアディラはアルフィスと共に幼い頃からアインベルク邸に何度も遊びに来ており、アインベルク邸の間取りは把握しているのだ。もちろん、ロムやキャサリンとも顔見知りである。

「お久しぶりです。ロムさん、キャサリンさん」

サロンに向かう途中にロムとキャサリンに元気に挨拶をするアディラに、ロム達は一礼する。完璧な礼儀作法に則った一礼であるが、二人のアディラを見る視線には孫を見るような慈愛に満ちた感情がこもっている事が伺える。

「すみません。サロンをお借りいたします」

「はい、すぐにお茶の準備をさせていただきます」

「あ、お茶の準備はもう少し待ってもらって良いでしょうか。その……みんなで話し合いたい事があるので……」

アディラの言葉は訪問客として無礼なものであると言えるのだが、ロムとキャサリンはその事に気分を害した様子もなく一礼した。キャサリンがアディラに近付くと耳元で何やら囁く。

「はい!! がんばります!!」

するとアディラはやけに気合いの入った声でそういうと、三人に顔を向けると元気よく言う。

「さぁ、行きましょう♪」

アディラは颯爽と三人を伴ってサロンへと入っていった。アインベルク邸にあるサロンに入った四人がそれぞれの席に着くとすぐさま四人の会議が始まった。実の所、今回のアディラの訪問はこの会議のためであったのだ。

会議の議題は〝アレンにどのようなアプローチをすべきか〟というものだった。だが、ここでアディラから新たな議題が提出されることになったのだった。

その議題とは〝アディラの呼び方について〟である。アディラはその議題を出すときにまるで演説のように立ち上がって言う。テンションが思ったよりも上がっていたらしい。

「とにかく私はレミア様、フィリシア様から〝アディラ〟と呼ばれたいのです！」

「だからさすがにそれは駄目だと申し上げました」

「フィリシアの言うとおりです。王女殿下を呼び捨てなど出来るはずありません。身分というものがございます」

レミアとフィリシアの言葉にフィアーネが何やら引っかかるものがあり、口を挟む。

「ねぇ二人とも、一応私も公爵家令嬢なんだけど？」

フィアーネの疑問はレミアとフィリシアの一言によりあっさりと斬り捨てられる。

「フィアーネはいいのよ」

「レミアの言う通りね」

あまりにもあっさりと斬り捨てられてしまったために、フィアーネはその理由を尋ねずにはいられなかった。

「ちょ、ちょっとどうしてよ!?」

「「だってフィアーネだから」」

レミアとフィリシアの声が見事にシンクロする。それは迷いなど一切感じられない口調であった。

冷静に考えればまったく論理が破綻しているのだが、自然とフィアーネは納得しており反論する事は無かった。

「まぁ、それはひとまず置いとくけどアディラは呼んで欲しい。けどレミアとフィリシアは呼ぶわけにはいかないというわけね」

「そういうわけね」

「じゃあさ、二人とも〝呼ぶわけにはいかない〟ということは〝呼びたくない〟というわけではないのね」

「うん」

「それなら話は簡単じゃない？」

「？」

「私達しかいない時には〝アディラ〟、他に人が居る場合は〝王女殿下〟もしくは〝アディラ様〟と呼べば良いんじゃない？　これが落としどころだと思うけど」

フィアーネの提案は妥当な落としどころといえる。フィアーネの指摘にあったようにレミアもフィリシアも〝アディラ〟と呼び捨てにする事に戸惑うのは、面倒な事になる可能性が非常に高いからだ。

逆に言えば面倒な事にならないのなら呼び捨てにしても構わないという事である。

「アディラもそれでいいわよね？　さすがにこの二人も不敬罪として罰せられるわけにはいかないもの」

「う～しょうがないか……でも、いつかは周りに人がいようがいまいが〝アディラ〟と呼んでもらいたいな」

「まぁそれは将来に取っときましょう。レミアもフィリシアもそれで良いわね？」

「分かったわ。アディラ」

「アディラって結構頑固なのね」

「えへへ～何かいいな～こういうの～」

ようやくアディラと呼んでもらえた事でアディラは嬉しそうに笑う。とりあえずこの議題は一応決着がついたといえる。

そして、次の議題というよりも本来の議題である。〝アレンにどのようなアプローチをすべきか〟という問題にとりかかる事になった。

「それじゃあ、アレンお兄ちゃんにどんな方法でアプローチするか考えましょう」

「そうね」

「まず、アレンお兄ちゃんがどんな子が好きかを確認しましょう」

「はい!!」

「それじゃあ、フィアーネさん、意見をどうぞ」

なぜか自然な形でアディラが司会を務めることになっていた。その事に対して誰もツッコミを入れなかったので、アディラが司会をすることが決定した。

「もちろん、みんな分かっていると思うけど、アレンも健全な男子、あの年代の男子は女の子の胸に興味があるはず、みんなも胸にアレンの視線を感じたことあるでしょ？」

「確かに」

「ある」

「どうしよう……私、胸に視線を感じたことない……」

アディラのつぶやきに、三人の間に「まずい所にふれてしまった」という微妙な空気が流れる。

アディラのプロポーションは同年代の少女達に比べて決して劣るものではない。だが、スタイル抜群のフィアーネ、レミア、フィリシアに比べれば慎ましいという印象があるのは事実だった。

「で、でもアレンならキリっとした顔で『大きさではない。胸には男のロマンがつまってる!!』とかいいそうじゃない？」

「そ、そうね!! アレンならそういう変態チックな事もいうわよね」

「そうですよ!! それにアディラは私達よりも年齢が下なのですからこれからですよ」

三人はアディラへのフォローを行うが、なぜかアレンの名誉が著しく傷つけられている。この事をアレンが知れば今度はアレンにフォローが必要になるだろう。

「持たざる者の気持ちなんてわからないのよね……」

アディラが遠い目をしてそう独りごちる。どうやら三人のフォローはアディラの心を癒やすまでには至らなかったようだ。アディラからどんよりとしたオーラが漂い始める。三人は〝これ以上はまずい〟という空気を敏感に感じる。フィアーネですら感じたのだから相当なものである事を理解してもらえると思う。

フィアーネは強引に話を逸らす事にして、努めて明るく話題を変える。

「アディラ、とりあえず胸の話は置いといて、アレンの好みの話に戻しましょう」

「そ、そうね、ごめんね。じゃあアレンお兄ちゃんの好みを考えてみましょう」

とりあえず表面上はアディラから放たれる負のオーラは収まり、三人はほっと胸をなで下ろす。

「はい」

するとフィリシアが手を挙げ、アディラがフィリシアを指名する。

「はい、フィリシアさんどうぞ」

「私はアレンさんはアディラみたいな可愛らしい娘が好みなんじゃないかと思うわ」

フィリシアの言葉にアディラは一気に蘇る。先程の放っていた負のオーラは見事に消え去った。

「そ、そうかな、ぐへへ」

「確かにアレンは女の子女の子している娘が好きな面があるわね」

「それならフィリシアだって十分に可愛らしいから好みに入るわよね」

「え？　そうですか。てへへ」

アレンが自分の事を好みだと言われ、アディラとフィリシアの口から喜びの声が漏れる。その姿はある意味、男が考える理想の乙女の姿であった。だが、反対に今度はレミアから負のオーラが放たれ始める。

「うう……それじゃあ、私はがさつだから……アレンの好み外……」

レミアから放たれる負のオーラを何とかするために、今度はレミアのフォローに三人が入る。

「だ、大丈夫よ、レミアはさっぱりして格好いいわ!!」

「そ、そうよレミア、あなたは凜々しくて素敵よ」

「フィアーネとフィリシアの言う通りよ。あなたはとても綺麗だし素敵よ」

「ありがとう……でもみんな可愛らしいとは言ってくれないのよね……」

三人のフォローにあってもレミアの落ち込みは容易には回復しないようだ。しかし、今のレミアに可愛いと言っても逆効果なのは明らかである。実際にレミアは乙女として十分可愛らしい面もちゃんと持っているのだが、凛とした美人という印象が強いためつい隠れがちになっているだけなのだ。だが、なんとかしてレミアの放つジメジメとした空気をまき散らすためにすべきことは、話題を変えることだった。

「そ、それでは、とりあえず。他の意見に進みましょう」

強引にアディラが話題を変えるために明るく意見を求める。するとフィアーネがすぐさま挙手をする。

「はい!!」

「それではフィアーネさん、どうぞ!!」

「アレンの好みだけど、可愛いというのもあるけど、頼りがいのある娘も好きなんじゃない？」

「というと？」

「ほらアレンって〝守ってやりたい〟というような可愛らしい娘も好きだけど、背中を預けられるような相棒的な女の子も好きじゃない？」

「確かに……」

「一理あるわね……」

「相棒的な女の子……」

頼りがいのある女の子と聞いてレミアが再び蘇る。実際にアレンは相棒的な女の子を好む節があるのは事実であった。そこにフィリシアが口を開く。

「あの……ちょっといいですか？」

「どうしたんですか。フィリシアさん？　意見は挙手にてお願いします」

「え？　あ、はい」

フィリシアが挙手をしないことをアディラは窘める。アディラなりに司会役を立派にこなそうとしていたのだ。

「今更ですけど、アレンさんがどんな娘が好きなんて確かめる必要があるんですか？」

フィリシアの意見は三人を困惑させる。アレンの好みを知らずしてどうアプローチしろというのかという疑問と困惑が、三人の中に広まりそれが表情にまで表れていたのだろう。フィリシアはそれを察すると自分の意図するところを説明する。

「普通に考えてフィアーネもアディラもレミアも、ものすごい美少女よ？　そんな美少女に迫られてアレンさんが嬉しくないはずないわ？」

自分達の事を美少女のカテゴリーに入れてくれるのは正直嬉しいのだが、フィリシアからすれば自分が他の三人に並び称されるのは気後れしてしまうのだ。フィリシアの言葉に〝私達〟という表現ではなく他の三人の名前が出ている事はその現れであった。フィリシアはさらに言葉を続ける。

「それに、私達の目的はこの四人でアレンさんの心を掴む事なのだから、どんなアピールがアレンさんに効果があるかを考えるべきではないでしょうか？」

「そ、そうだわ」

「私達はとんでもない勘違いをしていたわ」

「フィリシア……あなたって実は天才だったのね!!」

フィリシアの提案に三人はおしみない賛辞を送る。褒められたフィリシアは嬉しそうに口元をほころばせる。アディラがフィリシアの提案を受けて本来の議題に立ち返る。

「ではこれからは本来の議題に立ち返ってアピールの方法を考える事にします。それではご意見のある方は挙手をお願いします!!」

「はい!!」

アディラの言葉にレミアが早速手を挙げる。

「ではレミアさん!!」

「やっぱりアレンに対しては『できる女』を演出する方向でいくべきだと思うわ。アレンを支える事が何だかんだ言って一番のアピールになると思うわ」

レミアの意見にアディラが賛意を示す。

「確かにアレンお兄ちゃんにはその方向が非常に有効だと思うわ。でも問題もあると思います」

「その問題とは？」

アディラの言葉にレミアが尋ねる。

「アレンお兄ちゃんの能力の高さよ。アレンお兄ちゃんは基本何でも出来るわ。それにロムさんとキャサリンさんの二人がいるから私生活面でもまったく問題無いわ」

「「確かに……」」

「良い案だと思ったんだけどね……」

アディラの言葉に納得し、自分の案ではアレンへのアピールには力不足であることを感じると、レミアはガッカリとした表情を浮かべる。だが、アディラは力強く宣言する。

「何言ってるの。レミアの意見も選択肢のひとつとして十分すぎるほど有効な提案よ」

「その通りよ」

「うん」

「み、みんな……」

暖かい仲間達の言葉にレミアから嬉しそうな声が出る。全員が視線を交わすと頷き合う。そしてアディラがさらに会議を進行させる。

「それではさらに意見を出していきましょう。何か無いですか?」

「はい!!」

「ではフィリシアさん」

「アレンさんを〝癒やし慈しむ女〟を演出する方向で行くべきではないでしょうか。アレンさんは過酷な国営墓地の管理、心ない貴族達の嘲りにより傷付いている。そんなアレンさんを癒やすというのはアピールとして上策だと思います」

「そうね、それも良い案だけど一つ問題があるわ」

フィリシアの案に理解を示しつつ、異を唱えたのはフィアーネである。三人の視線がフィアーネに集中するとフィアーネは口を開いた。

「アレンってそんな柔な精神をしてないわよね。過酷な墓地管理といっても一般的なレベルなら過酷なんだろうけどアレンの実力なら何の問題も無いし、貴族の嘲りだって全然傷付いてないし、むしろ絡んだ貴族に容赦なく反撃して絡んだ方の心がむしろ折れてるわ」

「「確かに……」」

フィアーネの言葉に全員が頷く。実際に先日の夜会でアレンに絡んだ貴族達はアレンの放つ殺気と毒舌の刃により心にかなり傷を負っていた。アレンを傷つけるなどという事は、困難を極める偉業に分類される事なのかも知れない。

「まったく、貴族ももっと気合いを入れてアレンに絡めば良いのに……そうしたら私達でアレンを癒やしてあっという間にアレンの恋人になれるのに」

「貴族の方々ももう少し役に立ってくれれば良いのに」

「立派な人もいるけど、アレンお兄ちゃんに絡むようなどうしようもない人はせめて私達の目的を支援出来るような絡み方をしてくれれば良いのに」

三人の文句を聞いていたフィアーネがアディラに意見する。

「アディラってひょっとして腹黒い？」

「ふふふ、アレンお兄ちゃんのためならばいくらでも腹黒くなるってものよ。みんなだってそうじゃないの？」

アディラの口調はまるでそんな当たり前の事をどうして聞くのかという感じである。アディラの言葉に全員頷く。アディラの言った言葉は全員の本心というべきものだった。

「はい!!」

「はい、それではフィアーネさん意見をどうぞ!!」

「私はアレンを落とすにはまずは〝胃袋〟をつかむべきだと思うわ!!」

「「胃袋!?」」

「そう、私達の手料理でアレンの胃袋を掴むのよ!!」

「ど、どういうこと?」

フィアーネの言葉にアディラが戸惑いの言葉を発する。王族であるフィアーネにとって料理をするという選択肢はそもそもないのだ。

「いい? アディラは王女よね。当然料理をしたことはないだろうし、それどころか調理場に入ったことすらないでしょう」

「う、うん」

「そしてレミア、フィリシアも基本料理は出来るでしょうけど、凝った物は作った事はないでしょう?」

「「うん」」

「私も公爵家の者だから料理は出来ないと思われてるわ」

「フィアーネ、あなた料理したことあるの?」

アディラがフィアーネに尋ねる。フィアーネは公爵家の令嬢であり、料理とは縁遠い生活のはずなのに言葉の内容からはその常識を打ち破るものを感じていた。

「ふっふふ～、実はアレンに食べさせるために何度も料理を行っているのよ。お兄様からも勧められたしね♪」

「す、すごい……」

アディラの素直な尊敬の眼差しにフィアーネは得意満面の笑顔を浮かべる。

「まぁ、それは置いといて、いずれにせよ私達がアレンに料理が得意と思われていない可能性は非常に高いのよ」

「「確かに……」」

「そんな私達がアレンに手料理を振る舞ったら驚くと思わない？」

「「確かに!!」」

「アディラが料理……これは常識的にあり得ない事よ。でもだからこそアレンの心に鮮烈な印象を与える事が出来る!!」

「おお!!」

フィアーネの言葉にアディラは立ち上がり拳を握る。その姿は王女と言うよりも女将軍という感じだ。

「そしてレミアとフィリシアは凝った料理をキャサリンさんに習うのよ!!」

「キャサリンさんに？」

「キャサリンさんの料理レベルの高さは十分承知しているだろうけど、キャサリンさんの料理こそアレンにとって家庭の味よ。それを習うことはアレンにとってどんな意味を持つ？」

「アレンさんへの心遣い……」

「そう‼　そうそうそう‼　まさしくそれよ‼　二人がキャサリンの料理を習うことでアレンに対して健気さを演出することが出来るのよ」

「「おお‼」」

フィアーネの説明を聞き、レミアとフィリシアもまた立ち上がり拳を握った。

「そして折を見て私もアレンに手料理を振る舞うのよ。そう私達が料理をすることはアレンにとってまったくの予想外‼　青天の霹靂‼　そしてこのギャップこそがアレンに私達を単なる仲間ではなく恋愛対象として大いに意識させることになるのよ‼」

フィアーネも興奮してきたのか立ち上がり拳を握っている。

「て、天才だわ……」

「フィアーネ……おそろしい娘……」

「フィアーネ……あなたが敵でなくて心から安心してるわ」

三人の賛辞にフィアーネはまだまだという表情を浮かべて言う。

「そして、そうなれば先程の〝できる女〟も〝癒やし慈しむ女〟にも繋げる事が出来るわ‼」

そのフィアーネの言葉に三人は雷に打たれたかのように立ちすくむ。そして五秒ほどの沈黙を破り三人が口を開く。

「自分の意見だけでなく私とフィリシアの意見も飲み込むなんて……」

「す、すごすぎるわ……フィアーネがそこまでの策士だったなんて」

「あなたは天才よ‼　いえ、もはや恋の女神様よ‼」

三人のフィアーネへの賞賛はとどまるところを知らない。だが、フィアーネの意見は普通の女の子なら誰でも思いつく事である。にもかかわらずここまで褒め称えるという事は、逆に言えば恋愛に対してあり得ないぐらい不器用である事の証明であると言える。

「ところでアディラ、あなたは進行役になっていたけどあなたは何かないの？」

フィアーネがアディラに言うと、レミアもフィリシアも視線をアディラに向ける。三人の期待に満ちた視線を受けてアディラは恥ずかしそうに口を開く。

「う〜ん、みんなに比べれば本当に大した事のない手だけど……」

「何々？　教えてよ」

アディラの言葉にフィアーネがくいつく。

「私は〝色仕掛け〟ぐらいしか思いつかなかったわ」

「「「え？」」」

アディラの口から飛び出した〝色仕掛け〟というとんでもない言葉に、三人は一言発するのがやっとであった。

「アレンお兄ちゃんに抱きついてキスをねだったり……」

「「「……」」」

「胸を強調した服でアレンお兄ちゃんの前でかがんで見せたり……」

「「「……」」」

「大胆に見せるんじゃなく、あえて下着をチラリと見せてみたりするぐらいかな」

「「「……」」」

アディラの言葉に三人は返答しなかったが、フィアーネがやっと口を開いてアディラに言う。

「アディラ……」

「ん？　どうしたの？」

「あんたが一番恐ろしいわ……」

「え？　どうして!?」

フィアーネの言葉にアディラは驚いたようである。その後、三人はアディラを説得し〝色仕掛け〟は今回は見送りとなったのであった。

その後、アレンを交えてサロンでお茶会が催され、出席者は幸せそうな笑顔を浮かべていた。

アレンは四人がどのような話をしていたのか気になったのだが、何となく聞くのが憚られたために口に出すことは無かった。

こうして無事に『第一回対アレン恋愛会議』は終わったのであった。

「……おや？」

「あら……」

アインベルク邸に設けられたロムとキャサリンの夫婦の部屋で二人はほぼ同時に声を漏らした。現在の時刻は夜の十時を回った所だ。現在、アレンは墓地の見回りに出かけており、アインベルク邸にはロムとキャサリンしかいないのだ。ところが庭先に何者かの気配を二人は感じた。

「何者だろうか？」

ロムの言葉にキャサリンは首を傾げる。この時間にアレンが戻ってくるという事はあり得ないし、それ以前にまったく気配が違う。今回の庭先に現れた何者かは気配を隠そうとしているのだが、あまりにも技術が稚拙でロムとキャサリンには丸わかりであったのだ。

「まぁ、ろくな目的でないことは確実だな。キャサリン、アレン様が戻られる前にきちんと応対するとしよう。場合によっては速やかにお帰り願うとしよう」

「あら、あなたは優しいですね。アレン様を狙う不届き者に情けをかけるなんて」

「何を言っている。私もキャサリンと同じ気持ちだよ。アレン様を狙う不届き者をただで返すわけ無いじゃないか」

ロムはそう言うとニヤリと嗤う。その表情を見てキャサリンも嗤う。普段の二人では絶対にしないような表情だ。この二人の表情を見た者は身震いすることになるだろう。本能が全力で警告を発し続けることは間違いない。

「それでは行こうか」

「はい」

ロムが席を立つとそれに伴ってキャサリンも続く。その足取りにはまったく不安は感じられない。ロムとキャサリンは私室を出てそのまま庭先へ歩いて行く。二人の私室はアインベルク邸の一階に設けられており庭先まですぐに出る事が出来る。

庭に出る扉を開けると、そこには十人の男達が侵入しようと邸内を探っている様子が見える。十人の出で立ちは黒を基調とした服装であり腰には短刀を差している。見た感じは暗殺者そのものといった風貌である。

このような時間に勝手に敷地内に入り、暗殺者のような出で立ちをしていては、ロムとキャサリンにしてみれば先制攻撃をしてくださいと宣言しているようなものである。

「さて……いきますか」

ロムがそう言った時にキャサリンから制止の言葉がかかる。

「待ってください。色々と聞き出したい事がありますので加減を間違えないでくださいね」

キャサリンの言葉にロムは苦笑しながら頷く。そしてキャサリンに告げる。

「それはもちろんだ。キャサリンこそ怒りの余り加減を間違えないようにね」

「もちろんですよ」

「それではいくか」

ロムは今度こそ十人の侵入者の元に駆け出す。不思議な事にあれだけの速度で駆けているのに一切足音がしないのは、ロムの技術がずば抜けている証拠である。

周囲を警戒していたはずの十人の侵入者の間合いに無造作にロムが入り込むと、そのまま一人の侵入者を殴りつける。

ドガァァァ!!

ロムの拳と顔面を殴られた侵入者の協力により凄まじい音がアインベルク邸の庭先に響き渡った。殴られた侵入者は血と歯を撒き散らしながら宙を舞い、四～五メートル程の距離を飛び地面に叩きつけられた。

仲間が吹き飛ばされた侵入者達は激高する事無く呆然としている。あまりにも現実離れした光景に理解が及ばなかったのだ。

「て、てめぇぇ」

ドゴォォォォォォ!!

ようやく一人の侵入者がロムに向かって威嚇の声を上げようとするがロムの蹴りがまともに顔面に入り、最初に殴り飛ばされた侵入者同様に血と歯を撒き散らして宙を舞った。

ここに来てさすがに侵入者達もロムの戦闘力が桁違いのものである事に気付いたのだろう。だが侵入者達も暴力の世界で生きていた人間達だ。このままおめおめと蹂躙されるつもりはない。

侵入者達の視線はロムの後ろにいるキャサリンをとらえる。確かにロムの実力は凄まじいがキャサリンは女性、しかも上品な印象であり荒事とは無縁の世界に生きてきたように侵入者達には思われた。

（あいつを人質にすれば……）

侵入者達は互いに視線を交わす。その交わす視線の意味をロムは当然のように見抜いている。だが敢えてロムは放置しておく。

（知らないという事はどれほど危険か思い知っていただきましょうか……キャサリンには一人か二人が向かうでしょうね）

ロムがそう考えた時に侵入者達が動く、キャサリンの元に一人が向かい、他の七人がロムの足止めを行うつもりらしい。

ロムはニヤリと嗤うと一人の侵入者の男の懐に飛び込み、肋骨に拳を叩き込んだ。ゴギャッという肋骨の砕ける感触を感じるが手を緩めない。そのまま指を侵入者の目に突っ込む。指を突っ込まれた侵入者は苦痛の叫び声を上げようとするが、砕かれた肋骨の痛みにより声を上げることが出来ない。ロムは目に突っ込んだ指を抜くと同時に反対側の肘を顔面に叩き込んだ。ロムに叩き込まれた箇所を支点に侵入者は一回転しそのまま地面に落ちる。

「何を呆けているのです？」

ロムの呆れた声と哀れな侵入者が吹き飛ぶのはほぼ同時だった。ロムの横蹴りが胸に決まり胸骨を砕かれそのまま宙を舞ったのだ。

「ヒッ!!」

侵入者の一人の口から怯えの言葉が漏れる。それは侵入者達の心情を代弁したに他ならない。この段階で侵入者達の活路は、キャサリンを人質にとることしかなくなっていた。だが、その希望は次の瞬間にあっさりと打ち砕かれてしまった。

侵入者達が見たのはキャサリンに向かっていった仲間がキャサリンの掌底を受け宙を舞っている姿であった。掌底を受けてという表現ではあるが侵入者達にキャサリンの掌底が見えたわけでは無い。キャサリンの打ち終わった姿から掌底を放ったと推測したにすぎなかった。

「やれやれ今度はよそ見ですか。どこまでも呆れさせてくれますね」

ロムの拳が振るわれその度に侵入者達の体が宙を舞う。三分後にはロムとキャサリンの足元には十体の侵入者達が転がっていた。あちらこちらに吹き飛んでいた侵入者達は、キャサリンが死霊術で作成したスケルトン達に運ばれて二人の元に集められていたのだ。

「ふむ、やり過ぎてしまいましたね」

「そうですね。ここまで弱いとは思わなかったわ」

「確かにあそこまで自信たっぷりでしたから、それなりの実力者の可能性を考えて少しばかり加減を誤ってしまいましたね」

ロムとキャサリンの会話は侵入者達の心を抉りに抉っていた。だが、侵入者達は一言も反論できない。あそこまで圧倒的な実力を見せつけられれば反論の気概も失せるというものだ。

「さて、残念ですがあなた達の尋問を行う時間はございません。即刻皆様方にはアインベルク邸より退去していただきたいと思っております」

ロムの言葉に侵入者達の顔に生色が戻る。このままどのような拷問を受ける事になるかと心配していたのだ。だがロムから告げられた言葉の内容が、アインベルク邸からの退去とくれば拍子抜けも良いところだった。

(バカめ……俺達をこのまま見逃して只で済むとでも思ってるのか)

(甘い奴等だ。所詮は表の人間、俺達裏の人間の恐ろしさを知らない)

(この借りは絶対に返してやるぞ。殺してくれと願うぐらいの苦痛を与えてやる)

侵入者達が心の中で復讐を誓っていたが、そこにキャサリンの冷たい言葉が放たれた。

「あなた、どうやらこの方々は無罪放免になると勘違いしているようですよ」

キャサリンの言葉に侵入者達は身を強ばらせる。恐る恐るロムとキャサリンの顔を見ると二人とも穏やかな微笑を浮かべているが、侵入者達を見る目は限りなく冷たいことに気付いた。人間はここまで冷たい目を人に向ける事ができるのかと侵入者達は思ったぐらいだった。

「確かに私の先程の言葉では勘違いさせてしまいますね。申し訳ございません。あなた達に余計な希望を与えてしまいました」

ロムの言葉に侵入者達は顔を青くする。すでに肋骨が砕けたり、顎を砕かれていたりしたため顔色は悪かったのだが、ロムの言葉はさらに侵入者達の顔色を悪くさせたのだ。

「あなた方を使ってアインベルク家を襲うように命令をした方に対して意趣返しをしていただきます。ああ、あなた方の意思など確認するつもりはございませんので命乞いなど無駄な行為は慎み下さい」

ロムがそう言うと、胸の前に両手を持ってきたキャサリンの前に瘴気の塊が現れる。現れた瘴気の塊は時間を経るごとに大きくなり、あっという間に直径一メートル程の大きさになる。

「それではご退去願いましょう。もう会うことはございません。次に生まれ変わるときにはもう少しまともな人生を歩まれますようご期待させていただきます」

ロムがそういうとキャサリンの形成した瘴気の塊が侵入者の男達に降り注いだ。降り注いだ瘴気は男達を覆い始める。

「ひっ!!」

「た、助けてぇぇぇぇ!!」

「うわぁ!! な、なんだこれ!!」

侵入者達の中で顎を砕かれていない者達は苦痛も忘れて叫ぶ。自分達を覆う瘴気が自分達にどのような効果をもたらすのかわからない。だが、自分の身におぞましい事が降り注いでいることだけはわかった。

「そんなに怯えないで下さい。瘴気で皆様方の自由を奪い、操り人形となって命令した方に襲いかからせるだけでございます」

ロムの発した〝瘴気〟という単語に侵入者達の恐怖はさらに高まる。瘴気がアンデッドの原料である事を侵入者達は知っていたのだ。侵入者達を覆った瘴気は体の中に入り込んでいく。

「あなた終わりましたよ」

「そうか。では他にお客様もいらっしゃいますので、あなた方には早速動いてもらいましょう」

パン!!

キャサリンが手を一つ打つと、侵入者達は痛みなどまったく感じていないように立ち上がりそのまま外に向かって歩き出した。その様子をロムとキャサリンは黙って見つめている。

「さて、次はもう片方の方をお相手するとしましょう」

「私も行きましょうか？」

「必要ないでしょう。一人はそれなりの手練れのようですが、逆に言えばその程度の相手です」

「わかりました。それでは私は先に戻ることにします」

キャサリンはそう言うと邸内に向かって歩き出す。ロムはそれを見送ると〝他〟の客のいる方向にちらりと視線を移した。

ロムは〝客〟に向かって歩き出す。先程の侵入者を送り込んだ者が様子を見ているのだと推測する。先程の侵入者は恐らく〝闇ギルド〟と呼ばれる犯罪者組織に属する者であろう。故に闇ギルドのギルドマスターから命令を受け取った先程の連中は、この客ではなくギルドマスターの方に向かっていったと思われる。

ロムは突然走り出した。その急激な切り替えは見る者の理解を明らかに超えるため、何が起こったか理解することも出来ないだろう。ロムが突然走り出したのは〝客〟達が逃走を開始したからだ。だが、客達が逃げるよりも早くロムが追いつくと、一人の後頭部を鷲掴みにし、前方を走る客に投げつけた。

「ヒィィィィ‼」

投げつけられた男は凄まじい速度で宙を飛び、前方の男に直撃した。ロムは二人の男が倒れ込むのを無視してなおも逃げようとする男の前面に回り込んだ。ロムの脚力の凄まじさに回り込まれた男は驚愕の表情を浮かべる。

「逃げられるとでも思って……いえ私が見逃してやると思っているのですか？」

ロムの言葉は男の実力を見下したものである。すなわち逃走が成功するというのはロムが見逃してやるという協力無しには成功しない。ロムの言葉の意図するところを察した男は、屈辱の余りに目も眩む思いだった。

「それであなたのやっている事はシーグボルド公はご存じなのですか？　それとも……御嫡男様の独断ですか？」

ロムの言葉に男は動揺する。自分がシーグボルト家と関わり合いがあることを、なぜこの初老の家令が知っているのかと不思議に思ったのだ。

「おや？　それほど不思議に思われることはございませんでしょう。あなたの使う体術はシーグボルト家の方の暗部の方が使う特徴が良く出ています。そして、それなりの手練れと言う事は頭目であるリガード＝ワーグルス様でしょう」

ロムの言葉に正体をズバリ言い当てられたリガードはゴクリと喉を鳴らした。リガードはシーグボルト家の暗部の頭目であるが現場第一主義であり、可能な限り現場で指揮をとるのだ。

「まぁ、答えませんよね。それでは話したくなるようにいたしましょう」

ロムはそう言うと、リガードの間合いに飛び込むと同時に顔面に右拳を放った。リガードはその拳をかろうじて躱したが、ロムはそのままリガードの耳を掴んだ。リガードの意識が掴まれた耳に向いた瞬間に、ロムの左拳が腹部に突き刺さる。

「が……」

くの字に折れ曲がったリガードの体をロムが耳を引っ張る事で無理矢理立たせると、ロムは振り上げた肘をリガードの顔面に容赦なく振り落とした。顔面を砕かれたリガードが、膝から崩れ落ち倒れ込んだ事で、意識が失われた事がわかった。

「さて……素直に話してくれると良いですね」

リガードはこの時のロムの言葉と表情を知らなかったのが災いした。〝客〟の三人はこのあとロムに厳しい尋問を受ける事になったのである。

†

（ぐぎゃあああああ!!）

（痛い痛い痛い痛い！！！！）

（誰かぁぁぁぁぁ!!）

（ぎっぃぃっぃっぃぃぃぃっぃ!!）

（ふぎぃぃいぃぃ!!）

深夜の王都を十人の男達が平然と歩いている。だが、よくよく見ると男達は全員酷い怪我を負っている事がわかる。

この男達は先程アインベルク家に侵入し屋敷にいる者達を皆殺しにするつもりだったのだが、ロムとキャサリンに為す術なくやられ、キャサリンの瘴気により体の自由を奪われて闇ギルドを襲う刺客に仕立て上げられたのだ。

キャサリンの術は瘴気を操る術である【瘴操術】の一つだ。対象者を瘴気で動かすという中々非道な術である。一定の強者であれば瘴気の拘束を引きちぎることも出来るのだが、この男達の中にキャサリンの術を破れるような実力者はいなかったのだ。そして、この術は瘴気によって対象者を操る術なので、意識や感覚はそのままだ。つまり男達の中には骨が砕かれた者もおり、瘴気によって無理矢理動かされているために常に激痛が彼らを襲っていたのだ。

そして何より自分たちの所属する闇ギルド『ケルニス』のギルドマスターである『ルディン』への刺客に仕立てられた事が男達を恐怖させていた。ルディンの恐ろしさをギルドメンバーは骨の髄まで分かっている。

あるヘマをした同僚は両手両足を砕かれた後、体に火をかけられ暴れ回ることも出来ずに殺された。

ギルドマスターの女に色目を使ったという同僚は両目をえぐられ、両手を切断され、最後には性器を切断されて殺された。

女が出来た事でギルドを抜けようとした同僚は、その女もろとも焼き殺された。

これらの例は、まさに氷山の一角というべきもので、その残虐さは誇張ではなく事実であることを彼らは知っている。

自分たちはこれからそのギルドマスターであるルディンを襲わされるのだ。どんな最後を迎える事になるのか、発狂できればどれほど楽か分からない。

アインベルク邸から闇ギルドまで走れば一時間程である。現在彼らは走ることなく歩かされている。つまりそれだけ苦痛の時間が長引く事を意味しているのだ。

永遠の苦痛とも思える闇ギルドへの道が終わり、ついに十人は闇ギルド『ケルニス』に到着した。『ケルニス』の本部は表向きは普通の商家である。闇ギルドのような犯罪組織が郊外に拠点を設けると意外とばれてしまうので、ルディンは商人を装っていたのだ。

『ケルニス』の本部の前に立った十人の体から一斉に瘴気が溢れ出すとそれぞれの体を覆っていった。

(ひっぃっぃぃぃっぃっぃぃ!!)

(助けて!! いやだ!! いやだ!! ぎゃあああああ!!)

(助けて!! 助けて!! 何でもしますぅぅぅ!!)

(神様!! 助けてください!! もう悪い事はしませぇぇぇぇん!!)

男達は心の中で絶叫していた。先程までの瘴気は自分達をただ操っているだけであったのだが、今度は自分達を浸食している事がわかったのだ。瘴気が自分の体に侵入し、それに伴い自分が消えていくという感覚は、男達にとって気が狂わんばかりの恐怖であった。

男達は今まで罪のない者達の日常を踏みにじり不幸を量産してきた。その報いを受ける時が来ただけなのだが、男達にしてみればそれを受け入れる事など到底出来ない。だが男達の心情がどうであれ、瘴気はお構いなしに男達の意識を飲み込んでいった。

体を覆った瘴気はやがて凶悪な騎士を形作っていく。身長は二メートルほどに伸び、体の厚さも一気にふくれあがった。

男達はデスナイトに変貌したのだ。一体で軍隊の出動が要請されるほどの凶悪なアンデッドが十体、闇ギルド『ケルニス』の前に立っていた。十体のデスナイト達は散会し、『ケルニス』の本部を取り囲むとそのまま踏み込んだ。

扉を、窓を、壁をそれぞれ突き破りデスナイトが闇ギルド『ケルニス』の本部に突入していく。

「あ……」

デスナイトを見た『ケルニス』のメンバーが呆けた声を出す。突如現れた死を具現化したような存在に理解が追いつかないのだ。ましてこの凶悪な怪物の内側には、自分達の同僚の死体があるということも当然ながら考えられない。

ビュン!!

デスナイトが大剣を一閃すると呆けたギルドメンバーの体が真っ二つになり床に転がった。

「ぎゃあああああああ!!」

「な、なんだこいつら!!」

「助けてくれ!! 誰かぁぁぁぁ!!」

『ケルニス』のメンバー達は随所で次々とデスナイト達に狩られていった。断末魔の叫びが本部に響き渡る。

「な、何が起こった?」

『ケルニス』のギルドマスターであるルディン＝ゴートは、デスナイトの襲撃を受けた時、護衛のラクリとクルカの二人といた。クルカは何が起こっているのか探るために廊下側の壁に耳を当てた。

その瞬間にクルカの体が真っ二つになり床に転がった。壁の向こう側からデスナイトが大剣を一閃させ壁ごとクルカを両断したのだ。あまりの出来事にルディンもラクリも言葉を失う。

そこに壁を破り二体のデスナイトが部屋に入ってきた。一体のデスナイトは死体となったクルカの顔面を踏みつぶすと、潰されたクルカの顔面は無残な姿をさらした。

「ひぃぃぃぃぃ!!」

ラクリは突然窓に向かって走り出した。護衛対象のルディンを見捨てて自分の命を選んだことは、ある意味生物の本能としては正しいのかも知れない。しかしデスナイトの動きはその巨体に似合わずラクリより遥かに速かった。

ラクリが三歩目を踏み出そうとした時にはすでにデスナイトの大剣が振るわれ、ラクリの胴を両断していた。両断されたラクリの上半身は臓物をまき散らし二メートルほど飛び床に落ちる。それから一、二歩すすんで下半身が倒れ込んだ。

その様子を現実感のない様子でルディンは見ていた。完全に思考停止の状況にありながらルディンの体はガタガタと激しく震えていた。デスナイトが大剣を振り上げるのをルディンは呆然と眺めている事しかできない。

(な、なんなんだ。こいつらは……一体)

デスナイトの大剣が一閃しルディンの首が宙を舞う。ルディンの視界に自分の首の無い体が倒れる景色が映り、自分の首がはね飛ばされた事を悟るとルディンは絶望の表情を浮かべる。すぐにルディンの目から光が失われるがその絶望の表情はそのままであった。

ルディンが絶命すると『ケルニス』を蹂躙したデスナイト達は、瘴気を霧散させて消滅していくと、後には依り代となった男達の死体が転がった。

闇ギルド『ケルニス』はここに消滅したのだ。

†

就寝中であったレオンは慌ただしい音に目を覚ました。レオンが寝室を出ると使用人達が忙しく走り回っている。

シーグボルト家の使用人達は選りすぐられた者達であり、その能力は王城に仕える使用人と比べても遜色ない。だが、その優秀なはずの使用人達の顔色は一様に青ざめている。

「このような夜更けに何事だ？」

レオンのこの言葉に侍女が恐縮したように頭を下げる。

「それがワーグルス様が酷い怪我を……」

「何!?」

「今、手当をしている所でございます。お騒がせてしまい申し訳ありません」

侍女の言葉にレオンは衝撃を受ける。今夜アインベルク家に闇ギルドを嗾《けしか》ける手はずとなっており、リガードは首尾を確認しに出ていたのだ。そのリガードが負傷して戻ってきたという事は、アインベルク家の者にやられた事に他ならない。

「リガードは？」

「はい、ただ今エントランスで治癒魔術を使える者が治療を行っております」

「エントランスだな」

レオンは場所を確認するとすぐさま駆け出す。リガードがやられた事に対する罪悪感によるものではなく、自身に火の粉が降りかからないかを心配しての行為であった。

「リガード!!」

レオンの登場に使用人達は一様に意外そうな表情を浮かべる。レオンが使用人に対して冷淡である事は知れ渡っており、怪我をした使用人の見舞いに来るはずはないと思っていたのだ。

「どんな状況だ？」

レオンが治癒術士に尋ねると治癒術士は緊張の面持ちは崩していないが焦っている様子もない。それだけでリガードの命に別状がないことがわかる。

「すでに処置を施しましたので、命の危険はございません。ですが、両腕、両足、肋骨が砕かれており完治にはしばらくかかると思われます」

治癒術士の言葉を聞いてレオンは僅かながら安堵の表情を浮かべた。

「レ、レオン……さ……ま」

するとリガードが口を開く。

「も、申し……わけ……ござい……ま」

「もう良い。まずは安静にしておけ」

レオンの言葉にリガードの表情は僅かばかりであるが和らいだように感じる。だがリガードは話を止めるつもりはないようだ。

「ア、アイン……がっ!!」

リガードが言葉を続けようとしたときにリガードが突然痙攣を始めた。このリガードの症状にエントランスにいた全員が慌て始める。するとリガードの口から黒い靄《もや》が溢れ出すとそれが死霊《レイス》の形に変化する。

『このメッセージを聞いているという事は、この方を送り込んだ方がこの場にいるという事ですね。それでは警告させていただきます』

やけに丁寧な言葉遣いにその場にいる者達は呆然としている。言葉遣いは丁寧であるが、声は何者かわからない。人間以外の者が無理矢理人の声を真似ているような声であり、性別、年齢の何もかもが不明であった。

『今回当家へ暗殺者を差し向けた件におきましては、一度だけは見逃して差し上げます。あなた様が何者かはすでに把握しております。この言葉の意味するところをご理解いただけているとご期待させていただきます』

死霊《レイス》から伝えられた言葉に全員が青ざめている。レオンが何者か暗殺者を送り込み、しかも相手にシーグボルト家が関わっている事を知られているのだ。

『シーグボルド公爵家に生まれた事は、あなた様の身を守りきる保証にはなりませんのでそのおつもりで……』

死霊《レイス》はそう言うと塵となって消え失せる。レオンに注がれる使用人達の視線の温度が一気に冷たくなるのをレオンは感じた。

†

「そう言えばアレン聞いた？」

レミアがアレンに切り出す。ここはアインベルク邸のサロンである。レミアとフィリシアが遊びに来て、サロンでアレンと歓談していた時の事であった。

「ん、何かあったのか？」

「うん、昨晩に北区にある商家が襲われて皆殺しになったって話」

「そりゃ酷い……それで犯人の目星は？」

「それが相当な手練れがやったって話よ。犯人達は未だに逃走中よ。でもね、話にはまだ続きがあるのよ」

レミアの言葉にアレンは内心首を捻る。

「商家というのは表向きの事で、実際は闇ギルドだったたって話よ。どうやら闇ギルド同士の抗争というのが大方の見立てみたい」

「闇ギルドか……正直同情して損したよ」

あまりにも分かりやすいアレンの言葉に、レミアもフィリシアも苦笑する。無辜《むこ》の人々を踏みにじるような事をアレンは決して許さない。だが壊滅したのが闇ギルドというのなら話は別であった。

闇ギルドは犯罪者組織であり、強盗、殺人、違法薬物とありとあらゆる犯罪に関わっていると言われている。犯罪行為をして生きることを選択したのなら、どのような目に遭っても甘んじて受けるべきとアレンは考えているのだ。

「誰がやったかは知らないが、そいつらに殺されたりした人達は溜飲が下がった事だろうさ。闇ギルドなんかに入った奴の末路はそうなるんだな」

アレンがそう言うとレミアとフィリシアも頷く。闇ギルドのような犯罪組織が消えることは、普通の生活を営んでいる人達にとって有り難い事この上ないのだ。

そこにキャサリンがお茶の用意をするためにサロンにやってきた。アレンは今レミアから聞いた話をキャサリンにも聞いてみた。

「なぁキャサリン、どっかの闇ギルドが壊滅したという話を聞いているか？」

アレンの言葉にキャサリンは微笑みながら頷くと優しい声で言う。

「はい、そのようですね。買い出しの時に街で聞きました」

「しかも闇ギルド同士の抗争だってさ。迷惑な奴等だな」

「確かにそうですね」

「闇ギルドなんかに入らなければ良かったのにな」

アレンの言葉にキャサリンは静かに微笑むとアレンに告げる。

「おっしゃられる通りです。闇ギルドにさえ入らなければ手を出してはいけない者に関わる事も無かったのでしょうに……バカな人達ですね」

キャサリンはニッコリと微笑むと優しく言う。アレンはキャサリンの言葉に頷くと午後のティータイムを楽しむのであった。

第四章
『魔族Ⅰ』
episide.04

いつもの時間である。ここでいういつもの時間とは当然、ローエンベルク国営墓地の見回りの時間の事である。ローエンベルク国営墓地の見回りはアレンにとって最重要の仕事であると言って良い。アレンがアインベルク家を継いでから、一人で見回りをしていたのだが、フィアーネ、レミア、フィリシアが加わった事で、現在の墓地の見回りは大変賑やかなものになっていた。

一人で墓を見回るより、同行者がいることはアレンにとって嬉しい事であった。しかも同行者はそれぞれタイプは異なるが、三人とも文句のつけようのない美少女達だ。これだけでもアレンにとって嬉しいのに、性格も良い、実力もあるとくれば不満などあるわけがない。

「アレン♪　お腹空いたんじゃ無い？」

「アレン♪　よければサンドウィッチ作ってきたの」

「アレンさん♪　私も作ってきたんです」

アンデッドが徘徊するという危険なローエンベルク国営墓地にまったく似つかわしくない明るい声が、アレンの周りで発せられていた。しかも三人の手にはそれぞれ小さいバスケットが握られている。

「お前ら……」

先日のアディラの訪問から妙に三人は見回りに差し入れを持参するようになっていた。夜ということもあり量は少なめなのだが、全部食べれば相当な量になってしまう。

「最近どうしたんだ？　妙に差し入れをもってくるようになったけど……」

アレンの戸惑いの声に三人は、ややわざとらしく目を逸らす。三人の持ってくる差し入れは本当においしくアレンとすれば有り難いのだが、どうもそれでは済まないような感じがするのだ。簡単に言ってしまえば何らかの罠を仕掛けられているような印象だったのだ。そして今夜、アレンは思いきって三人に尋ねることにしたというわけであった。

「単純にアレンに褒めてもらいたいだけよ♪　愛しいあなたに手料理を振る舞うなんて乙女として当然の事よ」

フィアーネの言葉に、レミアとフィリシアはうんうんと頷く。アレンとて三人から向けられる好意に気付かないほど鈍感ではない。だが、アインベルク家の当主という立場がその気持ちに応えることを躊躇わせていたのだ。

アインベルク家は〝アンデッドに携わる家〟として偏見を持つ者も多い。時として偏見は排除という形をとることもある。自分と共に歩むという事は、その偏見と悪意の中に巻き込むということだ。アレンにすればそれはどうしても避けたいという所だった。

「俺は……」

アレンがフィアーネの言葉に返答しようとした時、それは起こる。

ガシャァァァァァン‼

まるで陶磁器が地面に落下し砕けたような音が国営墓地に響き渡ったのだ。それはローエンベルク国営墓地の五重にもわたる結界が崩壊した事を意味した。しかし結界は崩壊したのだが、結界発生装置は無事であり、すぐさま結界は修復される。結界の修復は成ったが国営墓地に何者かが侵入したのは間違いなかった。

アレンが三人に目をやると三人はすかさず頷く。先程までのピクニックのような雰囲気は一切無い。

三人ともその辺りの切り替えは非常に早く、メリハリをきちんとつける事が出来るのだ。

「妙な奴が墓地に侵入してきたな」

「そうね……この気配は魔族ね」

「魔族……この気配は中々のものね」

「目的はわかりませんが、荒っぽく侵入してきた事を考えると、友好的な関係を結びに来たわけじゃないと考えた方が良いかもしれませんね」

「確かにそう考えるのが自然だな。みんなは気配を消して……って今更指示しなくても、もうやってるか」

アレンの言葉に三人は頷く。結界が破られた段階で四人はすぐさま気配を消している。相手がどのような目的で国営墓地にやってきたかは現時点では分からないが、戦闘になる可能性が高いのは事実だ。そのような状況なら相手に情報を掴ませないために気配を絶つのはアレン達にとって当然すぎる事だった。

「それじゃあ、レミアとフィリシアは気配をそのまま絶っていてくれ。俺とフィアーネでまずは侵入者に応対しよう」

アレンの言葉に三人は頷くとアレンとフィアーネは気配を絶つのを止める。アレンとフィアーネが気配を隠そうとしなければ、当然相手はアレンとフィアーネの存在に気付きそちらに意識が集中することになり、レミアとフィリシアから意識が逸れやすくなるのだ。

「それじゃあ侵入者に会いに行くとしよう。レミアとフィリシアは気配を絶って周囲を警戒しておいてくれ」

「分かったわ。さてどんな相手かしらね」

「分かった。状況次第で私とフィリシアも遠慮無く戦闘に参加するわ」

「アレンさん、十分に気を付けてくださいね」

三人の言葉にアレンは頷くと、アレンとフィリシア組と一旦分かれて気配の主の元へ移動する事にした。アレンとフィアーネは気配を絶っていないため、よほどの間抜けでない限りは二人の接近を察していることだろう。

二人は構わず進むと侵入者達の姿を確認する。侵入者達はアレン達が察したように魔族の集団である。侵入者の数は十二体だ。魔族が三体、下級悪魔が九体という構成だ。

中心にいる魔族は、身長は二メートル弱、浅黒い肌に黒髪をオールバックにしている。魔族である以上実年齢は不明だが、見た目は三〇代前半といった容貌をしている。腰の辺りから一メートル半ほどの尻尾が生えている。貴族のような服装をしており、この一行のリーダーであると見て良い。

リーダーと思われる魔族の周囲には、執事服に身を包んだ魔族が二人いる。片方の魔族は身長が一九〇と言ったところで、黒い髪を横わけにしている。リーダーと思われる魔族と違いこちらは尻尾がない。もう一体の魔族は短髪で目鼻立ちは整っているが獰猛な印象を与えている。こちらの魔族も尻尾はないようだ。

あとの下級悪魔は身長一五〇センチ程の身長、尖った耳、そしてめくれ上がった唇のおかげで不揃いの牙が何本も生えているのがわかる。

（退去に応じてくれれば楽なんだが……それは都合が良すぎるよな）

アレンはそう考えると何事も無いように魔族達の集団に向かって歩き出す。魔族は人間を見下しているために素直に退去命令に従う事は期待できないのだ。もちろんすべての魔族がそうであるとは言えないのだが、アレンが今まで出会った魔族は人間を見下している者ばかりであった。その経験からアレンはいつ戦闘になっても良いように表面上は何事も無いようにしているが、すでにアレンは戦闘態勢を整えていた。そしてそれはフィアーネも同様である。

アレンはゆっくりと歩き、十分に声が届く距離になると、出来るだけ誠実に魔族の一行に話しかけた。問答無用で斬り伏せても良いのだが、まずは行儀良く魔族に応対してやる事にした。

「申し訳ありませんが、ここは関係者以外立ち入り禁止なので、すぐに退去していただけますか」

アレンの言葉は誠意がかなり込められていたが、魔族達の対応には誠意が欠けること甚だしかった。

「人間如きが、誰に口をきいているつもりだ!!」

不誠実な応対をしたのは執事服を着込んだ魔族の片割れの方である。こちらが誠意を持って問いかけしたのに対して、誠意の欠けた答えが返ってきた事でアレンはすでにこの魔族達一行を戦闘により排除する事を決定していた。すでに排除を決定していたが、それでも情報を仕入れるために話を続ける事にする。

「小間使い風情が……俺がいつお前如きに話をしてんだよ？　勘違いするな」

アレンは返答してきた魔族を冷たく一瞥しながら嘲るように言う。

「な、なにぃ!!」

「俺が話しかけてるのはそこにいる偉そうな格好をしている魔族だ。自分が話しかけられるような大物と思ってるのか？　恥ずかしい勘違いするな」

「き、貴様!!」

「で、どうなんだ？　俺が怖くて何をしに来たか忘れたか？　だったらさっさと家に帰ってじっくりと思い出せ」

アレンの言葉には〝蔑み〟がふんだんに盛り込まれており、執事服を着た魔族がアレンの言葉に激高する。

「貴様!!　ネシュア＝ボールギント子爵閣下への侮辱は許さんぞ!!」

「人間如きがネシュア様に口をきけると思っているのか!!　身分を弁えよ!!」

（はい、バカが引っかかった……。こいつの名前はネシュア＝ボールギント、爵位は子爵と……）

アレンが心の中でほくそ笑む。アレンがこのような挑発を行ったのは、情報を得るためなのだが、あっさりとかかってくれた事にアレンとすれば嗤いをこらえるのに苦労したぐらいである。

主の魔族はだんまりを決め込んで、情報を与えないようにしているのかもしれないが、アホな手下がそれを台無しにしている。アレンはそう考え、ネシュアの顔を観察するが、その顔には表情が浮かんでおらず、手下の行動をどう思っているかを読む事は出来なかった。そのためアレンはさらにネシュアを突っついてみる事にした。

「おいネシュア。さっさとこの国営墓地から出ていけ。そうすればお前達がローエンシア王国の国法を犯した事に対して便宜を図ってやる。まさかとは思うが自分は魔族だからという下らん論法を持ち出すつもりじゃないだろうな？　それは頭の悪い奴が持ち出す論法だぞ」

「貴様!!　人間如きがネシュア様を呼び捨てにするなど!!」

「なぜ我ら魔族が人間如きが作った法などを守らねばならんのだ!!　つけあがるな!!」

アレンの言葉に執事達がまたしても頭の悪い反応をする。いかに魔族とはいえ知的生命体である以上、ローエンシアに来たのならその法を遵守すべきである。それが出来ないというのなら排除されても仕方の無い事だ。

魔族の『人間の作った法を守らない』という宣言は、アレンにとって恰好の攻撃材料なのだが、そのことに魔族達は未だに気付いていない。アレンはさらに情報を引き出すためにゆさぶりをかけることにする。

「ネシュア、お前達がここに来たのは瘴気を集めるためだな。一体何のために瘴気を集めているんだ？」

ここでネシュアがようやく口を開く。

「人間如きに答えるつもりはない」

「なるほど、この間の魔族といいお前達といい、瘴気などどこでも得ることが出来るだろうになぜわざわざここに来るんだか……」

アレンの言葉にネシュアだけでなく執事達も訝しむような表情を浮かべる。

「ああ、この間来た魔族も瘴気を集めていた。もう少しだったが取り逃がしたがな」

アレンはサラリと情報を小刻みに提示する。しかも内容に意図的に嘘を盛り込んでいた。すべて嘘をつく必要は無い。所々、真実と嘘を混ぜた方が相手は混乱をおこす可能性が高かったのだ。

ちなみに瘴気を集めていたイムリスとかいう魔族はアレンによって撲殺されている。正義感というよりも八つ当たりによってだ。だが、それをここで知らせる必要はない。

「まさか……第一王子派か……いや第三皇子派という事も……」

執事の言葉にアレンはまたも嗤いそうになるのを必死に押さえる。またもアホな執事が貴重な情報を与えてくれたのだ。このような派閥を思わせるキーワードを漏らしてくれるのは本当にありがたい。アレンとすれば本当に都合良く踊ってくれるアホに頭を下げたくなったぐらいだった。

（ふ～ん……こいつらの国はどうやらお家騒動の真っ最中というわけか。そのお家騒動に瘴気を集めることが何かしら有利に働くことになるらしいな。そしてこいつらは第二皇子派というところか……）

「そうそう、第二王子がどうとか言ってたな」

「ふん、小賢しい人間よ。少しでも我らの情報を集めようとしているのだろうが、そんなことをしても無駄だぞ」

アレンの言葉にネシュアが皮肉気な表情を浮かべて言う。かなり嘲弄の成分が込められておりアレンとすれば不愉快なのだが、もう少しの我慢と思い付き合うことにする。

「無駄じゃないさ。お前達が死んでしまえば情報を引き出すことは出来ないからな」

「なんだと？」

「どうして俺達がわざわざ貴様のようなアホと会話したと思ってるんだ？　今までの会話からお前達

を排除するのは決定事項だ」

「人間如きが我々魔族に勝てるなどと思っているのか？」

「随分と勝ち気なセリフだな。だがあまり強気な発言は慎んだほうがいいぞ。命乞いしにくくなるだろ」

アレンの〝命乞い〟という言葉にネシュアはヒクリと頬を強張らせる。その様子にアレンはにやりと嗤うと静かにネシュア達に告げた。

「さて、始めようか。まだ見回りの途中なんだ」

アレンは魔剣ヴェルシスを鞘から抜き放った。

✝

戦いが始まった。

人間と違い魔族の実力と爵位は比例すると言われている。爵位を持つ魔族の力は持たないものと比べて桁違いと称して良いほど開きがある。

ネシュアの爵位は〝子爵〟ということなので、常識で考えれば個人で相手をするのは不可能なはずである。

しかし、アレンとフィアーネはまったく臆した様子もなくネシュア達の前に立っている。フィアーネに至っては妙にやる気になっていた。

（フィアーネ、妙にやる気だな。まぁ最近はやり過ぎないように色々気を付けているようだから大丈夫だと思うが……）

フィアーネがやる気になっている事にアレンは一抹の不安を覚えるが、最近のフィアーネは手加減を覚えており、所構わず施設を破壊するという事は無くなってきていたためアレンはその不安を振り切るようにネシュアに視線を移す。

（ふっふふ〜アレンに良いところを見せる絶好の機会だわ。魔族さん達、私の……いえ、私達の幸せのために踏み台になってくれるなんて本当にご苦労様ね。あなた達の貴い犠牲は忘れないわよ♪）

フィアーネは心の中でかなり自分勝手な計算をしている。この機会にアレンに良いところを見せつけることで、ぐっと自分の魅力をアピールするつもりだったのだ。

フィアーネがそのような事を考えているとは露知らず、アレンはネシュア達一行を観察する。ネシュアは帯剣しているが、執事服を身につけている魔族は素手である。だが一見素手であっても、魔力で武器を形成したり、暗器を使う可能性があるため無手での戦いであると決めつけるのは危険だ。

（さて……どうするか）

アレンが出方を伺っていたところにフィアーネが動く。その初動は静かでありアレンは一瞬虚を衝かれた。

（フィアーネ……ま、いいか）

アレンはフィアーネを一瞬制止しようとしたが、すぐに思いとどまった。フィアーネほどの実力があれば魔族が相手とはいえ後れを取るとは思えない。

（まずはあいつらね）

フィアーネの視線の先には九体の下級悪魔が映っている。フィアーネはまず数を減らすことが先決であると考えたのだ。下級悪魔達にとってこれほど不幸な決定はなかっただろうが、まだこの時この場にいるものでその事に気付いているのはアレンしかいない。

下級悪魔達はニヤニヤと不快な嗤い顔を浮かべ爪に魔力を流し込むと、爪が四〇センチほどの長さになり短刀のように変化した。

戦闘態勢を整えた下級悪魔達はフィアーネを迎え撃つために駆けだした。その瞬間、フィアーネは一気に速度を上げると下級悪魔達との距離を一瞬で詰めた。

フィアーネは闇雲に走り出したように見えて実は駆け引きを行っていたのだ。相手が動き出した瞬間に一挙に速度を上げ間合いを詰めることで、下級悪魔達は想定よりも早い段階でフィアーネと戦う事になったのだ。時間にして一秒にも満たないズレであるが、下級悪魔達にとってはこのズレは大きかった。そしてこのズレを修正するだけの時間は下級悪魔達に与えられることはなかった。

フィアーネは魔力で強化した拳を下級悪魔の一体に叩き込んだ。フィアーネの拳をまともに受けた下級悪魔の頭は粉々に砕け散り周囲に散っていく。頭を吹き飛ばされた下級悪魔の体は立っていたが数秒後には倒れ込んだ。その光景は周囲のものからすれば自らの死を受け入れたかのように思われる。

「これ使えそうね」

フィアーネは残酷な嗤《え》みを浮かべると一体の下級悪魔の肘の位置に手刀を入れる。魔力で強化したフィアーネの手刀は鋭利な刃物と化し、下級悪魔の腕を斬り落とした。フィアーネは斬り落とした下級悪魔の腕を掴むと、下級悪魔が自分の腕を落とされた事に気付き絶叫を放とうとした所に短刀に変化した悪魔自身の指で、その首を刎ね飛ばした。

自分の腕で自分の首を刎ね飛ばされるという耐えがたい状況であったが、首を落とされた下級悪魔にはすでに抗議の声を上げることは出来なかった。

「う〜ん、いまいち切れ味が悪いわね」

フィアーネは容赦ない一言を発する。あまりと言えばあまりという発言であったが、下級悪魔達は抗議を行う事が出来ない。この時になってフィアーネの有する戦力が自分達とでは明らかに違う事に気付いたのだ。いや、正確に言えばフィアーネに対する恐怖を自覚したのがこの時であった。

フィアーネは手にしていた腕を別の下級悪魔に投げつける。下級悪魔達の目には本当に軽く投げたようにしか見えなかったが、投げつけられた腕の速度は尋常ではない。投げつけられた腕は下級悪魔の顔面に突き刺さり、顔面を貫かれた下級悪魔の体は三メートルほどの距離を飛んで地面に転がっていった。

フィアーネの理不尽な戦力に下級悪魔達が呆然と立ちすくんだところにアレンが動いた。フィアーネがここまで状況を作ってくれたのだから、これを利用しないのはフィアーネに対して申し訳がたたない行為だ。

「ぼさっとしてんなよ」

アレンは呆れたような口調でそう言うと、下級悪魔達の背中に容赦ない斬撃を見舞った。返す刀で隣にいた下級悪魔の首を刎ね飛ばした。

アレンが背中から斬りつけた事に対して下級悪魔達が抗議の視線をアレンに向けるが、アレンはまったく意に介することなく残りの悪魔も斬り捨て始めた。フィアーネも容赦なく下級悪魔達を屠り、九体の下級悪魔は骸となり地面に転がった。

下級悪魔達を斬り伏せた所でネシュアが蔑みの視線をアレンとフィアーネに向けているのに二人は気付く。

「ふん、まったく下品な戦い方だ。特に小僧は下品極まると言えるな」

ネシュアの心から蔑んでいるという事のわかる口調に、アレンは呆れる思いであったが、ネシュアの為人《ひととなり》を知るために返答を控えた。フィアーネもまた反論しない。アレンと同様の結論に至ったのだろう。アレン達が返答しない事にネシュアは話を続ける。

「敵とはいえ背後から斬りかかるなど下品極まる行為だ」

ネシュアのこの言葉にアレンは失望の表情を浮かべない事に苦労するぐらいだった。それだけネシュアの戦いに関する意識は、アレンからすれば甘すぎて話にならないものだ。これが闘技場での戦いであればネシュアの言い分にも一定の理解を示すことが出来るだろう。だが、これは闘技場での戦いではなく殺し合いである。しかも一対一ですらなく複数同士の戦いだ。この前提条件がある以上背後から斬るというのは卑怯でも何でもなく、むしろ使用しない方がアレンとすれば理解に苦しむというものだった。

「まぁ所詮は下等な人間相手に、魔族、しかも貴族である私の崇高な考えを理解することはできんだろうな」

ネシュアの言葉に両隣に立つ執事の二体がうんうんと頷いてる。アレンもフィアーネも頭を抱えそうな心境であったがなんとか堪えてる。

「そっちの女は吸血鬼……しかもトゥルーヴァンパイアか……人間よりはましと言えるが我ら魔族には及ばない中途半端な種族だな。まぁ容姿は良いから。俺の愛妾としてかこってやっても良いぞ？」

ネシュアは嫌らしい顔で嗤いながらフィアーネにとんでもない事を言い放った。ネシュアの容貌は決して醜悪なものでは無いのだが、心根の腐り具合がアレンとフィアーネに醜悪な印象を与えていた。

「まず手始めにその男の前で貴様を陵辱してくれる。すぐに淫らに喘がせてやろう。貴様のような淫売には有り難かろう？」

ネシュアの品性の欠片もない発言にアレンもフィアーネも怒り出すような事はしない。挑発である事は二人ともわかりきっているために、それに乗るようなマネはしない。だがこのままやり返さないのも少々腹立たしいために意趣返しをアレンは行う事にした。

「フィアーネ、今のネシュアの頭の悪すぎる発言は大変有り難い挑発だぞ。確かにあからさますぎて挑発の域に達していないお粗末すぎるものだ。それでも猿にも劣る頭で一生懸命考えたんだから、そんな面倒くさそうな顔をせずに不愉快な顔をするとか怒りの表情を浮かべてあげた方が良いんじゃないか？」

アレンの意趣返しにフィアーネも乗っかってくる。フィアーネもどうやらネシュアに対して思うところがあったようだ。

「まぁ、礼儀とすればそうなんでしょうけど、このネシュアの思考が気持ち悪すぎて最低限度の礼儀を取ることも出来ないわ」

「まぁそれはそうだよな。こんな奴に礼儀を守ってやっても頭悪そうだから理解できないだろうな」

「アレンはさっき猿にも劣ると言ったけど、それって猿に失礼じゃない。ゴキブリにも劣るとした方が良いんじゃないかしら」

「確かに猿に対して失礼だったな。でもゴキブリか……今度はゴキブリに失礼なんじゃないか？」

「それはそうね。となるとネシュア並みに頭が悪いとした方がしっくりくるわ」

「ネシュアはネシュア並みに不愉快な生物……」

「ネシュアはネシュア並みに品性下劣で頭が悪い」

「何か妙にしっくりくるな」

「でしょ♪」

「巫山戯るな!!　下等生物共が!!」

アレンとフィアーネの会話にネシュアが怒りの声を上げる。自分の名前を侮辱の比較対象に出されるという最大限の侮辱は、ネシュアの忍耐心を一気に蒸発させた。

「なんだかあいつ怒ってるな」

「まぁネシュア並みとか言われれば怒らないはず無いわ」

「それもそうか、済まなかったなネシュア。ネシュア並みなんて最大限の侮辱をしてしまって傷つけてしまったな」

アレンとフィアーネは神妙な表情を浮かべ謝罪するが、それが侮辱の続きである事は明らかすぎた。

いつものアレンならある程度の侮辱で止めるのだが、フィアーネへの侮辱にアレンは自分が思っている以上に怒っていたらしい。

「おのれ!! 人間如きが!!」

「ネシュア様をこれ以上愚弄することは許さんぞ!!」

「ザウリス!! ヘルケン!! この二人を殺せ!!」

もはやネシュアも先程の余裕など一切無く怒りのままに行動をしていた。命令を受けた二体の執事はアレンとフィアーネに向かって駆け出した。

二体の執事が襲いかかってくるのを見てもアレンとフィアーネは一切慌てない。フィアーネは足元に転がる下級悪魔の死体の足首を掴んだ。その死体の下級悪魔はフィアーネの拳を腹部に食らって命を失っていた。背中から背骨が突き出ておりフィアーネの一撃の凄まじさが窺えるというものだ。

「じゃあ、行くか♪」

フィアーネはそう一声上げると執事達に襲いかかった。

†

〝襲いかかる〟という表現は決して誤りではない。本来であれば筋骨逞しい魔族の執事に可憐な美少女が襲われているという図式が成り立つのだが、ことフィアーネに至っては完全に逆である。

(どう考えてもフィアーネの方が執事達を襲ってるという図式が成り立つんだよな)

下級悪魔の体を引きずって執事達に向かうフィアーネを見て、アレンは苦笑を浮かべながら思う。

フィアーネが短髪の筋骨逞しい執事に向かっていったので、アレンはもう一体の横わけの髪型をした執事と戦う事にした。

間合いを詰め、攻撃を放とうとした瞬間に、執事の頬にフィアーネの拳がめり込む。フィアーネの拳をまともに受けた執事は五メートルほどの距離を飛ぶと、片膝をついて着地する。殴り飛ばされた執事はフィアーネを睨むがすぐに呆けた表情になった。すぐ眼前に下級悪魔が迫っていたからだ。フィアーネが執事を殴り飛ばすと同時に引きずっていた下級悪魔の体を投げつけたのだ。

「ち……」

殴られた執事が腕を振るって下級悪魔を殴り飛ばすと下級悪魔は石ころのように吹き飛び地面に転がった。

ドガァァァァァ!!

執事が下級悪魔を殴り飛ばした瞬間に、執事の顔面にフィアーネの右拳が容赦なくめり込んだ。フィアーネは下級悪魔を目隠しに使い、隙を生じさせ拳を叩き込んだのだ。フィアーネにとってこの一撃こそが本命であり、初撃は少しばかり威力を弱めていたのだ。

フィアーネの右拳を顔面にモロに受けた執事は吹き飛びながら空中で一回転する。これを自分の意思でやっていたならば衝撃を逃がすためと言えるのだろうが、今回の一回転はフィアーネの一撃が強すぎた故である。その証拠に空中で一回転し、そのまま顔面から地面に落ちたのだった。

「ザウリス!!」

横わけの髪型をした執事が名前を叫ぶ。この段階でフィアーネが殴り飛ばした筋骨逞しい執事の名がザウリス、消去法で横わけの髪型の執事がヘルケンである事が判明する。

「よっ!!」

アレンは下級悪魔の死体を掴むと振りかぶってネシュアに投げつける。死体を投げつけるのは倫理的に中々ハードルが高いのだが、アレンはそのような倫理観など歯牙にもかけない。戦いにおいてありとあらゆる方法を使うのはアレンにとって当然の事だったのだ。

「まだまだ!!」

アレンはさらに下級悪魔の体をネシュアに投げつけた。ネシュアは自身に投げつけられた下級悪魔の死体を拳で打ち払うと、死体は回転し地面に落ちる。

「貴様ぁ!! これ以上ネシュア様への狼藉は許さんぞ!!」

ヘルケンがそう叫ぶとアレンに向かって鉄鎖を放つ。凄まじい速度で放たれたヘルケンの鎖であったが、アレンはあっさりと首を傾けて危なげなく躱した。アレンにしてみればわざわざ叫んでから攻撃をするなど完全に斜め上の行動だった。もし、これがアレンであればネシュアに意識が向かった瞬間に無言で鉄鎖を放つだろう。

(はぁ、こんなものかよ。真面目に相手するのがアホらしくなるな)

アレンは心の中でヘルケンの戦い方の稚拙さに舌打ちをしつつ、放たれた鉄鎖を掴むとそのまま鉄鎖を引っ張った。鉄鎖を引かれたヘルケンはそのままアレンの下に引きずられアレンの間合いに踏み込んでしまった。

ドゴォォォォ!!

アレンの間合いに引きずり込まれたヘルケンの腹部に、アレンの前蹴りが炸裂するとヘルケンは苦悶の表情を浮かべながら地面を転がった。ヨロヨロと立ち上がった所にアレンが奪った鉄鎖を投げつけるとヘルケンはもろに顔面に受けた。

「ぐぅぅぅ!!」

苦痛の表情とともにヘルケンはアレンを睨みつけた。その表情を見てアレンは意外そうな表情を浮かべるとヘルケンに向かって言い放った。

「なんだ、お前のだから返してあげたのに睨むなよ。そりゃあ顔面に当たったけど、それはお前がマヌケだからで俺を責めるのは筋違いだぞ」

アレンの言い分にヘルケンの怒りは最高潮に達したようだ。憤怒の表情を浮かべるとヘルケンはアレンに向けて魔術を展開し始めた。その瞬間にアレンは動いた。ヘルケンの意識が魔術の行使のためアレンから逸れた瞬間をアレンは見逃さない。アレンは跳躍し、そのまま跳び膝蹴りをヘルケンの顔面に入れた。

ゴガァァ!!

再びヘルケンが地面を転がると、アレンはヘルケンの背中に剣を突き立てようと剣を逆手に持つ。だがその瞬間、アレンに魔矢《マジックアロー》が十数本飛来する。アレンは慌てることなく防御陣を形成すると、魔矢《マジックアロー》をすべて防ぎきった。

アレンが魔矢《マジックアロー》が放たれた方向に視線を移すと、不快気な表情を浮かべたネシュアがいた。執事達がアレン達に良いようにあしらわれている状況をネシュアは苦々しく思っていたのだ。

「人間め調子に乗るなよ」

ネシュアがアレンに言い放った瞬間にザウリスの巨体がネシュアに向かって飛んできた。ネシュアは驚くがヒラリと躱した。受け止めるには体格差があったため回避を選択したらしい。

「何で避けるのよ。受け止めるのが主人の大事な役目でしょう」

発言の主はもちろんフィアーネだ。フィアーネの理不尽な発言にアレンは苦笑する。さすがに理不尽な罵倒を受けたネシュアにアレンは同情したくらいだった。もちろんネシュアにしてみれば、アレンから同情されるなど屈辱の極みというものだろう。

「貴様ぁぁぁぁ!!」

ネシュアが怒りの咆哮をフィアーネに発する。理不尽なフィアーネの言葉と人間ごときに良いようにあしらわれている現状はネシュアから冷静さを失わせていた。そのため先程アレンが投げつけた下級悪魔の死体から完全に意識が逸れていたのだ。

（よし、フィアーネでかした）

アレンは心の中でフィアーネの行動を褒め称える。やっていること、言っている事はかなり滅茶苦茶なのだが、それ故に意識を逸らす事が出来るのだ。

そして、アレンは投げつけた下級悪魔の死体にある仕掛けを施していた。その仕掛けはいわゆる死霊術であった。アレンの死霊術はアンデッドを作成することが出来る。媒介に死体がなくてもアンデッドの作成は行えるのだが、死体がある方がより簡易にアンデッドの作成を行えるのだ。

そしてその仕掛けが作動する。投げつけた下級悪魔達の死体が立ち上がるとネシュアに襲いかかったのだ。立ち上がった下級悪魔の死体を瘴気が覆い、体躯が二メートル半ばに膨れあがった。下級悪魔の死体は異形の騎士であるデスナイトに変貌したのだ。

『グォォォォォォォォォ!!』

二体のデスナイトは咆哮すると、ネシュアに向かって駆け出し手にした大剣を振り下ろした。ネシュアはこの二体のデスナイトに不意をつかれてしまった。そこにザウリスとヘルケンがネシュアとの間に割って入りデスナイトの大剣を受け止めた。それぞれ魔力を込めて強化した状況で受け止めたらしく、ザウリスもヘルケンも怪我をした様子はない。アレンとフィアーネにあしらわれているが、二体ともそれなりの実力を有しているらしい。

「うぉぉぉぉぉ!!」

「はぁぁぁぁぁ!!」

ザウリスとヘルケンは、デスナイトの心臓の位置にそれぞれ拳を叩き込み核を破壊しデスナイトを消滅させせた。

デスナイトを消滅させたネシュア一行であるが、事態は一向に好転しなかった。なぜならザウリスとヘルケンがデスナイトを消滅させた瞬間に、アレンとフィアーネに吹き飛ばされたからだ。アレンとフィアーネは元々デスナイトでネシュア達を斃せるなど思っていない。デスナイトはネシュア達の意識を逸らすための布石にしか過ぎなかったのだ。

「く……」

ネシュアの顔が追い詰められた者の表情に変わる。だが、まだ諦めてはいないようで腰に差していた剣を抜き放って吠える。

「図に乗るなぁぁぁぁ下等生物共がぁぁぁぁ!!」

ネシュアは剣を構えるとアレンに向かって駆け出した。だがアレンはまったく構えを取らない。それがネシュアにこれ以上無い屈辱を与えた。

ネシュアが二歩目を踏み出した時にネシュアの動きが止まる。その表情は苦痛によって大きく歪められていた。ネシュアの腹から剣の鋒《きっさき》が突き出ていた。何者かがネシュアを背後から剣で貫いたのだ。

「だ、誰だ……」

苦痛の中、ネシュアが振り返り自分を背後から刺し貫いた相手を確認すると、そこにはルビーを溶かし込んだような鮮やかな赤い髪の美しい少女がいた。もちろん、この少女はフィリシアである。アレンが構えを取らなかったのは、フィリシアがネシュアの背後に回り込んでいたのが分かっていたからである。

「き、貴様……後ろから……この卑怯者がぁぁぁぁ!!」

ネシュアは咆哮と共に背後のフィリシアに向かって剣を振るうと、フィリシアはすぐさま剣を抜き取り後ろに跳び間合いをとった。

「貴様……後ろから……」

ネシュアは苦痛に顔を歪ませながらフィリシアを睨むと、後ろから攻撃した事を責め立てる。

「真っ正面からしか戦えないというのなら、土下座して〝私は真っ正面からしか戦えないんです。私

が対処できない行動をとらないでくださいҝと無様に縋ってはいかがです？」

フィリシアが艶やかに嗤いながら辛辣な言葉をネシュアに叩きつける。闘技場での試合であればフィリシアの行為を責めるのも理解できる。だがここは闘技場ではなく命の取り合いをしている場なのだ。そんな状況で自分たちの前に現れたのがアレンとフィアーネの二人だけと想定するのは愚か者のすることだ。伏兵を想定せずにいる方が甘いのだ。

だが気配を察知できなかったネシュアが悪いわけではない。フィリシアは瘴気を纏い気配を消して動いていたことに加え、下級悪魔がデスナイトに変貌し、瘴気が周辺にまき散らされた事でフィリシアを察知させづらくしていたのだ。

「「ネシュア様!!」」

ザウリスとヘルケンが立ち上がると同時にネシュアの元に駆けつける。忠誠心あふれる行動と言えるのだろうが、目の前に立ちふさがるアレンとフィアーネという高すぎる壁がそれを阻む。

「ぐはっ!!」

フィアーネの拳が容赦なく放たれるとザウリスの腹部に突き刺さり、ザウリスの体はくの字に折れ曲がった。フィアーネは続けて背中に肘を叩き込むと、ザウリスはそのまま地面に叩きつけられた。

フィアーネはトドメとばかりにザウリスの肋骨を蹴りつける。

ゴギィィィ!!

骨の砕けた音が周囲に響き、ザウリスはネシュアの方に蹴り出された。ザウリスにとって一番の不幸は骨が蹴り砕かれた事なのか、蹴り飛ばされた事なのかは意見の分かれるところであろうが被害者であるザウリスには些細な問題であろう。

アレンは向かってくるヘルケンに対し斬撃を繰り出す。胴を薙ぐ剣閃がヘルケンの腹を斬り裂くと、ヘルケンはそのまま数歩歩みを進めるが力尽きそこで倒れ込んだ。

「ぐぅぅ!!」

痛みを堪える声がヘルケンから発せられた。アレンはヘルケンが戦闘不能になったのを確認するとネシュアの方に視線を移す。もちろん、ヘルケンから意識を完全に逸らすような事はしない。

「さて、あんまりアレンさん達を待たせるのもどうかと思いますし、終わらせるとしましょう」

フィリシアの静かな言葉がネシュアの耳に入る。フィリシアの格下を扱う言葉にネシュアの怒りは燃え上がる。アレン達によってネシュアの忍耐力はとうに消滅している。爵位を持つネシュアにとって、ここまで虚仮《こけ》にされた経験は無かったため、当然と言えるのかも知れない。

「ほざけ!!」

ネシュアは咆哮しフィリシアに突きを放つ。喉、胸、腹と凄まじい速度で放たれる突きをフィリシアはまったく気負うことなく躱す。ネシュアの怪我が重いこともあるのだが、フィリシアの実力が並外れている点が大きい。危なげなく躱すとフィリシアは反撃に転じる。

フィリシアはネシュアの右太股に斬撃を放った。フィリシアの斬撃はカウンターとなっていたため、ネシュアは避けることなく右太股を斬り裂かれてしまった。

フィリシアは返す刀でネシュアに斬撃を放つと、ネシュアは躱す事も出来ずに今度は腹を斬り裂かれた。フィリシアの手には何の抵抗も感じない。あまりにも鋭く速い斬撃のために抵抗を感じる前に剣が通り過ぎていたのだ。

「ぎゃあああああ!!」

ネシュアの口から絶叫が放たれる。その絶叫が右太股を斬り裂かれたのが理由なのか、腹を斬り裂かれたのが理由なのかわからない。ネシュアはそのまま苦痛の為に蹲《うずくま》った。

「痛がっている暇があるなら反撃の一つでもしたらどうなんです」

フィリシアの冷たい声がネシュアに放たれる。だがネシュアはフィリシアの言葉を聞く余裕がなかった。腹と太股の傷がネシュアから余裕を奪っていたのだ。

「まぁいいでしょう。私はこう見えても優しいですからきちんとトドメを刺してあげますよ」

フィリシアが剣を振り上げる。ネシュアは首筋に殺気を感じると、腹と太股の苦痛を忘れて、恐怖心が吹き出てきた。

(こ、殺される!! この私が人間如きに首を……)

ネシュアの顔が強張る。

ガシャァァァッァァァ!!

フィリシアが剣を振り下ろそうとしたときに、国営墓地を覆う結界が再び破壊された音が響き渡った。ネシュア達同様に何者かが国営墓地の結界を破って空中から侵入してきたのだ。結界を破った者は、そのまま背中の大剣を抜くとフィリシアに斬撃を放った。

ドォォォォン!!

フィリシアはその斬撃を後ろに跳んで躱すとそこには黒い全身鎧《フルプレート》を纏った大剣を携えた剣士が立っ

ている。顔にはフルフェイスの兜を被っているために容貌の情報は一切手に入らない。

（新手か……。かなりの実力者とみるべきだな）

アレンは新しく現れた全身鎧《フルプレート》の剣士に対し警戒を強める。この段階でネシュア達の助けに来るというのはかなりの手練れである可能性が高い。

アレンは懐から投擲用のナイフを取り出すと、そのまま剣士に向かって投擲する。ところが剣士はまったく躱す素振りを見せることなく受けて見せた。

キキキキィン!!

投擲した四本のナイフは剣士の全身鎧《フルプレート》に弾かれると、そのまま地面に落ちる。剣士は全身鎧《フルプレート》の防御力に自信を持っていることが窺えた。

「ゼ、ゼリアス……」

ネシュアの口から剣士のものと思われる名が発せられる。その声を受けて剣士がネシュアに向かって言う。

「お迎えに上がりました。ボールギント子爵」

ゼリアスの声が男性のものである事にアレン達は気付く。

「お迎えね……それを見逃すとでも思っているのか？」

アレンの言葉にゼリアスは顔をこちらに向ける。フルフェイスの兜を身につけているためにその表情を窺うことは出来ない。

「ふ……せっかく見逃してやろうとしているのだ。大人しく引き下がった方が身のためだぞ」

「何言ってるんだか……口ではそう言っているが、お前から放たれる殺気は俺達を皆殺しにすると言ってるぞ」

「分かっているのだな。人間のくせに少しは使えるらしい」

ゼリアスの含み嗤いがフルフェイスの兜の中から漏れ出す。同時に放たれていた殺気が一段階強まったようにアレンには感じられた。アレンもまたゼリアスに殺気を放つことで牽制する。凄まじい殺気がその場に充満するが、ゼリアスの殺気が急に消失するとアレンに向かって言った。

「ここでお前を斬るのは可能だが、子爵達の傷が思ったよりも深い……ここは引かせてもらうぞ」

「ふ～ん、逃げるのにわざわざ言い訳をしなくてはいけないというのは大変だな」

ゼリアスはアレンの挑発に乗ること無く地面に大剣を突き刺すと魔法陣が展開される。アレン達はその魔法陣に触れないようにすぐさま後ろに跳んだ。

「またな……小僧」

ゼリアスはそう言うと姿を消した。地面に展開された魔法陣もネシュア、ザウリス、ヘルケンも同時に消えていた。どうやらゼリアスの展開した魔法陣は転移魔術のものだったらしい。

「やれやれ……あっさりと逃げられるとはね。墓地の結界の改善が必要だな」

まんまと逃げられた形となったアレンはため息を漏らした。墓地の結界は基本閉じ込めるためのものであり、侵入は案外と容易だったのだ。だが、アレンが改善と言ったのはそれではない。閉じ込めるための結界でありながらゼリアスの転移魔術があっさりと結界をくぐり抜けたのはやはり問題であった。

「仕方ないわよ。それよりも黒い鎧の剣士はかなりの実力のようね」

そこにフィアーネがアレンに言葉をかける。

「う～ん、失敗したわ。まさか逃げの一手を使うとは思わなかったわ」

そこにレミアが歩いてくると同時にアレン達に言った。レミアは最後の伏兵として戦闘には参加せずに戦いの推移を見守っていたのだ。状況次第で参戦するつもりであったのだが、その前にゼリアス達が引いたので出番がなくなってしまったのだ。

「すまなかったな。まさかあそこで逃げの一手とは……出し惜しみなんかすべきじゃなかったな」

アレンの言葉に全員が頷く。慎重になりすぎた結果、ネシュア達を取り逃がしてしまったのだ。

「それじゃあ、見回りを続けませんか？　あと二区画ですから」

フィリシアの言葉にアレン達は頷く。

「まぁ夜食はある事だし、さっさと見回りをしましょう」

「そうね、せっかく作ったんだから早いところ見回りを終わらせてみんなで食べましょう」

「さあさあ、行きましょう♪　アレンさん」

「ああ」

あくまでも夜食を勧めてくる三人に、アレンは苦笑しながら見回りを続けるのであった。

†

アレン達は見回りを終えアインベルク邸に戻ってきていた。いつもは見回りが終わるとそこで解散となり、フィアーネは転移魔術でジャスベイン邸に、レミアとフィリシアも借りている家にそれぞれ戻るのだが、今夜は少しばかり勝手が違い、全員がそのままアインベルク邸にやって来たのだ。その理由は先程逃したネシュア達の対応を話し合うためである。

アレン達がアインベルク邸に戻ると、女性陣に気づいたロムが首を傾げるが、不満を言うことはない。フィアーネ、レミア、フィリシアに対してロムもキャサリンも好意を持っており、不満など元々無いから当然であった。アレンはサロンを使うからと、お茶の用意をキャサリンに頼むとそのままサロンへと移動した。しばらくしてキャサリンがお茶の用意を終えると一礼してサロンを後にする。

テーブルに三人の作ってくれた夜食とキャサリンが煎れてくれた紅茶が並び、アレン達の夜食会兼ネシュア一行対策会議が始まった。

「とりあえずネシュアだが……」

「待って!! そんな事よりも重要な事があるわ」

アレンが会議を始めようとしたところ、すかさずフィアーネから制止の声がかかる。レミアとフィリシアも同意見のようで力強く頷いていた。

「えっと……フィアーネ何かあったのか?」

アレンが戸惑いながら尋ねるとフィアーネは満面の笑みを浮かべて言い放った。

「もちろんよ。まずは私達の作った夜食を食べて『こんなおいしい夜食を作ってくれてありがとう』と言った後に抱きしめるまでがアレンのすべき事よ!!」

「え？　ちょ、ちょっとフィアーネそこまでいきなりいっちゃうの!?」

「そ、そうよ。いくら何でもいきなりアレンさんに抱きしめられるのは心の準備が……でもアレンさんが良いと言ってくれるのなら……」

フィアーネの言葉にレミアとフィリシアが驚きの声を上げる。だが、その声には明らかに期待する感情が含まれていることをアレンは気づいてしまった。

ペシ!!

アレンは呆れながらフィアーネの頭をはたく。いくらなんでもいきなり抱きしめるなんて、そんな節操無しの行動をアレンがとるわけはない。

「痛いじゃない!!　もう、みんなの目があるからって照れなくて良いのよ？　もっと自分の欲望に正直になるべきじゃない」

「あのな、良いかフィアーネ、夜食を作ってくれた事は嬉しいし、美味しかったら〝おいしい〟〝ありがとう〟は普通に言うよ。でもそのあと抱きしめるまで行くのはどう考えても不自然だろうが」

「という事は自然な流れだったら抱きしめてもらえるという事ですか？」

アレンとフィアーネの会話にフィリシアが入ってくる。このフィリシアの問いかけに反応したのはフィアーネとレミアだ。

「なるほど……言い換えればアレンはムードを大切にするという事ね」

「ということはムードを盛り上げれば……」

二人の言葉にため息を吐き出しながらアレンは口を開く。

「まったく……俺は恋人以外の女の子に抱きつくような節操無しじゃないからな……。というよりも話を進めるぞ」

アレンはそう言いながら三人の作ってくれたサンドウィッチに手を伸ばす。手に取ったサンドウィッチはシンプルなタマゴサンドである。手に取った時にレミアが緊張の表情を浮かべたのでレミアが作ったものなのだろう。

「あ、美味い」

サンドウィッチを口にしたアレンはごくごく自然に言葉を発する。その自然さが逆にアレンの言葉が本心から来るものである事を伺わせた。レミアの表情が一気に明るいものになる。同時にフィアーネとフィリシアが羨ましそうな表情を浮かべたので、アレンはさらに二つのサンドウィッチに手を伸ばした。

「あ、これも美味い」

次に発せられたアレンの言葉に今度はフィリシアの顔が綻ぶ。嬉しさが内側から溢れ表面に現れたという感じの、見ただけで幸せになるようなフィリシアの笑顔である。

「お、これも甘さが抑えてあっていけるな」

最後にアレンがフィアーネの作ったジャムサンドを頬張ると、フィアーネもニコニコと微笑みながらアレンの食べる姿を見ている。三人とも幸せそうな表情を浮かべており、アレンとすれば見られながら食べるのはかなり気恥ずかしかった。その気恥ずかしさを半ば誤魔化すために、アレンは話を進めることにする。

「それじゃあ、とりあえずネシュア達についてだ」

「うん」

「あの連中はもう一度やって来るだろうからどう対策をとるかを話しておこう」

「う〜ん……アレンはもう一度やってくると言うけど私はそう思わないわ」

アレンの言葉にレミアが反対意見を述べる。アレンは首を横に振ると口を開いた。

「いや、あいつは必ず俺達に復讐戦を挑んでくる」

「根拠は？」

「あいつがやられた状況、そして受けた屈辱がその理由だ」

「？」

「ネシュアはフィリシアに不意を衝かれた時にフィリシアを〝卑怯者〟と呼んだ。まぁ、俺にしてみればネシュアが間抜けなだけなんだが、奴自身は卑怯な事をされなければ人間如きに負けるわけ無いと思っているだろうさ」

「でもその後フィリシアの剣技を見たはずよね。普通はフィリシアとの実力差にうちひしがれると思うんだけど」

レミアの言葉にアレンは首を横に振る。フィリシアとネシュアの戦いを眺めていたレミアは、フィリシアがネシュアを圧倒していたように見えたのだ。それゆえにレミアの言葉は当然すぎるものである。

「レミアの言うとおり、まともな思考回路を持つものならフィリシアの剣技を見ればそう考えるだろうが、あの時のネシュアは冷静さを失っていたし、人間に敗れたという屈辱を晴らすために復讐戦を挑んでくるだろうさ」

「確かにプライドが高そうな奴ではあったわね。それを考えればありえるか」

アレンの理屈にレミアは頷く。するとアレンはさらに言葉を続けた。

「まぁ奴が来るか来ないかはこの際関係ないさ。今後、魔族が国営墓地にちょっかいをかけてくるという図式が出来上がったことも考えられるから対魔族の備えは必要だな」

「それもそうですね。今回の相手の中でも、後からやってきたゼリアスとかいう全身鎧《フルプレート》を纏った剣士はかなり強いのは事実です」

フィリシアの言葉にアレン達は頷く。ゼリアスの実力はアレン達が見た所ネシュアよりも遥かに強い。そのような相手が存在するのに、何も手を打たないのは愚か者のすることであった。

「それにしても、魔族の国でお家騒動とはね」

「そういうなよフィアーネ、魔族だろうが人間だろうが国という概念、家という概念、欲望という概念がある以上、お家騒動は普通に起きるだろ」

「そうなんだけど、魔族って自分達を上位種と思ってるから他種族を見下す奴が多いじゃない。偉そうな事を言っているくせに吸血鬼《ヴァンパイア》や人間と同じ事をしているんだから呆れるわね」

フィアーネの言葉はアレンも納得するところである。他者を蔑むくせに自分達も同じ事をしていれば呆れられても仕方が無いことだろう。

「まぁな、あ、そうそう。フィアーネに頼みがあるんだが」

アレンの言葉に、フィアーネはパッと花が咲くような笑顔をその美しい顔に浮かべる。

「ネシュアがいつ復讐戦を挑んでくるかわからないから、しばらくの間墓地の見回りに毎晩参加してくれないか？」

「もちろん、そのつもりよ♪」

フィアーネから快諾をもらうとアレンは次にレミアとフィリシアに視線を向け二人に告げる。

「それからレミアとフィリシアは出来るだけ個人行動は避けて欲しい。二人の実力を考えれば対処できない相手がそんなにいるとは思えないが念には念を入れておきたい」

「分かったわ」

「分かりました」

「そこでしばらく二人ともうちの屋敷で生活してもらいたい。できるだけ行動を共にしよう」

アレンの申し出にレミアとフィリシアはすぐに答えなかった。あまりにも都合の良すぎる提案だったため、二人は何かの間違いと考えたのだ。レミアとフィリシアは自分の頬を抓り痛みに顔を顰め夢でないことを確認すると、二人とも凄い勢いで了承する。

「分かったわ!!」

「分かりました!!」

このアレンの申し出に、思い切り不満の表情を浮かべたフィアーネが口を尖らせながらアレンに抗議を行う。

「ちょっと待って、アレン!! 私は!?」

「いや、お前は公爵家の令嬢だろ? そんなお前をうちに泊めるなんてできるわけないだろう」

「何言ってるのよ!! 私だけ仲間外れなんて納得いかないわ!!」

「そう言うなよ。変な噂が立ったらお前が苦労するんだぞ」

「変な噂なんか立つわけ無いわよ。それにアレンとの仲を噂されるのは〝変〟な噂に当てはまらないから大丈夫よ」

フィアーネの本心からの言葉であった。確かにアレンとフィアーネの仲は、エジンベートでも少しずつ噂になりつつあるのだが、フィアーネとすればむしろ望む所であり、それにより近付いてくる求婚者が減ることもあり都合が良すぎるくらいだった。しかも、先日行われた夜会での件により、ローエンシア王国でもその噂は広がりつつあった。

「普通に考えれば嫁入り前の娘が男の家に泊まるなんて、お前の家族が許すはず無いだろ」

アレンの言葉にフィアーネはニヤリと笑うと、立ち上がり腰に両手をあてて宣言する。

「じゃあ、お父様達が許してくれれば文句は無いというわけね」

「ああ、お前の両親の許可があれば俺とすれば何も文句はない」

「ふっふっふ〜アレン今の言葉はもう取り消せないわよ」

「ははは、あくまでも許可があればだぞ」

アレンとすれば許可なんて下りるはずがないと思っての提案である。普通に考えて貴族の令嬢が男の家に外泊するなんて醜聞をよしとするはずがない。だが、アレンの予想は大きく裏切られることになる。アレンがジャスベイン家が普通の貴族でない事を思い知らされるのは次の日のことであった。

「「「しばらくお世話になります」」」

翌日アインベルク家の玄関にフィアーネ、レミア、フィリシアの三人が揃って荷物を持って頭を下げるのをアレンは呆然と眺めていた。

「え？　フィアーネ……まさか本当に許可が出たのか？」

アレンの言葉にフィアーネは、これまた凄まじいドヤ顔を浮かべながら懐から一枚の紙を取り出すとアレンに見せる。その紙には〝外泊許可書〟と書き込まれ、ジャスベイン家の公印と共にフィアーネの父であるジェラル＝ローグ＝ジャスベインのサインもあった。間違いなく公文書レベルの文章である。

「うん♪　お父様もお母様もお兄様も大賛成だったわ」

フィアーネの満面の笑みにアレンは小さくため息を漏らす。ジャスベイン家の型破りな家風を甘く見ていた事を思い知らされたのだ。その様子を見ていたロムがニッコリと微笑むと三人に一礼する。

「いらっしゃいませ。すぐにお部屋にご案内させていただきます」

ロムは優しく微笑みながら言うと、三人をアインベルク邸の部屋に案内していく。その後ろ姿をアレンは呆然と見送るのであった。

フィアーネ、レミア、フィリシアがネシュアの再襲撃に備え、アインベルク邸に滞在してすでに七日経ったが未だにネシュア達は襲撃してこない。

いつもの通り見回りを行いアインベルク邸に戻ったアレン達は顔を見合わせる。

「二十人ぐらい……かしら」

「気配を絶とうと努力はしてるみたいですが、バレバレですよね」

「囮かも知れないわよ。このあからさまに侵入を察知させて、実は手練れが紛れ込んでいるって寸法よ」

アインベルク邸に何者かが侵入した事に全員が気付いての会話であった。もちろんロム、キャサリンも侵入者が現れた事に気付いている。すぐさま迎え撃つために庭先に出ようとするロムにフィアーネが声をかける。

「待ってロムさん、今回の侵入者には私達で対処させてくれませんか？」

フィアーネの言葉にロムは浮かない表情を浮かべる。気配の絶ち方の稚拙さから侵入者達の技量が決して高いもので無い事を察したロムは、アレン達の手を煩わせる事に納得しづらかったのだ。

「どうするつもりだ？」

フィアーネの言葉にアレンが尋ねる。その声にはフィアーネの行動に対する疑問の感情が含まれている。フィアーネは基本人の仕事の領分に土足で踏み込むような事は決してしない。他人の仕事に敬意を持っているからだ。

「うん、今回の二十人ぐらいの侵入者達を〝駒〟にしようと思ったの」

「駒？」

「ええ、私は敵対行動をとれないようにする行動制限の術が使えるのよ。それを使って今回の侵入者達を対ネシュア達の戦力にしようと思っているのよ」

フィアーネの言葉に全員が納得の表情を浮かべる。フィアーネの言葉通りそのような術があるのなら、敵対者を自分達の戦力として取り込む事が非常に容易となる。しかもその敵対者が犯罪者であれば失ってもまったく心が痛まないという、まさしく理想の〝駒〟が出来上がるのだ。

「そういうことなら、俺達が動くとしよう。ロム、ここは俺達に任せてくれるか？」

「承知いたしました。それでは新しく〝駒〟となられる方々の寝具を用意させていただきます」

「寝具？」

「はい、と申しましても物置部屋に眠っているマントでございます。アレン様を害しようとするような者共を邸内に入れるのは我慢なりませんので、修練場で寝泊まりさせようと思っておりますがいかがでしょうか？」

ロムの言葉にアレンは即座に頷く。アレンとしても侵入者達を厚遇するつもりは一切無い。むしろマントすら用意するつもりもなかったぐらいである。

「わかった、それではロムは寝具の準備をしてくれ」

「はい」

　ロムは微笑みを浮かべながら一礼すると物置部屋に向かって歩き出した。ロムを見送ったアレンは三人に視線を移すと口を開く。

「それじゃあ行こうか」

「うん♪」

「よし、頑張ろうっと」

「がんばります」

　三人の返答は妙にやる気に満ちている。アレンは自分を殺そうとしている者に対して容赦するつもりは一切無い。なぜなら相手もアレン達を殺そうとここに来ており、どれだけアレンが命乞いしても助けるような事は一切しないだろう。そのような相手に対して非人道的な事をすることにアレンは躊躇いがない。

　そしてフィアーネ、レミア、フィリシアもそれは共通した認識であった。そしてこの場にはいないが、アディラでさえその認識を持っていた。この四人はもはや精神的にアインベルク家の人間といっても良かった。

「じゃあ、行こうかみんな」

　アレンはそう言うと庭先に出る。フィアーネ、レミア、フィリシアの順番でアレンに続く。

　庭に出たアレン達を見て侵入者達は驚いた様子であったが、人数が四人である事、四人のうち三人は美の結晶とも言うべき美少女達であることにすぐさま嫌らしい嗤《え》みを浮かべた。

侵入者達の格好は黒を基調とした服装に、これまた黒く塗った革鎧、革製の籠手、脛当てを身につけ、腰にレミアの双剣と同程度の長さの剣を差している。

「へぇ……ガキとジジィとババァの三人という話だったがいい女がいるじゃねぇか」

侵入者の一人がそう言うと周囲の連中もそれに同調して不快な嗤い声をあげた。

「お前もバカな奴だよな。貴族様に喧嘩を売って粋がった結果がこれだ。これからお前は俺達に嬲られて人生を終えることになるんだ。お前の女達をお前の目の前で犯してやったらさぞかし気持ちが良いだろうな」

「ひゃははは、おいガキ、その女達の具合はどんな具合だ？　どれが一番良いか教えろよ」

「おいおい、全部使えば良いだろうが」

「女達は俺達が楽しんだ後に娼館に売り飛ばしてやるからな」

男達の下品な言葉にアレン達は顔を顰める。この男達は今までこのような事をくり返してきたのだろう。世の中にはどうしようも無いクズが存在することをアレン達は知っていたが、それを再確認させてくれた気分である。同時にネシュアも似たような事を言っていたので、ゲスの思考は種族関係ないという事も同時に確認させられた。

「いやはや……ここまでクズだと神の導きとしか思えんな」

「そうね、ここまでのクズなら本当に遠慮無く出来るわね」

「ねぇ……一人ぐらい良いよね？」

「私もここで殺すべきじゃないのはわかってるんですけど……一人ぐらいなら良いのではと思ってし

まいます」

アレン達の会話に男達は訝しがる。人数的に不利であり、これから尊厳も何もかも踏みにじられようとしているのに、アレン達の様子に一切の恐怖は感じられない。それどころか会話の内容は明らかに自分達を下に見ているものである。

「どこぞの貴族からの刺客ね……その貴族には御礼をしとかないとな」

「そうね、こんないくら使い潰しても気にしないで済むクズを送り込んでくれたのだから感謝の礼状くらい送るべきかもね」

アレンとフィアーネの会話にレミアとフィリシアは苦笑を浮かべる。その余裕が男達の不快感を否応なく刺激する。

「てめぇら、逃げられないように囲め!!」

リーダーらしい男の声に周囲の男達がアレン達の周囲を囲む。アレン達の周囲を取り囲んだ男達の表情には、もはや先程までの嫌らしい嗤《え》みはない。全員がアレン達に警戒の表情を浮かべていた。

「それじゃあ、やるか。勢い余って殺しても構わないから好きにやってくれ」

アレンの許可が出たことで三人は男達に襲いかかった。アレンの言葉に反発したリーダーらしき男が威嚇するような声を上げる。

「何いってやがる。てめえらみたいなガキが調子に乗るなよ!! 殺……え?」

リーダーの威嚇は途中で止まる。自分の見たものが信じられなかったからだ。リーダーの目の前で繰り広げられている光景は戦いではない。それは蹂躙と呼ぶべきものであった。

フィアーネの拳が振るわれるとまともに受けた男が歯と血を撒き散らしながら三メートルほどの距離を飛び地面に転がった。フィアーネは殴り飛ばした男に一切視線を向けること無く次の男の脛を蹴りつけると、異様な音がして男のふくらはぎからは折れた骨が突き出した。

レミアは双剣を抜き放つと、剣を抜こうとした男の手首を容赦なく斬り落とし、男が叫び声を上げた瞬間に双剣の柄で顔面を殴打した。顔面を殴打された男が蹲《うずくま》った所をレミアは容赦なく顔面を蹴り上げる。

フィリシアが剣を振るう度に男の指が次々と落ちる。指を落とされた事に気付いた男が叫び声を上げようとするが、それよりも早くフィリシアが剣の柄で顔面を力任せに殴りつけるとそのまま気を失った。

アレンは死んでも構わないと言ったが、それでも〝駒〟の数は多い方が良いと考えた為に三人は十分に手加減していたのだ。

アレンに襲いかかった男は不幸であったのかもしれない。アレンは目の前で三人を侮辱され、かなり気分を害していたのだ。そのため手加減の度合いを測り損ねてしまった。

アレンは斬りかかってきた男の肘に拳を叩き込む。打ち砕かれた骨が皮膚を突き破りその威力の高さを知らしめる。

「ぎゃ」

腕を砕かれた男が叫び声を上げようとした瞬間に、アレンの肘が顔面に放たれると男は錐揉み状に回転しながら地面に転がった。

アレン達の異常な戦闘力に男達の間に動揺が広がっていく。楽な仕事と聞いていたのに話が違うと叫びたかっただろうが、そのような叫びなどアレン達にとって考慮するようなことではなかった。

「さて、捕まえるか……」

アレンの口から放たれた言葉は、男達の耳に今まで聞いたどの言葉よりも不吉なものとして届いた。

アレン達が男達全員の戦闘力を奪うのはこれから間もなくのことであった。

✝

「まったく……何なんだこいつら弱いにもほどがあるだろ」

アレンのぼやきにフィアーネがバツの悪そうな顔を浮かべる。フィアーネは駒にしようと言ったことでかえって面倒をかけてしまったと思ったのだ。その表情を見たアレンがすぐにフィアーネにフォローを入れる。

「フィアーネのせいじゃないぞ。こいつらが弱すぎるのが問題なんだからな」

「うん、わかった。私もここまで弱いと思ってなかった」

フィアーネの言葉にアレン達は苦笑で返す。

「さて、とりあえず手分けしてこいつらに治癒魔術をかけることにしよう」

「仕方ないわね」

「それじゃあ、こいつらを一カ所にまず集めよう」

「は〜い」

アレンがそういうと全員で男達を一カ所に集める。その際に男たちは非常に手厚く扱われた。と言っても人間ではなく荷物扱いであったのだが。

一カ所に集められた男達に全員で治癒魔術をかける。その際に全快させるようなことはせずに必要最小限の治癒が行われた。アレン達が男たちに治癒魔術をかけたのは、人道的な観点ではなく気絶から目覚めるまでの時間短縮のためである。

アレン達に治癒魔術を施された男達は目を覚ます。目を覚ました男たちはアレン達の前にふてくされながら座っていた。

「これからお前たちを殺さなかった理由を話すんだが態度には十分気をつけろよ。俺達の寛大さに期待するのは勝手だが、こちらがそれに応えるかどうかは別問題だということを認識しておけ」

アレンの言葉に男達は内心ほくそえんでいた。アレンの行動はアレン達が人を殺す事は決して出来ないことの表れであると男達は思ったのだ。だがそれが誤りであるということをすぐに男達は思い知った。

「お前らにはこれから俺達の駒となってもらい魔族と戦ってもらう」

アレンの言葉に男達は耳を疑う。アレンの魔族と戦わせるという言葉が衝撃的過ぎて理解が追い付かなかったのだ。そしてようやく理解が追い付いたのだろう、一人の男がアレンにおずおずと声をかける。

「俺達じゃあ魔族に勝つ事なんて不可能だ」

男の言葉にアレンは返答する。

「心配しなくていいよ。俺達がお前らに望んでいるのは、魔族に勝つことじゃない」

アレンの声は男達に対する配慮が義務レベルにすら達していないほど冷たい。アレンの心底男達と会話をすることを面倒だという意思を感じ男達はゴクリと喉を鳴らした。

「俺達がお前達に望むことは、俺達の駒として魔族との戦いにおいて少しでも有利な状況を生み出す事だ」

「な……」

「お前らのようないくら使い潰しても心が全く痛まない存在は本当にありがたいな」

言葉をなくす男達にアレンはさらに続ける。

「お前達は今まで多くの人間を苦しめてきた事だろう。命乞いをする者達をむごたらしく殺したのだろうな。その時のお前らは嫌らしく嗤いながらやっただろうな。お前達のようなクズの行動は非常にわかりやすいから否定しても無駄だぞ。被害者の方々は、お前らが駒として使い潰されると知ったら喝采を送るだろうな」

「……」

アレンの言葉に男達は沈黙する。アレンの言っていることは、男たちが心のどこかで思っていたことだったのだ。

「お前達が不幸になる事を喜ぶものは数多いだろうが同情するものは誰もいない。誰もがお前たちに最悪の最期を迎えてほしいと思っている。そんなお前らに改心は必要ない。お前らはクズとして生き、クズとして死ぬ。それがお前達の人生だ。いまさら方針転換するな」

アレンの言葉は男達の心を抉りに抉った。クズのまま生きたのだからクズのまま死ねというのは、いくら犯罪稼業に身を置いた男達であっても耐え難いものがあった。

「お前のような貴族に何が分かる!!」

アレンの言葉に反発した一人の男が叫んだ。アレンの男を見る目は一切の情が含まれておらず、男は言葉を続けることができなかった。

「お前の事情に何の価値がある？」

「な……」

「クズのお前の事情に何の価値もない。そんな何の意味もないものを振りかざして誰を納得させるつもりだ？」

「なんだと!!」

「お前が殺した人にとっちゃお前は憎いだけの男だよ。そんな男が自分は可哀想だと言ったところで納得するわけないだろう。お前だけしか納得させることのできない事情に意味はない。俺はそんなくだらん理屈をいちいち聞いてやるほど暇じゃない」

アレンの言葉に男は沈黙する。アレンは自分が罪を犯しておいて自分はもっと可哀想だと悦に入るような考えが何よりも嫌いだった。そのような醜い論法を持ち出すような奴に一切遠慮しないのがアレンという男だったのだ。

「さて、これ以上貴様らのようなクズ相手に時間をかけるのはもったいない。フィアーネ頼む」

「わかったわ」

アレンの言葉にフィアーネは返事をすると魔法陣を展開させる。男達の頭上に魔法陣が浮かび上がった。その魔法陣は月の光のように、美しく儚げな光を放っていたが、男達は突如現れた魔法陣に動揺する。

「何をするつもりだ!! やめろ!!」

一人の男が叫ぶがフィアーネはあっさりと無視すると魔法陣をゆっくりと降ろした。魔法陣は男達を素通りして地面に吸い込まれていき消えていった。

「あなた達にかけた術は敵対行動を封じる術よ」

フィアーネの言葉に男達は理解が追いつかないのだろう。訝しむ表情を浮かべた。

「(何言ってやがる、何の変化もねぇじゃ)……え?」

「(ざけんな!! クソが!!)え?」

何人かの男が喉に手をやり必死に声を出そうとするが、言いたい言葉が出せないことに驚愕していた。普通の声は出せるのに大声を上げようとした時に声が一切でなくなったのだ。その他の声は普通に出せるのに、アレン達への抗議の声はどうしても発することができない。他の男達も状況の異常さに困惑しているようだった。自分の体が自分のものでなくなったような感覚に、男達は心に恐怖が巻き起こってきた。

「この術は敵対行動を封じる術と言ったでしょ。悪口は私達への敵対行動にあたるからこれから一切できないわ。当然、ここから逃げるということも敵対行動に含まれるから一切できないからそのつもりでいてね」

「な……」

「話は以上よ」

フィアーネは一方的に話を打ち切りアレン達に視線を移すとアレンが頷く。するとアレン達はそのまま屋敷の中に入っていく。

「使い勝手のよさそうな術ね。フィアーネ、私にも教えてくれる？」

「もちろんよ。大して難しくないから明日教えるわね」

「ありがとう」

フィアーネとフィリシアがそんな会話をするのが男達の耳に入る。だが思考が追いつかないのか、男達は呆然とした表情を浮かべていた。アレン達が屋敷に入ると入れ替わりに初老の男が出てきた。両手にはかなりの大きさの箱があった。

「それでは、みなさま方にはこのままお休みいただきます。しかし、あなた方を当屋敷に入れるつもりは一切ございませんので、庭で寝てください。そのための寝具でございます」

ロムは冷淡にそれだけを告げ、箱をその場に置くとそのまま踵を返して屋敷の中に引き上げていく。

ロムが屋敷に引き上げてからしばらくして男達が箱の中身を見ると、粗末と称するしかない古ぼけたマントが入っていた。寝具とは名ばかりのマントに、男達は自分達がアインベルク家においてどのような地位にあるかを見せつけられた感じがした。

男達は大声を出そうとしても小声になり、敷地を出ようとしてもどうしても足が動かず、屋敷内に侵入しようとしたり、屋敷を傷つける行為も出来ない。

アレン達が就寝し、邸内の明かりが消えてからも男達は抵抗を続けていたが、それが無駄である事を悟ると、ロムの持ってきた寝具という名の布きれを持って、思い思いの場所で寝ることにした。

願わくば、目が覚めたとき夢であって欲しいという思いと共に目をつむるが、それが儚い願いであることを男達は気づいていた。

第五章

『魔族Ⅱ』

episode.05

「クリスティナ……ちょっと良いか？」

エルマイン公爵家令嬢であるクリスティナ＝メイナ＝エルマインを呼び止めたのは、ローエンシア王国王子にて王太子であるアルフィス＝ユーノ＝ローエンである。

父親であるジュラス王の容姿にそっくりなアルフィスは、同年代の貴族令嬢達の視線を一手に引き受けるような優れた容姿をしている。

良く整った秀麗な目鼻立ち、サファイアのような蒼い瞳、淡い金色の髪と、まず文句の出ない容姿だ。世の中の少女が思い描くような王子様を体現する存在といって良いだろう。

アルフィスが声をかけたクリスティナもまた美しい少女だった。まるで絹のような金色の髪は、男女問わず触れてみたいという欲求を抑えるのに非常に苦労する程だ。目鼻立ちも整い、大きな瞳は愛嬌があり、かといって決して気安くない高潔な意思を宿している。

人間誰しも欠点はあるのだが、この二人に関しては容姿が欠点になる事は決して無かった。

アルフィスとクリスティナは婚約者同士であり、将来のローエンシア王国の国王並びに王妃である。当然、この二人に近付きうまい汁を吸おうとするものは数多いのだが、アルフィスもクリスティナもそのような輩に絡め取られるような人物ではない。つかず離れずの絶妙な距離感を持って接していた。

そして、この二人は政略的な婚約では無く、上位貴族と王族には珍しく恋愛による結果であった。

「どうされました殿下？」

クリスティナはたとえ婚約者であっても人前では殿下という敬称を忘れない。クリスティナがアルフィスを愛称の〝アル〟と呼ぶのは、二人きりもしくは周囲に気の許した者しかいない時だけである。

クリスティナが殿下という敬称でアルフィスを呼んだという事は、この場に人目があることを示している。そしてそれはアルフィスも同様で人前ではクリスティナと呼び、人目の無い所では〝クリス〟と愛称で呼んでいた。

アルフィスがクリスティナを呼び止めた場所は、ローエンシア王国の国立の学園である『テルノヴィス学園』に設置されているサロンであった。そして周囲にはかなりの数の生徒達がいるために殿下と呼ぶのは二人の間では当たり前の事である。

『テルノヴィス学園』は貴族専用の学校だ。この学園に入学する条件は貴族であることだった。平民は受験資格すら与えられないが、これは差別的な意味合いというよりも、貴族と平民ではその求める授業内容が異なる事が大きな理由だ。

貴族は「王宮での礼儀作法」「領地経営学」「政治学」「外交術」「法律学」「交渉術」「護身術」「魔術」などが求める教育である。

それに対して、平民が求めるのは、「読み書きそろばん」などの初等教育であり、生活に密着した学問が求められた。

貴族と平民では求める教育内容が異なるために、自然とテルノヴィス学園に平民の希望者が減っていき、やがて貴族専用の学校となったのだ。

だが歴代のローエンシア国王は、平民達の教育を初等教育だけに留める事はせずに平民のための初等教育を行う学校といくつかの専門学校を作った。専門学校の中には「医学」「薬学」「経営学」「農学」「測量学」などがある。

また、軍の指揮官を養成する士官学校は、厳しい試験があり狭き門であるが、その受験資格は貴族、平民問わなかった。

「ああ、実はな……アレンの事なんだ」

「アインベルク卿がどうかなさったのですか？」

「まぁとりあえず、こちらに来てくれ」

アルフィスは、クリスティナにサロンの席の一つをすすめると、クリスティナはすすめられるまま席の一つに腰掛けた。その隣にアルフィスが座る。

クリスティナはもちろんアレンと面識がある。婚約者であるアルフィスの親友なので当然なのだが、自分もアレンとは良き友人関係を築いていた。アレンがアインベルク家を継ぐにあたり学園を退学した後も友人関係は続いていた。

ただアレンの事を人前では〝アインベルク卿〟と呼ぶのは、アルフィスの婚約者である以上、周囲の者に付け入る隙を与えないためである。アルフィスの婚約者という立場は同年代の少女達にとって何が何でも手に入れたい立場であり、あの手この手でクリスティナを引きずり落とそうとしているのだ。

「それで殿下、アインベルク卿がどうされたのです？」

「この間王族主催の夜会があっただろう」

「ええ、私も殿下もリヒトーラにいましたから欠席しましたが……」

「その夜会でアレンが色々やらかしたらしい」

「え？」

クリスティナが驚きの声を上げる。アレンは学園在籍中にアインベルク家の者という事で謂れの無い扱いをたびたび受けていた。しかしアレンはその嫌がらせに決して屈することはなかった。嫌がらせをする者に対しては容赦ない反撃をくれていた。アレンの反撃は巧緻を極めていると言って良いだろう。冷静に根回し、罠を仕掛けて問題が大きくならないようにしてから反撃を行った。学園側もアレンへの心情はどうあれ、客観的な証拠を突きつけられれば反撃したアレンを罰することは出来ない。アレンは常に準備を整えて行動に移すのだ。そんなアレンが夜会のような場でミスを犯すとは、クリスティナには信じられなかった。

「何かの間違いではないですか？　あのアインベルク卿が夜会のような場所で、周囲の者につけ込まれるような隙を見せるとは思えません」

「確かに、アレンがつけ込まれる隙を見せるのはあり得ない。だがそれはアレンが〝ミスをする〟という事に対してだ」

「……あ、そういう事ですか。アインベルク卿は爵位を返上するつもりですね？」

アルフィスの言葉にクリスティナは少し考え込むが、答えに辿り着き納得の表情を浮かべるとアルフィスに尋ねる。

「そういう事だ。アレンはわざわざミスを演出し、爵位の返上を決定的にしたいと考えたんだろうな」

「それで道化役に選ばれたのは誰です？」

「シーグボルド家のレオンとハッシュギル家のゲオルグだ」

アルフィスの口から出た二人の名に、クリスティナはゲンナリという表情を浮かべる。レオンは特権意識の塊のような男であり、貴族の負の部分を凝縮したような男だ。ゲオルグはレオンに比べればマシと言えるが他者を見下す所が多々ある。

「アインベルク卿と最も反りの合わない方々ね」

アレンをローエンシア王国につなぎ止めるためにジュラス王、エルマイン公、レオルディア侯がどれほど心を砕いているかを知っているクリスティナとすれば怒りがふつふつとわき上がってきていた。

「ああ、しかも親父様の情報ではレオンはユーノス殿をアレンの目の前で侮辱したらしい」

「うわぁ……そこまで条件が揃えばアインベルク卿が道化役に選ぶのも当然ですね」

「ああ、アレンはレオンとその取り巻き、ゲオルグを容赦なく罵倒したらしい」

「それはお気の毒ですね。まだ殴られた方が心の傷は浅く済んだことでしょうね」

「ああ、あいつ怒ると心を折るのに容赦ないからな。少しばかりあいつらに同情してる」

クリスティナもアルフィスと同じ気持ちだ。アレンが攻撃するのは基本的に攻撃を受けたための反撃である。ということは相手が悪いのは明らかなのだが、その反撃の苛烈さを思えば相手に同情してしまうのだ。

「いずれにせよ。一度アレンと話をするとしよう」

アルフィスは力なく笑う。その表情を見てクリスティナはいたわるような表情でアルフィスに寄り添った。

「なんとかアインベルク卿を説得してローエンシアに残っていただかないといけませんね。そのためには、アインベルク卿をとりまく環境を改善しないと……」

「そういう事だ。あいつを説得するのにすこしばかり良い案をクリスティナにも考えて欲しい」

「わかりました」

アルフィスの言葉にクリスティナは微笑む。その微笑みを見てアルフィスは顔を綻ばせる。だが、アルフィスはクリスティナに告げていないことがあった。アレンに想いを寄せているアディラの件である。アレンに想いを寄せるアディラが、前回の夜会でアレンと三回踊り、その後アレンはフィアーネとも三回踊った事を情報として知っていたのだ。

クリスティナの耳に入ればアレンに怒鳴り込んでいく未来しか思い至らない。アディラの幸せを重視するクリスティナにとって、アディラが二股をかけられているという疑惑は看過することは出来ないだろう。

(さて……一体どう言えばクリスを納得させる事が出来るだろうか……)

アルフィスはアレンとクリスティナの説得に頭を悩ませることになったのだった。

†

ローエンベルク国営墓地をアレン達がいつものように見回っている。いつもと異なるのは人数であった。

今夜の見回りにはアレン、フィアーネ、レミア、フィリシアの四人に先日、アインベルク邸に押し入ってきた〝駒〟の二十人を加えた合計二十四人の一行である。

アレン達はいつもの格好なのだが、〝駒〟達の装備はアインベルク邸に押し入った頃から少しばかり変わっていた。アインベルク邸に押し入ったばかりの頃はダガーよりは長く、剣よりは短い武器を手にしていたのだが、アレンはそれらを売り払うと大量生産された剣と木の板になめし革を貼り付けた盾を装備させていた。

アレンは男達を能力的にも人格的にもまったく信頼していない。国営墓地の見回りになると当然の如くアンデッドとの戦闘に巻き込まれることになったが、アンデッドとの戦闘はすべてアレン達が対処する事にしていた。その理由は〝駒〟を大事に使おうという考え方からではなく、ケガをされて治癒魔術を施す手間を避けるためであった。

アレンは七日ほどでネシュア達は再襲来すると考えていたのだが、すでに十日経ってもネシュア達はまだ現れなかった。その分、足手纏いの駒達を率いることになるためにアレン達とすればストレスのたまる毎日だったのだ。

一方で男達もアレン達の機嫌が悪くなっていくことにビクビクとしていた。アレン達の戦闘力の高さ、容赦の無さは骨身にしみていたため、機嫌の悪さは自分達の身の安全という観点からすれば最悪の状況であると言って良かった。

また、アレン達が自分達に向ける視線に一片の情も感じられないために、その恐ろしさは増すばかりであった。

「ネシュアめ……本当に愚図だな。さっさと襲撃に来れば良いのにな」

アレンの言葉にフィアーネが続く。

「そうね、この男達さっさとお役御免にしたいわ」

フィアーネの言うお役御免が無罪放免を意味するわけでないのは明らかであり、お役御免が死を意味することを男達は察していた。

「あ、あの……アインベルク様」

一人の男がアレンにおずおずと声をかける。

「お前らと話す事は何もない。話しかけるな」

アレンの対応はまったくもって〝とりつく島も無い〟という態度の見本とも言うべきものだ。男はアレンの態度にゴクリと喉を鳴らすと恐怖に顔を歪ませる。

その時、数発の火球がアレン達に向け放たれた。魔術による攻撃にアレン達が対処しようとしたその時、フィアーネがアレン達の前に立った。

「うりゃあああああ!!」

アレン達の前に立ったフィアーネは飛んできた火球に向かって正拳突きを放った。フィアーネの拳の拳圧で放たれた数発の火球はあっさりと消滅する。

(相変わらず、なんという脳筋……)

アレンがフィアーネの対処に心の中で賞賛を送る。わずかに呆れの感情が含まれているがそこは触れない事にした。魔術を拳から繰り出す拳圧により打ち落とそうと考える事自体が常識はずれであり、しかもそれを実践できてしまうフィアーネの実力はやはりずば抜けていると言って良かった。

火球がすべて迎撃されたところで闇の中から魔族が登場する。前回の襲撃でアレン達に手酷くやられたネシュアの家令であるザウリスであった。ザウリスの周囲には下級悪魔達が十体いる。

「ふん、やはり……え？」

ザウリスはアレン達にいやらしい嗤《え》みを向けるが、すぐにその嗤《え》みは凍りつく事になった。アレンとレミアが剣を抜いてザウリスに襲いかかったからだ。このアレンとレミアの先制攻撃に、ザウリスも周囲の下級悪魔達も反応出来なかった。

ザウリスとしてはアレン達が問答無用で襲いかかってくるとは思っていなかったのだ。アレン達にしてみればネシュア一行は完全に敵という認識であり、魔族がこのローエンベルク国営墓地にやってくる理由が〝お家騒動〟であるという理由も既に分かっている。となれば別に話す事など何も無いのだ。

アレンとレミアはザウリスまで一直線に走るとそれぞれ斬撃を放った。アレンはザウリスの脇腹を斬り裂くと、そのままザウリスの隣を駆け抜け下級悪魔達に狙いを向ける。脇腹を斬り裂かれたザウリスは何が起こったか理解していない。呆然と立ちすくんだところに今度はレミアの斬撃が襲った。レミアの斬撃はザウリスの右太股を斬り裂くと、次の瞬間にはもう片方の剣で喉を刺し貫いた。

（が……）

喉を貫かれたためか声が出ない。ザウリスは自身の身に何が起こったのか理解できていなかった。理解が追いつく前にザウリスの視界が目まぐるしく変わっていく。そして後頭部に衝撃を感じた時に、

ザウリスは首の無い体がゆっくりと倒れ込むのがわかった。

(俺の体？　なぜ……あそこにある？　なぜ首が付いていない？　まさか……ヒィ……)

自身に何が起こったか理解した瞬間、ザウリスの身に凄まじい恐怖が襲ってきた。死を恐れる感情は生物の根幹をなす絶対のものであり、そこには人間も魔族もないのだ。

レミアの剣は喉を貫き、引き抜く動きを利用して、凄まじい速度でザウリスの首を斬り飛ばしたのだ。レミアはザウリスの首を刎ね飛ばすと、そのままアレン同様に下級悪魔達に斬りかかった。

アレンとレミアは、下級悪魔達を草を刈り取るようにという表現そのままに斬り伏せると、わずか三分程で戦闘を終え、国営墓地にはザウリスと下級悪魔の死体が転がった。

「お疲れ様、アレン、レミア」

「お疲れ様でした」

フィアーネとフィリシアが戦闘を終えたアレンとレミアを労う。フィアーネとフィリシアは伏兵に備えるために周囲を警戒していたのだ。

「このバカは結局何がしたかったんだ？」

アレンはザウリスの死体を見ながら呆れたように言う。先制攻撃として火球を放つまではアレンも理解できるのだが、その後にザウリスが会話をしようとしていた事に呆れていたのだ。

「何故俺達が呑気に会話をするなんて考えたんだろうな。しかも俺達が即攻撃に移ることを想定してないようだったしな。お粗末にも程があるだろう」

アレンの言葉にフィリシアが首を傾げながら言う。

「確かにそうですね。この魔族のとった行動はわざわざ私達に〝すでに墓地に潜んでますよ〟と知らせてくれた事に他なりません」

　フィリシアの言葉にレミアが続く。

「フィリシアの言うとおりね。しかもわざわざ戦力を分散させて各個撃破されるという体たらく。本気で相手をするのがバカらしくなるレベルなんだけど……」

　レミアの言葉にアレン達は苦笑する。ネシュア達が聞けば怒り狂うような評価である。爵位持ちの魔族にしてみれば人間に評価をされるだけでも屈辱ものなのに、アレン達のネシュア達の評価は酷評というべきものである。

「まぁ良いんじゃない。ネシュア達が愚かであるならこちらはそれにつけ込んでしまえば良いし、これが何らかの作戦だとしても失敗に終わった事に変わりないわ」

　フィアーネの言葉にアレン達は頷く。フィアーネの言葉はまったくもって正論であり、こちらが一勝したことに変わりないのだ。

「フィアーネの言うとおりだ。ネシュア達との前哨戦に勝利したという事で良いな」

「うん」

「それもそうね」

「それでは次にいくという事ですね」

　アレンは三人の返答に頷くと〝駒〟の男達に視線を移す。

「良かったな。お前達が役に立つ時が来たぞ」

アレンの晴れ晴れとした表情に男達はゴクリと喉を鳴らす。魔族と戦闘をさせるつもりである事をアレン達から聞かされてきたのだが、実際に魔族が目の前に現れれば平静ではいられない。

アレン達はザウリスをあっさりと斃したのだが、男達はザウリスを見た時に体の奥底から襲ってくる恐怖に体を震わせていたのだ。実際に今も歯の根をカチカチと鳴らす者もいた。

アレンは再び仲間の三人に視線を向けると口を開く。

「さて、ザウリスは斃したんだが……」

「なぜ、ここで出てきたかというのが懸案事項というわけでしょう？」

フィアーネが即座にアレンの考えを把握し言う。フィアーネは色々と残念なところもあるのだが、こと戦闘に関する事では残念とは無縁であった。

「フィアーネの言うとおり、ネシュア一行がすでに墓地にいて気配を絶っているのは確実だ。だがその有利な状況を捨てて戦力を分散させてまでザウリスを送り込んだ目的は考えておくべきだな」

アレンは有利な状況を作り上げておきながら、それを〝わざわざ〟自分で壊すという間抜けすぎる事をネシュアが行った狙いが気にかかったのだ。わざとらしく攻撃魔法で攻撃し、芝居掛かった風に登場する意味などどこにもない。

もちろん何かしら目的があった可能性はあるのだが、その目的を果たすこと無くザウリスはアレン達に敗れてしまったのだ。アレン達の思考はすでにネシュア達への対処の方に向かって進んでいた。

「多分だけど……」

レミアがアレンに告げる。

「ネシュアはそこまで深く考えていない可能性があるわ。ネシュアって、こちらを見下して油断したところをフィリシアに背後から刺されたマヌケでしょ？」

「まぁ、レミアの言うとおりネシュアがマヌケなのは納得だが、問題はマヌケだからって何も作戦を考えていないとは言えないよな」

レミアの酷評にアレンは頷きかけるが、それでも備えは必要と考えたのだ。そこにフィリシアが言う。

「あのネシュアって魔族のマヌケさは呆れるレベルですが、マヌケなりに考えた作戦に自信を持っているでしょうから、それを私達が読んで行動すればプライドがズタズタになるんじゃないですか？」

フィリシアはサラリと結構酷いことをいう。アレン達がここまでネシュアを酷評するのは、ネシュアがこの会話を魔術などの方法で盗聴している可能性を考慮しての事だ。すなわちネシュアを挑発しているのだ。もちろんこの会話を盗聴している証拠は一切無いのだが、やるべき事はやっておこうというのがアレン達の戦闘における基本スタンスである。

もし、ネシュアが盗聴していれば相手の冷静さを崩すことが出来るかもしれないし、襲ってこない場合でも盗聴していないという根拠にもなるのだ。ネシュアの自尊心の高さは前回の戦いで知っている。そのネシュアが人間に侮辱されて即行動をとらないわけがない。

「フィリシアの言う通りね。ネシュアのレベルが低すぎて逆に読めないかも知れないけどアレンはどう考えてるの？」

フィアーネの言葉にアレンはすかさず答える。

「俺が思いつく可能性は二つだな。一つは誘いだ。俺達を襲ってすかさず逃げだし罠にはめるというやつだ」

「でもう一つは？」

「ああ、ネシュアの思いつき」

「「「それもありそう」」」

アレンの言葉に三人は声を揃えて言う。アレン達はネシュアを貶めることを忘れない。

「まぁ罠だとしても何の問題も無いよな」

「そうよね」

「そうね」

「そうですね」

アレンの言葉に三人はあっさりと返答する。その様子を見ていた男達の嫌な予感がどんどん高まっていく。そしてその嫌な予感が正しかった事を、アレンの視線が男達に向けられた事で確信する。

「おい、お前ら横一列に並んで俺達の一〇メートル前を歩け」

アレンは目で威圧しながら男達に命令を伝えてきた。その命令自体はとてつもなく単純なものであるが、男達にとっては甚だ困難な命令であった。なぜならアレンの命令は、簡潔に言えば〝罠を引き受けろ〟という事に他ならないからだ。

かつて男達は、さらった子どもを先に歩かせ罠が張られてないか確認させた事が何度もあった。その際に何人もの子ども達が罠に掛かって死んだのだが、男達はまったく痛痒を感じなかった。そのツケを今払う事になったのだが、自分たちがその役目を担うのはとてつもなく嫌だった。

「とりあえず……お前からお前の間の奴は一列に並べ」

アレンは無造作に男達から八人選出すると、横一列に並べて一〇メートル先に配置する。選ばれた男達の顔は顔面蒼白という表現そのものである。

「お前ら生まれて初めて人の役に立つぞ。今まで何の役にも立たないどころか、迷惑しかかけてこなかったんだから死ぬまでに一度くらい人の役に立てよ」

アレンの言葉には一切の容赦がない。八人の男達はアレンの言葉に心を抉られながらアレン達の一〇メートル程先を歩き出す。

男達の後ろを歩きながら、フィアーネがアレン達に話しかける。

「厄介そうなのはあのゼリアスとかいう全身鎧《フルプレート》を着込んだ剣士よね」

フィアーネの言葉にアレン達は頷く。あのゼリアスという全身鎧《フルプレート》の剣士がただ者で無い事は当然わかっている。

「ああ、あいつはかなりの強者だ。あの全身鎧《フルプレート》に守られた体に致命傷を与えるのは骨がおれそうだ」

「そうね、全身鎧《フルプレート》を身につけてあの動きだから相当な実力者とみた方が良いわよね」

「気を引き締めていきましょう」

「そうだな」

アレン達は会話をしつつ周囲を警戒しながら進んでいく。前方を進む男達はガタガタと震えながら露払いの役目を果たしていた。

その時前方の男達の足下に魔法陣が展開された。その魔法陣は直径一〇メートル程の大きさの魔法陣であった。魔法陣が展開された事で男達は恐怖を爆発させる。恐慌状態に陥った男達は、すぐに魔法陣から逃げるべく走り出そうとするが、魔法陣から現れた数々の素手が男達の足を掴むと魔法陣から逃げ出すことが出来なくなってしまった。男達は足下の腕をふりほどこうと足掻くのだが、まったくほどくことが出来ない。剣を抜いて掴む腕に振り下ろしても刃が通らず斬り裂くことは出来ない様であった。男達は恐怖に顔を歪ませ恐怖の声を上げ始めた。

「ひぃぃぃぃぃぃ!!　助けてぇぇぇ!!」

「いやだ!!　いやだ!!　いやだ!!」

「はなせぇぇぇぇぇ!!」

「もう悪い事はしません!!　助けてください!!　何でもします!!」

「神様ぁぁぁぁぁ!!　許してください!!」

腕に掴まれた男達は、少しずつ地中に引きずり込まれていく。その事に気づいた男達の恐慌状態はさらに激しくなった。

「助けてください!!　お願いしますぅぅぅ!!」

「死にたくない!!　死にたくないぃぃぃぃ!!」

魔法陣にとらわれた男達は助けを求めて、アレン達だけでなく仲間の男達にすがるような目を向けるが、男達は助けに行く事で自分も引き込まれると思うと一歩を踏み出すことが出来ない。

（……これはひょっとして使えるか？）

アレンは惨めに泣き叫ぶ男達を見て一つの考えが思い浮かぶ。男達が今までやってきた事を考えるとまったく同情する事は出来ないのだが、上手く使えばネシュア達を嵌めることが出来るかも知れないと考え、男達を救うことにすると三人に声をかける

「三人とも俺が今からこの魔法陣を破って〝彼ら〟を救うから、周囲を警戒しておいてくれ!!」

アレンのこの声にフィアーネ達は即座に頷く。そして三人とも「しょうがないなぁ〜」という顔を浮かべると周囲に警戒を発した。

(さすが……三人は俺の狙いに気付いてくれたようだな)

アレンは三人の察しの良さに心の中でニヤリと嗤うと、魔法陣の中に駆け込んでいく。このアレンの行動に驚いたのは男達である。アレン達は自分達の事を〝駒〟と言い切り、〝使い捨て〟にするとも言っていたのだが、自分達を救うために自らの危険を顧みず魔法陣の中に飛び込んできたのだ。

今にして思えば、この墓地に出没するアンデッドを自分達に戦わせるようなことはせずにアレン達が戦ったのは、自分達の身を案じてくれたのではないかと解釈する者まで現れたのだ。

勿論、アレンは敵でない者については、損得抜きで助けるというお人好しの一面を持っているのは事実である。敵であっても尊敬できる者はそれ相応の敬意を持って接する。この男達に対してはどちらも当てはまらない。アレンが罠に掛かった男達を助けるのは利益になるからだ。それが無ければアレンが男達を助ける事は絶対にないと断言できる。

だが、男達にとってそんな考えは頭に一切ない。自分たちが救われる価値の無いクズである事を完全に失念していたのだ。絶望の先にある細すぎる希望が、アレンの〝助ける〟という行動が、彼らの

目を曇らせたといっても良かった。

アレンは、男達が引きずり込まれていく魔法陣の中心に向かって走り出した。魔法陣の中に入ったアレンに魔法陣から手が次々と伸びてくる。アレンはそれを器用に避け、時には剣を振るい中心に向かっていく。

（この術式の解除は、まず中心に剣を突き立て同時に魔力を注ぎ込み、四つの光った地点を破壊すれば解除される……だったよな？）

アレンは記憶の中にある術式の解除方法に従って行動する。まず中心に剣を突き立て魔力を注ぐと四つの地点で紅色の光が発生する。

パリン!!

アレンが四つ目の地点に剣を突き立てた瞬間、魔法陣は心地よい音とともに砕け散った。魔法陣が消えると引きずり込まれそうだった男達が、地面に埋まったままの姿で呆然としていた。

やがて、自分が助かった事に気付いた男達は、涙を浮かべてアレンを見る。アレンは、罠に掛かっていなかった男達に向けて「掘り出してやれ」とぶっきらぼうに言い放った。アレンの声は照れ隠しのように男達の耳に入る。その声を聞いた男達は、あわてて罠に掛かった男達を掘り出しにかかっていった。

アレンがその様子を満足そうに眺めていると、三人がアレンの元に駆け寄ってからかうような表情を浮かべたがアレンはそっぽを向いた。傍目にはアレンが男達を助けた事を「素直じゃないんだから」とからかっているようにも見える。

もちろん〝演技〟であった。他の三人もアレンの満足そうな顔が演技であることは十分に理解している。惚れている男が、本当に満足している顔か演技かぐらいの事が見抜けない彼女たちでは無かったのだ。ちなみにこの場にいないアディラであっても見抜けないということは考えられない。

三人はアレンがなぜ男達を助けたのかその狙いを具体的にはわかっていない。だが、男達を駒として扱うという基本原則が変わらないことは、三人も当然理解している。もしこの場で急遽部下に格上げする場合は、アレンは絶対口頭で三人に説明するはずだ。それをしないということは周囲の者、並びに男達に部下であると思い込ませようとしているということだ。

「ふん……喜んでいられるのも今のうちだ」

そこにネシュアがアレン達に敵意の籠もった声を投げ掛けてきたのだった。

現れたネシュアは前回のように貴族の装いをしていなかった。コートの下に鎧を着込み籠手を装着しており、すでに剣も抜いている。どうやらネシュアは今回は〝戦《いくさ》〟と捉えているらしい。

ネシュアの両隣にはヘルケンとゼリアスが立っている。ヘルケンはネシュアのように鎧を身につけておらず、執事服を身に纏っている。そういえば、ザウリスも執事服を着ていた事を考えると、執事として譲れない何かがあるのかもしれない。

そして、ゼリアスも前回同様に漆黒の全身鎧《フルプレート》に身を包み、大人の身長ほどの大剣を背負っている。

他に中級悪魔が五体、下級悪魔二十体程がネシュアの周囲に展開している。約三十体程の一行が今回のネシュアの陣営らしい。前回よりも遥かに戦力的に上がっているのは間違いないが、数を揃えても質が伴わなければさほど脅威ではないとアレン達は考えている。

前回の戦いでアレン達がネシュア達を圧倒したのは事実である。しかも前回は戦いにレミアが参加していないという余力があったのだ。

ネシュアの陣営は確かに強化されているが、アレン達の感覚ではまだまだ戦力としては準備不足だと思っている。にもかかわらずここに来たという事は、ゼリアスの実力にそれだけの信をおいているとアレンは考えた。

(やはり警戒すべきはあの全身鎧《フルプレート》の剣士だな)

アレンが冷静に相手の戦力を分析している一方で〝駒〟の男達は一様に青い顔をしていた。魔族達の登場にこれから本格的に戦闘に参加すると思うと平静ではいられない。それだけネシュア達から発せられる圧迫感は凄まじいものだったのだ。アレン達にしてみれば大した事の無い圧迫感であっても、一般的な基準からすればやはり魔族は恐ろしい相手なのだ。

そこにネシュアがアレン達に対して戦いの始まりを宣言する。

「卑怯者共め、前回の屈辱をまとめて返してやるぞ」

この宣言にアレン達は皮肉気に嗤う。前回受けた屈辱ばかりが頭にあるようでアレン達との実力差には考えが至っていないようであった。

アレンとすればあそこまで圧倒的にやられておきながらここまで自信たっぷりなネシュアの精神構造に驚かざるを得ない。

「お前、前回あそこまで惨めに敗れておきながらどうしてそこまで自信たっぷりなんだ? 心の底から不思議なんだが……」

アレンの言葉に三人も頷くと、それぞれが言葉を発した。内容はもちろんネシュアを侮辱するためのものである。

「あそこまで惨めに敗れたというのにその前向きさはどこから来るの？　頭が悪いから過去のことはすぐに頭から抜け落ちちゃうの？」

「あのさ、前回の戦いに私の出番がなかったのはあなた達が弱すぎたからよ。その辺の事をきちんと理解してるの？」

「私達は前回の戦いで大きなケガをしていませんでしたが、あなた方は死にそうでしたよ。でもその辺の事を都合良く忘れることが出来る精神構造は見習わないといけませんね」

アレン達の言葉にネシュアは一気に顔を赤くした。もちろん三人の美少女達の容姿に見とれたのではなく、四人の言葉の辛辣さに怒りを覚えたのだ。もちろん挑発する事に不利益を感じていないアレンはさらに言葉を続けた。

「ついでに言えば、お前が仕掛けた罠はこのしょぼい魔法陣だけか？　だとしたら拍子抜けもいいところだぞ。まぁお前の実力では精一杯なんだろうが俺達にとっては児戯に等しいぞ」

「あんなものはただの遊びだ。お前らは私自身の手で斬り刻んでくれる!!　前回のようにいくと思うなよ!!」

アレンの挑発にネシュアは一気にヒートアップする。どうやら忍耐心が尽きたらしい。その様子を見てアレンがニヤリと嗤うと、ネシュアの怒りはさらに燃え上がったようだ。

「殺せ!! ゼリアス」

ネシュアが意図を誤解しようのない命令を下すとゼリアスが一歩進みでる。ゼリアスが背中に背負った大剣を構えた瞬間、周囲の気温が下がったのかと思えるほどの殺気をアレン達は感じた。

(やはり……こいつはかなり出来るようだな)

アレンはニヤリと嗤う。ここまでの強者から殺気を放たれているのに嗤う余裕がアレンにはあったのだ。アレンは闘技者としての一面を持っており、自分の技を駆使して戦う事が嫌いではないのだ。

「こいつの相手は俺がやる。みんなはネシュア達をやってくれ」

「「「分かったわ」」」

アレンの言葉に三人は即座に返答する。ゼリアスの実力が相当なものであるのは理解しているのだが、三人はアレンが敗れるなどとはまったく思っていない。アレンを信じるというのは三人にとって当たり前の事だったのだ。

その一方で男達は、ゼリアスの殺気を受けてガタガタと震えている。一目散に逃げ出さないのは、行動制限によってアレン達に不利益な行動がとれないようにしているからであった。

「数を減らしておくか……」

ゼリアスは小さく呟くが、その小さな声はアレン達の耳には届かなかった。ゼリアスの意図をアレンが察したのはゼリアスが動き、動いた先に〝駒〟の男達が立っていたからである。ゼリアスは大剣を振りかざすと駒の一人に斬撃を放った。

がぎゃ!!

斬撃を放たれた男は手にしていた盾でゼリアスの斬撃を受けたが、男は盾ごとゼリアスの大剣によって両断された。幸運だったのは、大剣による斬撃が凄まじい速度だったためにほとんど痛みを感じる時間が無かったことだ。その顔には、苦痛よりも何が自分の身に起こったか理解できない呆然とした表情だけが浮かんでいた。両断された男の上半身が地面に落ちるのと体から血が噴き出すのはほぼ同時であった。

ゼリアスは再び大剣を振るうと男の一人を胴から両断する。両断された男の上半身は三メートルほどの距離を飛び、頭から地面に落ちた。

さらにゼリアスはそのまま呆然とする男達に斬りかかった。次の瞬間、頭頂部から両断された無残な死体が転がり、ゼリアスはそのまま別の男を斬り上げると、男は腹から斬り裂かれ顎もろとも両断される。瞬く間に八人の駒達がゼリアスに斬り殺された。

ここでようやくアレンがゼリアスに斬りかかった。アレンの実力を持ってすれば駒が八人も殺される前に斬りかかることは容易だったのだが、駒を救うよりもゼリアスに自分の強さを誤解させるために動かなかったのだ。

キィィィィン!!

アレンの斬撃をゼリアスは余裕を持って受け止める。ゼリアスは顔を完全に隠したヘルムを被っているためにその表情を読み取る事は出来なかったが、わずかな隙間から覗く双眸は、底冷えするような光を放っていた。

「前回は自己紹介の前に逃げられたからな。今回はきちんと自己紹介させてもらうぞ。俺はアレンティス＝アインベルク……このローエンベルク国営墓地の管理者だ」

　アレンの自己紹介にゼリアスも答える。

「そうか……俺の名はゼリアス＝ケーゴン、ベルゼイン帝国の魔剣士よ」

「魔剣士？」

「ああ、ベルゼイン帝国の誇る戦闘能力に特に優れた者が名乗ることの出来る称号よ」

「なるほど……」

　アレンはゼリアスの言った〝ベルゼイン帝国〟、〝魔剣士〟という言葉を噛みしめる。魔族の情報をほとんど持っていないアレンにとって貴重な情報源だったのだ。

　アレンがゼリアスと斬り結んだことで、周囲の男達は命が助かった事もあり、アレンに救世主を見るような視線を向けていた。アレンにしてみればそのような視線を向けられるのは限りなく不愉快なのだが、ここで本心をさらすのは明らかに悪手であるためにじっと我慢して心にもない事を言う。

「俺の〝部下〟達を随分とかわいがってくれたな」

　アレンは男達を〝部下〟と呼んだ。アレンがこのような心にもない事を言ったのは、いわゆる仕込みの為である。もちろんこの仕込みが役に立つとは限らないが何かしら役に立つかも知れないと思っての行動であった。

「ふん、ゴミ共を処分しただけのことだ。お礼を言ってもらっても良いぐらいだがな」

　ゼリアスはアレンに嘲弄の言葉を発する。

（ああ、ゴミを減らしてくれてありがとう）

心の中でアレンはゼリアスに礼を言っているのだが、当然それを見せるような事はしない。アレンはまたも心にも無い事を言う。

「貴様ぁぁぁぁ!!」

アレンの憤りはもちろん演技である。だがアレンの憤りの声はとても演技には思えない真に迫ったものである。アレンの演技を見抜けなかったのか、ゼリアスのヘルムの中からくぐもった嗤い声が聞こえてきた。またアレンの憤りの声を聞いたネシュア達も嘲りの表情を浮かべている。

(やっぱりこいつらってアホだな……)

アレンは心の中でほくそ笑みゼリアスとの鍔迫り合いを中断すると、ゼリアスに斬撃を繰り出した。ゼリアスはアレンの斬撃を躱すとすぐさま大剣を横に薙いだ。今度はアレンがその横薙ぎの剣閃を躱すと再び斬撃を見舞った。

それを皮切りにアレンとゼリアスの間で斬撃の応酬が始まる。両者の攻防は一瞬毎に切り替わり、二人の間に躱される斬撃の応酬が国営墓地の灯りを受けて乱反射すると、一種の幻想的な光景を生み出した。だが、いかに美しかろうとその中に入れば一瞬で命を散らす事になる危険な煌めきである事は明らかであった。

ヒュン……シュン……

アレンとゼリアスの剣戟の応酬はしばらく続いていたが、両者の剣は互いにふれあうことも無く空気を斬り裂いていた。

アレンとゼリアスが激しい剣戟を交わしている間にフィアーネ、レミア、フィリシアは目配せをするとネシュア達に襲いかかった。ネシュア達がアレン達の攻防に目を奪われているのを確認すると、その隙をつくために襲いかかったのだ。

ネシュアが三人の襲撃に気付いた時には、すでに下級悪魔の何体かが三人の手によりその命を散らされていた。フィアーネの拳が下級悪魔の顔面を打ち砕き、レミアの双剣が下級悪魔の喉と腹を斬り裂き、フィリシアの剣光が閃くと下級悪魔の首が落ちる。下級悪魔にとって三人はとてつもない怪物に見えていた事だろう。逃げ出す暇も与えられず下級悪魔達はあっさりと全滅するかと思われた。

「貴様らぁぁぁぁ!!」

だがそこにヘルケンが叫ぶと三人に殴りかかった。ヘルケンの叫びに呼応し五体の中級悪魔達も三人に襲いかかる。

「脳筋執事は私がやるわ。二人はあの悪魔達をお願い」

「「了解!!」」

フィアーネの言葉にレミアとフィリシアは快諾すると、それぞれの相手に相対する。もしアレンが、フィアーネがヘルケンを〝脳筋〟と評した事を聞いていれば、迷わず〝お前が言うな〟と突っ込んだだろうが、アレンはゼリアスとの戦いに集中していたために耳に入らなかった。

フィアーネはヘルケンの間合いに飛び込むと、そのまま右拳をヘルケンの顔面に放った。ヘルケンはその一撃を左腕で受け流すがフィアーネの体勢は全く崩れない。それどころか立て続けに左拳、右肘を放った。

ガギィィィィ!!

ヘルケンの顔面にフィアーネの右肘の一撃がまともに入る。フィアーネの肘を受けたヘルケンはよろめく。そこにフィアーネの横蹴りが放たれると、それを腹部にまともに食らったヘルケンが三メートルほどの距離を飛んで地面に着地する。

（な、なんだ今の一撃は……こんな威力を放てる……くっ）

ヘルケンはフィアーネの実力を思い知り恐怖を感じたが、その思考はフィアーネの追撃により中断される。雷光のような踏み込みにヘルケンは反応出来ずに、フィアーネの右正拳突きをまともに受ける。フィアーネの右正拳突きがヘルケンの腹部に吸い込まれると、そのまま同じ箇所に間髪入れずに左正拳突きが突き刺さった。

「がはぁ……」

ヘルケンの口から苦痛の声が吐き出されるがフィアーネはさらに追撃を行う。

ドガァァァァァ!!

フィアーネの蹴りがヘルケンの顎を蹴り砕いたのだ。フィアーネとヘルケンの立ち位置からとても蹴りの間合いでは無かったはずなのに、フィアーネは驚異的な柔軟さによりほぼ垂直に蹴りを放ったのだ。

フィアーネの脚は造形美の極致というべきものであるが、機能美においても最高の動きを持っている事をここに知らしめた。

ヘルケンはよろめくがまだ勝負を諦めたわけでは無い。ヘルケンは苦し紛れの裏拳をフィアーネに放つが、フィアーネは裏拳を左手でいなすとそのまま右肘をヘルケンの顔面に叩き込んだ。ヘルケンの膝が落ちる。ひょっとしたら一瞬意識が飛んだのかも知れない。

フィアーネは振り抜いた右肘を反動をつけて戻すと、肘鉄砲をヘルケンの右頬に叩き込む。更にそれが鉄槌という拳を打ち下ろす予備動作となった。フィアーネはヘルケンの右鎖骨に鉄槌を叩き込むと、鎖骨の折れる感触がフィアーネの右拳に伝わる。

（よし……トドメ!!）

フィアーネは右腕を掴むとそのまま背負い投げの要領でヘルケンを投げ飛ばした。フィアーネの投げ技は背中から落とす綺麗なものではない。落ちる角度を調節し、最もダメージが大きい状態に持っていくのだ。この場合最もダメージが大きい角度は頭頂部から落とすことである。

ドゴォォォォ!!　ギョギィィィィ!!

フィアーネは頭からヘルケンを落とすと、地面に叩きつけられた音と共に骨の砕ける音が周囲に響いた。ヘルケンの首はあり得ない方向に曲がっている。すでにヘルケンは絶命している可能性もあるのだが、フィアーネは右手に魔力を集中するとヘルケンの顔面に拳を叩き込んだ。

ドゴォォォォォォォ!!

再び国営墓地に凄まじい轟音が響き渡る。ヘルケンの体にもはや頭部は無かった。先程のフィアーネの一撃で粉々に打ち砕かれ国営墓地にばらまかれてしまったのだ。

「へ、ヘルケン……」

ネシュアの呆然とした声が響く。その隙をフィリシアは見逃さなかった。中級悪魔の相手をレミアに任せて、フィリシアはネシュアへと攻撃目標を変更したのだ。いくらレミアでも中級悪魔五体に残りの下級悪魔七体の相手は厳しいだろうが、すでにフィアーネがヘルケンを斃した以上、レミアとフィアーネで悪魔達の相手をすれば何の問題も無いと考え、フィリシアはネシュアを討ち取りに動いたのだ。

キィィィン!!

ネシュアの間合いに踏み込んだフィリシアは、ネシュアの首筋に向かって斬撃を放つ。それをネシュアが剣で受け止めると金属同士を打ち付けた澄んだ音色が周囲に響いた。

「あの時の借りを返してやる!!」

「それはそれは楽しみですね」

ネシュアの言葉をフィリシアは余裕の表情で受け流す。フィリシアにしてみれば前回の敗戦から何も学ぼうとしないネシュアなど、もはや敵という認識ですら無い。駆除対象の魔族という認識程度のものだ。

フィリシアは剣を引くと胴薙ぎの斬撃を繰り出す。胴薙ぎの一閃をネシュアは体を捻って躱すと、そのままフィリシアの喉に斬撃を放つ。フィリシアはその斬撃を、膝を抜き身を屈めることで躱すとそのままネシュアの太股に斬撃を放った。

シュパァァァ!!

フィリシアの剣がネシュアの右太股を斬り裂き、鮮血が舞う。ネシュアは太股への斬撃を躱そうと動いたが、フィリシアの斬撃が鋭すぎて完全に躱す事が出来なかったのだ。だが、躱そうと動いた事で両断を免れたのはネシュアにとって幸いであったと言えるだろう。もし躱そうと動かなければ、ネシュアの両足は両断され地面に転がることになっていたはずである。

「よく躱しましたね。どうやらあなたを甘く見ていたみたいですね」

「抜かせ!!」

フィリシアの冷静な言葉、いや上から目線の言葉にネシュアは激高する。それを見てフィリシアは心の中で嗤う。あまりにも簡単に挑発に乗ってくれるのでおかしくてたまらないのだ。

アレン達に下に見られているが、ネシュアは爵位持ちの魔族である。魔族は人間よりも数段上の魔力と身体能力を持つ種族であり、強者に位置付けられるのは間違いないだろう。だがフィリシアはその魔族の利点を巧みに封じることで互角以上の戦いを展開していた。

フィリシアは戦闘においてパワー、スピードは勝利を得るために重要な要素である事はもちろん知っているが、それが絶対でないことも当然知っていたのだ。

いかに強大な力を持っていても当てることが出来なければ意味が無いし、どんなに速く動くことが出来ても相手に読まれてしまえば逆手に取られてしまう。

フィリシアにとって戦闘における勝利とは、パワーやスピードで決まるような単純なものではない。技はもちろん目線、言葉、殺気、周囲の状況などによって複合的に導き出されるものなのだ。

パワーやスピードを磨けば勝利を掴む事が出来るという思考を持つ者など、フィリシアにとっては単なるカモでしかないのだ。

ネシュアは凄まじい勢いで斬撃を繰り出していくが、フィリシアはその斬撃をまったく慌てること無く受け流し、体捌きで躱していく。

フィリシアとネシュアの戦いはフィリシアが圧倒的に流れを掴んでいたのだった。

レミアもまた中級悪魔達と戦闘を開始していた。レミアは五体の中級悪魔達を危なげなくあしらっている。

レミアは複数の敵を相手にする以上、同時に攻撃を受けるような状況を作り出されることは危険と判断し、巧みに位置を計算しながら常に一対一の状況を作り上げていた。傍目には一対五の戦いであるが、レミアにしてみれば一対一を五回繰り返しているという意識であり、目の前の中級悪魔を相手に不覚を取らなければ良いのだ。

もちろん中級悪魔の戦闘力は下級悪魔とは明らかに一線を画すが、レミアはその中級悪魔を終始圧倒していた。

一対一の状況を巧みに作り上げたレミアは双剣を変幻自在に操る。首に斬撃を放ち仰け反らせた瞬間にもう一方の剣で足を斬り裂き、足に意識を向けさせた瞬間に首を刎ね飛ばすのだ。

上下左右のどこかに意識を向けさせ、もう片方の剣で致命傷を与えるという至極単純な戦法であるが、レミアの斬撃の鋭さがその戦法の有効性を限りなく高めていたのだ。

二体目の中級悪魔を斃した時に、ヘルケンを斃したフィアーネがレミアと中級悪魔達の戦いに参戦してきた。フィアーネは跳躍すると中級悪魔の背中を蹴り飛ばした。蹴り出された中級悪魔の眼前にはすでにレミアの双剣が迫っており、哀れな中級悪魔は戦う事も出来ずにレミアの双剣に首を刎ねられてその生涯を閉じることになった。

「フィアーネ、ナイスアシスト♪」

レミアは満面の笑みを浮かべてフィアーネに感謝の言葉を贈るとフィアーネも満面の笑みで返す。

「ふっふふ～、レミアこそ私のアシストを活かしてくれたのは流石よ♪」

フィアーネとレミアの二人の笑顔は、平常時であれば見る者の心を鷲づかみにするほど魅力的であろう。だが命を刈り取られようとしている中級悪魔達にとってはそれどころではないのだ。

「それじゃあ、フィアーネは一体よろしくね」

「まかせて♪」

レミアの言葉にフィアーネは即座に返答すると、中級悪魔の一体に襲いかかった。間合いを詰める際に下級悪魔の顔面を掴むとそのまま中級悪魔に投げつける。下級悪魔は自分の身に何が起こったか理解できていないようだった。声も上げずに中級悪魔に向かって飛んでいく。

中級悪魔は飛来してきた下級悪魔を裏拳で殴り飛ばすと、加害者のフィアーネを睨みつける。だがすでにフィアーネは中級悪魔の間合いに入っていた。フィアーネが中級悪魔に下級悪魔を投げつけたのは意識を逸らさせるためであり、それにまんまと乗ってしまった中級悪魔はあっさりとフィアーネを間合いに入れてしまったのだ。

「よっ!!」

フィアーネの左拳が中級悪魔の腹部に吸い込まれると、あまりの衝撃に中級悪魔の体がくの字に曲がる。フィアーネが頭の下がった中級悪魔の頭部を掴み一切の容赦なく捻ると〝ギョギィィィ!!〟という異様な音がして中級悪魔は地面に崩れ落ちた。

フィアーネがレミアの戦いに目を移すと、レミアの双剣が中級悪魔の左腕と腹部を斬り裂き、返す刀で首を刎ね飛ばす瞬間が見えた。

「さすがねぇ、惚れ惚れするわ」

フィアーネがレミアの剣技に目を奪われながら魔力でナイフを形成すると残りの下級悪魔達に投げつけた。下級悪魔達は自分達の上位者が為す術なく殺されるのを見て動揺していたため、躱す事も出来ずに顔面を貫かれて絶命した。

この段階でネシュアを守る者はゼリアスのみとなったのであった。


劣勢に追い込まれたネシュア達であったがゼリアスはまったく動じていないようにアレンには思われた。ここまで敗色が濃厚となった段階でも戦闘意欲を失わないことにアレンは正直感心する。その態度にアレンはゼリアスが何らかの切り札を持っている可能性がある事に思い至る。

(さてどんな手を隠し持っている?)

アレンが警戒を強めた時、ゼリアスがアレンから間合いをとった。

「子爵を殺させるわけにはいかんな」

間合いをとったゼリアスはそう呟くと大剣を地面に突き刺した。突き刺した瞬間に地面に魔法陣が浮かび上がると十体の人影が現れる。

十体の人影は黒装束に身を包み、腰に通常の剣よりも一五センチ程短い剣を差している。武器、装いから裏稼業、しかも暗殺などに携わっているような者達である事が伺える。

アレン達は知らないがこの人影はゼリアスの配下の魔族である血染めの刃《ブラッディダガー》と呼ばれる暗殺専門を行う者達である。

「行け!!」

ゼリアスが一声発すると同時に一〇体の血染めの刃《ブラッディダガー》がネシュアの元に駆け出す。相当な速度で走っているにもかかわらず足音が一切しないのは、一〇体の血染めの刃《ブラッディダガー》の技量を示すものであるだろう。

ネシュアの元に駆けつける一〇体の血染めの刃《ブラッディダガー》の前に立ちはだかったのは、フィアーネとレミアである。もしこの血染めの刃達《ブラッディダガー》が先程のフィアーネとレミアの戦いを見ていたら斬りかかるのを躊躇しただろう。だが不幸にも血染めの刃《ブラッディダガー》はフィアーネとレミアの戦いを見ていなかったのだ。

そのためフィアーネとレミアを見た血染めの刃達《ブラッディダガー》がニヤリと嗤ったのは仕方の無い事なのかも知れない。フィアーネとレミアの容姿が非常に優れていた事が侮りに拍車をかけたのだ。

血染めの刃《ブラッディダガー》は殺しが大好きだった。特にひ弱な人間が命乞いをし、這いつくばっているところを殺すのがたまらなく好きだった。自分たちの鍛えた技を振るい、他者の命を刈ることは自分が強者である事を実感させたのだ。

もちろん、血染めの刃達《ブラッディダガー》は、フィアーネとレミアの足元に転がっている悪魔達の死体から二人の実力の高さを察したが、自分たちには通じないはずという根拠の無い自信が彼らの心にあったのだ。それは人間を弱者と蔑む偏見が原因であったが血染めの刃達《ブラッディダガー》はその偏見の報いをすぐに受ける事になるのであった。

先頭を走る血染めの刃《ブラッディダガー》が腰に差した剣を抜こうとした時、フィアーネはすでに血染めの刃《ブラッディダガー》の間合いに入っており、手刀で容赦なく血染めの刃《ブラッディダガー》の腕を打ち付けた。

ベギィィィ!!

血染めの刃《ブラッディダガー》の腕から異様な音が発生する。腕を砕かれた事に気付いた血染めの刃《ブラッディダガー》が苦痛の叫び声を上げようとしたところに、フィアーネの左掌底が血染めの刃《ブラッディダガー》の左側頭部に叩き込まれた。

その一撃は見た目こそただの掌打にすぎなかったが血染めの刃《ブラッディダガー》は左に大きく吹っ飛ばされ、仲間にぶつかると絡み合って地面に転がった。

「何してやがる。どけ!!」

巻き添えを食った血染めの刃《ブラッディダガー》が仲間の体をどけようとするが異変に気付く。フィアーネの掌底を受けた血染めの刃《ブラッディダガー》はすでに絶命していたのだ。目、鼻、口、耳から血が流れており、頭部に相当な衝撃が加えられた事が窺える。

フィアーネは血染めの刃《ブラッディダガー》の頭部を打った時に衝撃を内部に送り込むような打ち方をしていた。内部に放たれた衝撃は血染めの刃《ブラッディダガー》の脳を破壊し即死させていたのだ。フィアーネにとって内部に衝撃を伝える技など当たり前に出来る事だった。

「が……」

巻き添えを食って倒れた血染めの刃《ブラッディダガー》は仲間がすでに絶命していることに動揺し立ち上がるのが一瞬後れてしまった。その隙をレミアが見逃すはずはなく、レミアは血染めの刃《ブラッディダガー》の首に剣を突き立てた。

喉を貫かれた血染めの刃《ブラッディダガー》は恨みがましい光を両目に光らせレミアを睨むが、レミアはまったく意に介することと無く首を貫いた剣を振るって血染めの刃《ブラッディダガー》の首を落とした。

「何を呑気に寝てるんだか……」

レミアの蔑みの言葉を、首を刎ねられた血染めの刃《ブラッディダガー》には抗議することは出来ない。

この段階になって血染めの刃《ブラッディダガー》達はフィアーネとレミアの桁違いの実力を理解した。五体の血染めの刃《ブラッディダガー》がフィアーネとレミアを取り囲むと、残りの三体がネシュアの救援に向かった。二人を取り囲んだ血染めの刃《ブラッディダガー》達は迂闊に攻め込むような事はしない。迂闊な行動をとった結果を目の当たりにすれば慎重にならざるを得ない。

「フィリシアなら大丈夫、まずはこいつらを始末するわよ」

「ええ、そんなに時間はかからないだろうから早く片付けましょう」

フィアーネとレミアが殺気を血染めの刃《ブラッディダガー》に放つとすかさず動く。二人の凄まじい殺気を受けて血染めの刃《ブラッディダガー》は身構えるが、フィアーネとレミアという理不尽な戦闘力を有する二人の前には全く無意味であった。

フィアーネはスルリと血染めの刃《ブラッディダガー》の間合いに踏み込み、右と左の掌で二体の血染めの刃《ブラッディダガー》の顔面を掴むと同時に寸打《すんう》ちと呼ばれる打撃を放つ。寸打ちをまともに受けた血染めの刃《ブラッディダガー》は崩れ落ちる。崩れ落ちた血染めの刃《ブラッディダガー》の顔面は窪んでおり眼、鼻、口、耳から大量に血が流れており既に絶命していた。

「せぃ」

フィアーネはそう一声上げるともう一体の血染めの刃《ブラッディダガー》の腹部を容赦なく蹴り上げる。蹴り上げられた血染めの刃《ブラッディダガー》は宙に舞い上がり地面に落下したときにはすでに命を散らしている。口から大量の血を吐き出しているところを見ると、フィアーネの蹴りにより内臓が潰されたのだろう。

フィアーネが血染めの刃《ブラッディダガー》を斃している時にレミアもまた双剣によって残り二体を斬り伏せていた。

レミアの双剣の動きに血染めの刃《ブラッディダガー》はまったく対処する事は出来なかった。レミアはすれ違い様に血染めの刃《ブラッディダガー》の脇腹を斬り裂き、そちらに意識が向いた瞬間に首を斬り裂いた。鮮血が舞うよりも早くレミアはもう一体の懐に潜り込むと、双剣の一本を腹に、もう一方で喉を刺し貫いた。レミアは血染めの刃《ブラッディダガー》を貫いた双剣を引き抜くと血染めの刃《ブラッディダガー》はそのまま崩れ落ちた。

五体の血染めの刃《ブラッディダガー》はフィアーネとレミアにまったく抵抗することなくその命を終えたのであった。


三体の血染めの刃《ブラッディダガー》がフィリシアに襲いかかる。だがフィリシアは血染めの刃《ブラッディダガー》の剣をまったく動じることなく自らの剣で受け流すと、一旦間合いをとった。

「子爵閣下、我らにお任せを!!」

血染めの刃《ブラッディダガー》達はネシュアの返答を聞かずにフィリシアに襲いかかった。フィリシアは間合いを詰めてきた血染めの刃《ブラッディダガー》を迎え撃つ。

フィリシアは三体の血染めの刃《ブラッディダガー》達に斬撃を放つ。血染めの刃《ブラッディダガー》達は防御に徹する者、攪乱する者、攻撃をする者とそれぞれ役割分担を決めるとフィリシアと剣戟を展開する。

血染めの刃《ブラッディダガー》達の技量はまず一流と称して問題無い腕前であったし、連携もスムーズであり付け入る隙は一切ないように思われる。だがフィリシアの剣技ももちろん並では無い。過酷な状況において生き残るために磨いた剣術は血染めの刃達《ブラッディダガー》を圧倒する。

フィリシアは血染めの刃《ブラッディダガー》の首に斬撃を放つ。防御に徹した血染めの刃《ブラッディダガー》は見え見えの斬撃を食らうような事はせず、自らの剣で受け止めようとフィリシアの剣の軌道上に剣を入れる。だが、フィリシアは首筋への斬撃からそのままの速度で軌道を変えると血染めの刃《ブラッディダガー》の足を斬り飛ばした。

「ぎゃぁぁっぁ!!」

足を斬り落とされた血染めの刃《ブラッディダガー》の叫び声が辺りに響く。二体の血染めの刃《ブラッディダガー》が足を切り落とされた仲間の叫びに一瞬であるが気を逸らした。それは時間にして一秒にも満たない隙であったが、フィリシアにはその一瞬の隙で十分であった。

フィリシアが投擲用のナイフを気を逸らした血染めの刃《ブラッディダガー》に投げつけると、肩と目に突き刺さった。

「ぎぃぃぃぃぃ!!　くそが!!」

新たな叫び声がまたも墓地に響き渡った。さらに怒りの視線をフィリシアに向けようとした血染めの刃《ブラッディダガー》にフィリシアが剣を一閃させると首が落ちる。

「あ!!　俺の俺の足ぐぅ!!」

足を斬り落とされ苦痛に呻く血染めの刃《ブラッディダガー》の声はフィリシアの剣により中断された。地面に倒れ込み苦痛に呻く血染めの刃《ブラッディダガー》の首をフィリシアの剣が容赦なく斬り落としたのだ。

「き、貴様ぁぁぁ!!」

仲間を一気に失った血染めの刃《ブラッディダガー》は激高する。身をすくめてしまいそうな激高であったが、フィリシアはその激高が恐怖を誤魔化すためのものであることに気付いている。

フィリシアが剣を構えることなく最後の血染めの刃《ブラッディダガー》へ向かって歩き出そうとしたときにフィリシアに斬りかかる者がいた。

「しゃあああああ!!」

斬りかかってきたのはネシュアであった。ネシュアは雄叫びを上げながらフィリシアに斬りかかってきたのだ。このネシュアの行動にフィリシアは少々驚く。ネシュアがこの段階で血染めの刃《ブラッディダガー》をかばうために動くとは思っていなかったのだ。

キィィィィン!!

フィリシアはネシュアの剣を受け止めると冷たく言い放った。

「てっきりあなたの残念な頭ではこいつが斬り殺されるまで動かないと思っていたのですがどうしたんです？　まぁ賢くなったと言ってももう状況的に遅いですけどね」

「バカが!!　死ぬのは貴様らだ!!」

「どこからその自信が来るんです？」

ネシュアの態度がフィリシアには疑問であった。状況は刻一刻とネシュア達を追い詰めている。いやもはや詰んでいると言っても過言ではない。血染めの刃《ブラッディダガー》達の実力ではこの状況をひっくり返すことは不可能であり、ネシュア自身も完全にフィリシアに戦いの主導権を握られているのだ。

「はぁ!!」

気合いの入った声とは裏腹にネシュアはフィリシアから離れる。血染めの刃《ブラッディダガー》が両者の間に割り込むとフィリシアに斬撃を放つ。フィリシアは血染めの刃《ブラッディダガー》の攻撃が届く前に剣を振り上げるとそのまま剣を一閃する。フィリシアの斬撃が血染めの刃《ブラッディダガー》の右肩口から入りそのまま左脇腹まで抜ける。

肩口から斬り裂かれた血染めの刃《ブラッディダガー》の上半身は滑り落ちると両断された無残な死体が国営墓地に転がった。

(あとはネシュアだけね)

フィリシアがネシュアに視線を動かすと、ネシュアは〝駒〟の男の顔面を掴み剣を喉元に突きつけて大声で叫ぶ。

「こいつの命が惜しければ全員、武器を捨てろ!!」

ネシュアはフィリシアが血染めの刃《ブラッディダガー》を斬り捨てる間を使って男を人質に取ったのだ。要するに、人質をとってこの場を脱しようというのがネシュアの考えた『手』だったのだ。ネシュアの行動を見てアレン達はあまりの卑しさに苦笑をもらした。そしてアレン達四人は『バカ』が釣れたと思ったのだった。


『バカが釣れた』

これが人質をとったネシュアに対するアレン達の正直な感想だった。アレン達にとってこの男達はアレン達を殺そうと頼まれもせずに押しかけてきて返り討ちにあったマヌケという認識であり、人類に分類する事が人類への侮辱であると考えているほど評価の低い者達である。

加えて襲撃の日にアレン達に向けた嘲り、尊厳を踏みにじろうとする卑しさにアレン達の嫌悪感は天井知らずで上がっていたのだ。あのやり取りを思い出せばこの男達が今まで何をしてきたか察するのは容易な事である。

そんなクズの代名詞の男達に対して、アレン達は一切の情を持っていない。アレン達にとって男達は心の底から不幸になって欲しいと思える存在だったのだ。

そんな男達が先程魔法陣に囚われようとしたのを助けたのは、〝利用〟するためである。すなわち、ネシュア達に〝こいつらは人質として有効ですよ〟と思い込ませるためにわざわざ助けたのである。

アレン達にとってネシュアは大した脅威では無い。そのことは前回の戦いで十分に分かっていたことだ。だが、戦いに絶対が無い以上準備に時間をかけるのはアレン達にとって至極当然の事であった。

「どうした？　こいつがどうなってもいいのか？」

男達が人質として有用であると考えているネシュアは、一人悦に入りニヤニヤと不愉快な嗤顔をうかべてアレン達を挑発している。

（構わないに決まってるだろ）

アレンは笑い出しそうになるのを必死に堪える。ネシュアが一人悦に入っている様子はひたすら滑稽であった。アレンも真実を教えてやりたいのはやまやまだが、せっかくネシュアが道化を力一杯演じてくれているのだから乗ってやるのが礼儀というものだろう。

先程までネシュアと剣を交えていたフィリシアも、血染めの刃《ブラッディダガー》を甕し、フィリシアとネシュアの戦いを見守っていたフィアーネとレミアも笑いをこらえているようだ。

おそらくアレンがどんな風にネシュアをこき下ろすつもりなのかを楽しみにしているのだろう。

「貴様!! 人質をとるなど恥ずかしくないのか!!」

アレンは笑いを堪えながらネシュアへの弾劾を行う。アレンの演技は名優と大根役者で言えばやや名優よりと称して良かっただろう。そこに自称未来の嫁達が、援護射撃を行った。『夫婦は助け合うべし』という信念のもと三人は行動したのだった。

「そうよ!! 爵位を持っている貴族のくせに恥ずかしくないの!!」

「なんて汚い奴!! ゲス中のゲスね!!」

「なんて卑怯な」

アレン達の弾劾を受けネシュアは嗤う。自分が優位に立っており、この場を支配しているという思い込みがネシュアの顔に醜悪な笑顔を浮かべさせたのだ。

(もういいかな……こいつらをこれ以上相手するのは莫迦らしいな)

アレンはそう考えると術式を展開する。その術式はすでに〝駒〟に仕掛けてあった。術を起動させた事に最初に気付いたのは〝駒〟達であった。

(な……なんだ!!)

(え? 足が勝手に……)

(ひ!! まさか!!)

(口が動かない!!)

駒達は自分の身に起こっていることが理解できずに一気に動揺する。体の自由が奪われ自分の意思とは無関係にネシュアに向かって剣や盾を構えて近付いて行っているのだ。

「貴様ら!!　こいつがどうなっても良いのか!!」

駒達の動きに気付いたネシュアが叫ぶ。駒達は一様に顔を青くしてネシュアの言葉を無視して近付いていく。まったく歩みを止めるつもりのない駒達の行動に業を煮やしたネシュアは、人質に取っていた男の喉を斬り裂いた。鮮血が舞い喉を斬り裂かれた男が膝から崩れ落ちる。それを見て駒達は一斉にネシュアに向かって斬りかかった。

駒達が斬りかかってきた事でネシュアの意識はそちらに移った。その時、喉を斬り裂かれた男が跳び起きてネシュアに掴みかかった。

「なんだと!?」

ネシュアがこの行動に驚く。死んだと思っていた人質が起き上がり掴みかかってくるというのはネシュアの想像外の事だったのだ。一瞬の驚愕であったがネシュアを掴む男の力がたいしたもので無かったことがネシュアに冷静さを取り戻させた。

冷静さを取り戻したネシュアは、しがみついていた男の腕を斬り落とすとそのまま引きはがした。引きはがされた男の体を瘴気が覆うと、瞬く間に男はデスナイトに変貌する。

デスナイトに変貌した男の大剣が振るわれるが、ネシュアはあっさりと大剣の一撃を躱してデスナイトの心臓の位置に突きを放ち核を貫いた。核を貫かれたデスナイトは瘴気が霧散し依り代となった男が姿を現す。

（誰がこいつらをデスナイトに変貌させた？　この男達ではない）

ネシュアは自分に斬りかかってくる男達の恐怖に満ちた表情を見てデスナイトに変貌させたのは駒達で無い事を確信する。そうなれば誰が変貌させたかは自ずと導き出される。

もちろん変貌させたのはアレン達である事は間違いない。チラリとアレンに視線を移すとアレンがニヤリと嗤っているのが目に入った。その瞬間、ネシュアは全てを理解した。アレン達に遊ばれていた事、得意気に優位に立ったと思い込み悦に入った事の滑稽さの全てが一気にネシュアに襲いかかってきたのだ。

「くそがぁぁっぁぁ!!」

ネシュアは咆哮する。自分がアレン達の手のひらの上で踊っていた事を消しとばすような咆哮であった。ネシュアの咆哮を聞いたフィリシアが苦笑を漏らしているのが視界に入るとさらに怒りが燃え上がった。アレン、フィアーネ、レミアの表情は確認していないが、ネシュアは理屈抜きに三人もフィリシアと同じ表情を浮かべていることが容易に想像できてしまったのだ。

一方で、駒達も自分達が思い違いをしていたことをこの段階で理解したのだ。アレン達は自分達を部下などとまったく思っていなかったのだ。

ネシュアの剣が男の顔面に突き刺さり後頭部から突き抜ける。顔面を貫かれた男がピクッピクと数度痙攣するのを見てネシュアは剣を引き抜いた。男は倒れ込むような様子を見せる事は無い。すぐに男の体を瘴気が覆うと絶命した男はデスナイトに変貌しネシュアに襲いかかった。

駒達はその様子を見て、声にならない叫びを上げた。

(いやだぁぁぁぁ!!)

（死んだらアンデッドになるのか!!）

（死んでまで……使われるのか!!）

（あ……悪魔!!　あいつは悪魔だ!!）

自分達は死ぬまで、いや死んでからも使い潰されると思うと男達には到底耐えることは出来ない。

アレンは死んだ者に瘴気を覆わせアンデッドにして使役することが出来る。そしてこれがアレンが一人で国軍を相手取ることが出来る理由であった。アレンの実力は確かに超人といっても過言では無いが、いくらなんでも一人で国軍を相手にすることは不可能だ。

だがそれを可能にするのが死霊術によるアンデッド作成である。斃した相手をアレンの死霊術でアンデッドにして、自分の側に取り込んでしまえば良いのだ。そうすれば自軍の戦力は時間を追う事に強化され、反対に相手側は弱体化していく。

もちろん、アレンが死者を冒涜するような術を誰かれかまわず使用することはない。アレンがアンデッドとして使役するのは、自分を殺そうとする者だけであり、しかも卑劣な相手に限られる。駒達はアレンにとってその条件を満たす都合の良い駒だったのだ。

「舐めるなぁぁぁぁぁぁぁ!!」

ネシュアは絶叫し男達に殺戮の刃を振り下ろす。駒の頭を両断し、絶命した男を瘴気が覆うとデスナイトに変貌する。

次の男が迫り来るのを見てネシュアは乱暴に剣を横薙ぎに振るう。胴から両断された男が内蔵を撒き散らしながら地面に転がる。再び倒れ込んだ死体を瘴気が覆うとまたしてもデスナイトに変貌した。

デスナイトの数は現段階で五体発生している。駒よりもデスナイトを斃す方が手間がかかる以上当然の事であった。

ネシュアが襲いかかろうとしたデスナイトを斬り伏せるために剣を振り上げた瞬間、ネシュアの腕が何者かに斬り飛ばされた。自分の腕が無い事に気付いたネシュアを激痛が襲った。

「はぁぁっぁぁぁ!!」

ネシュアは絶叫を放ちながら自分の腕を斬り落とした者の存在を確かめようと周囲を見渡す。するとフィリシアの姿が目に入った。フィリシアの足元にはネシュアの腕が落ちている。

ネシュアが男達とデスナイトへの対処に追われ注意が逸れたときに、フィリシアがネシュアの腕を斬り飛ばしたのだ。

「貴様ぁぁぁぁぁぁ!!　一度ならず二度も!!」

ネシュアがフィリシアに呪詛の言葉を叫ぶ。フィリシアは意に介することも無くネシュアに向け口を動かした。フィリシアは口を動かしただけで声を発していない。だがネシュアはフィリシアの口から目を外すことは出来なかった。

(なんだ？　あの女は何と言った？)

ネシュアの意識はフィリシアの口元に誘導されていた。腕を斬り落とされた痛みにより思考もまとまっていない。

ドス!!　ドス!!　ドス!!

次の瞬間、ネシュアの体にデスナイトの剣が五本突き刺さった。腹、胸、肩、背中などに容赦なく

突き刺さったデスナイトの剣はネシュアの生命力を容赦なく奪っていく。

「がぁ……」

ネシュアが弱々しい言葉を吐くとデスナイト達は剣を引き抜く。そして、ネシュアは糸の切れた人形のように地面に倒れ込んだ。

その光景を見てフィリシアは小さく笑うとネシュアに声をかける。

「『よそ見してると危ないですよ』と言ったのに、忠告は耳に届かなかったみたいですね」

それは残酷な言葉であった。


数本のデスナイトの大剣に貫かれたネシュアは、そのまま地に伏しておりすでに絶命していた。その表情は苦悶に満ちている。人間を見下していたネシュアにとって、その人間に敗れるというのは耐えがたい屈辱だったろう。ましてや人質をとり、それすらもアレン達の計画の一端となれば屈辱の度合いも桁違いだった。

ネシュアの周囲に立っていたデスナイト達も、瘴気が霧散すると依り代となった駒達も役目を終えたとばかりに倒れ込んだ。まだデスナイトに変貌していなかった（絶命していなかった）駒達は自分達を縛る力の消失を感じるとその場にへたり込んだ。二十人いた駒のうち生き残った男達は三人である。

「フィリシア、お疲れ様」

フィアーネがフィリシアに親しげに声をかける。フィリシアは微笑みフィアーネに返答する。

「うん、想像以上の道化っぷりに呆れたわ。そっちもお疲れ様」

「まぁ、大した事無かったわ」

フィリシアの言葉にフィアーネはあっさりと答える。足元には血染めの刃《ブラッディダガー》の死体が転がっている。

「それじゃあ、雑魚は片付けたという事でゼリアスを斃すとしましょう」

レミアの言葉にフィアーネとフィリシアは頷くと、アレンとゼリアスの戦闘に視線を移す。そこでは激しい剣戟が展開されていた。


アレンとゼリアスの斬撃の応酬で、打ち合わされた両者の剣が火花と激しい音を発生させていた。

ネシュアを斃した三人がこちらに向かってくるのを察したアレンは後ろに跳び、ゼリアスから間合いをとった。

「どうやらお前の雇い主は死んだようだがまだやるか?」

アレンにとってゼリアスはネシュアに雇われただけの存在であり、その雇い主が死んだ以上戦いを続ける意味が無くなったと考えたのだ。首謀者が死んだ以上末端の者を斬ることにさほど意味は無いのだ。

「ふん、確かに子爵は死んだが、お前と俺との勝負はまだ終わっていない。勿論このまま続けるさ」

ゼリアスの声からは余裕が感じられる。自分が敗れるはずはないという絶対の自信が含まれている事をアレンは感じた。

「そうか……まぁしょうがないな」

「別に一対一で無くて良いのだぞ？　あちらの三人も同時に相手してやっても構わんぞ」

「そうか、そりゃ助かる。フィアーネ、レミア、フィリシア、一緒に戦うとするぞ」

　このような言い方をされれば普通は馬鹿にされたと考えて一対一と言い出しそうなものなのだが、アレンはゼリアスのこの提案を即座に受ける。三人も何の迷いも無くその申し出を受けた。

　アレン達にとってこの戦いはアレン達一行（駒含む）対ネシュア一行という位置づけであり、元々一対一に拘るつもりはまったくなかった。アレンとすればゼリアスの提案は渡りに船と言うべきものだ。というよりもゼリアスの提案がなくてもアレンは四対一でやるつもりだったのだ。

「さて、アレン一応聞くけど作戦は？」

「ない。このまま力業でいく」

「シンプルだけどそれが一番手っ取り早いわね」

「アレンさん。今夜、最後の相手ですからがんばりましょう」

「さて、茶番はここまでにして魔剣士殿、続きをしようか」

　アレンは瘴気を集め出す。アレンの周囲に集まった瘴気は拳大の球体を五つ形成する。形成された瘴気の塊は形を変え女性の姿に変わった。

　その女性達は背中に妖精のような羽を生やしているが、体は瘴気で形成されているために禍々しさが際立っている。女性達の容姿はそれぞれ美しいのに劣情をもたらさないのは放たれる禍々しさ故であろう。

「アレンこれは？」

レミアがアレンに尋ねる。フィアーネはかつてこの術を見た事があるのだが、レミアとフィリシアは初見であったのだ。

「彫刻？」

「ああ、俺の創作した瘴気を材料にした彫刻のようなものだ」

「ああ『闇姫《やみひめ》』と名前をつけている」

「闇姫《やみひめ》……」

「彫刻といっても当然だが、動かないわけじゃ無いぞ」

アレンの声に応えるように五体の闇姫達は動き出す。闇の美姫達を従えるアレンは魔王のようであった。

「へぇ、こんな術を持っていたのね」

「まぁな、瘴気を操る瘴操術で何かやれないかなと思って作ってみたんだ」

「そうなんだ。あ、それじゃあ今度私にもその瘴操術を教えてよ」

「あ、それなら私も」

「私もお願いします」

レミアの言葉にフィアーネもフィリシアも乗っかってくる。アレンはその様子に顔を綻ばせる。

「ああ、もちろんだ。そのためにもゼリアスに勝たないとな」

アレンの言葉に三人は頷く。そして全員がゼリアスに意識を向けた。闇姫達が一斉にゼリアスに向かって行く。闇姫達は散会し両手に瘴気の塊を集めると、一斉にゼリアスに放った。放たれた瘴気弾は、着弾箇所、タイミングが微妙にずらされており、すべて躱すには大きく動く必要があった。ゼリアスの実力ならば躱すことは十分可能であったが大きな隙が出来る事を避けるために、大剣で打ち払うことを選択する。大剣で打ち払うだけでも隙は生じるのだが、大きく避ける事で生じる隙に比べれば小さいためにゼリアスは迷わず選択したのだ。

シュパ!!　ザシュ!!

ゼリアスは大剣を最小限度に振るう事で瘴気弾をすべて打ち払った。その際に生じたわずかな隙をアレン達は衝く。間合いを詰めたアレンはゼリアスに剣を振り下ろした。アレンの剣をゼリアスは大剣を使って受け止める事に成功するが、すぐさまフィアーネの右拳がゼリアスに放たれる。ゼリアスはアレンの剣に対応していたためフィアーネに対処するのが遅れた。

ドゴォォォォ!!

フィアーネの右拳がゼリアスの腹部に決まった。凄まじい音が周囲に放たれるが、ゼリアスの身に纏っていた鎧の堅固はフィアーネの想像よりも上であった。だが、それでもフィアーネの攻撃を完全に防ぐ事は出来なかったのだ。

「ぐ……」

ゼリアスの口から苦痛の声が漏れる。そしてその声には苦痛のみならず驚きの感情が含まれていた。

ゼリアスの身に纏っている全身鎧《フルプレート》は魔剣士に与えられる特別なものであり、〝魔鉄〟〝黒鉛〟〝ミスリル〟の合金で出来ている。この鎧を身に纏う限りゼリアスの安全は保証されたも同然だったのだが、ゼリアス自慢の鎧はフィアーネの一撃により大きなヒビが入っていたのだ。

ゼリアスがアレン達に恐怖を感じたのはこの時である。ようするにゼリアスは所詮、人間の繰り出す攻撃が自分の鎧を貫くことなど出来ないとアレン達を舐めていたのだが、それが単なる思い込みであった事に気付いたのだ。

ゼリアスの腹部に強烈な一撃を叩き込んだフィアーネはすぐに横に跳んだ。強烈な一撃を叩き込まれたこともあり、ゼリアスとすればフィアーネを意識せざるを得ない。そのため自然とフィアーネの方に視線を移すことになった。

だが、フィアーネと同程度の脅威がゼリアスを間髪入れずに襲った。その脅威はレミアとフィリシアである。

フィリシアはゼリアスに向かって凄まじい突きを連続で放った。フィリシアの突きはゼリアスの鎧の継ぎ目を正確に狙った。首筋に放たれた二連突きをゼリアスはかろうじて躱した。これほどの鋭さの突きはゼリアスの長い戦歴でも数えるほどしか経験がない。フィリシアは突きが躱された後、即座に剣を横に払い首を薙ぎに行く。ゼリアスは屈むことで何とかフィリシアの首薙ぎを躱す事に成功する。

そしてもう一人の脅威であるレミアが、屈んだゼリアスに斬撃を放つ。レミアは双剣の一本を逆手に持ち、魔力を込めてすれ違い様にゼリアスの首に斬撃を放った。

ガギィィィ!!

ゼリアスはその斬撃を躱す事は出来ないと左腕をレミアの剣の軌道に入れる。レミアの双剣は左籠手を斬り裂き、守られているはずの左腕を斬り裂いた。左腕を斬り裂かれたが幸いにも籠手のおかげで浅手で済んだ。だがゼリアスに与えた衝撃は大きい。

「はっ!!」

そこにアレンが左掌から魔力の塊を放つと、その衝撃にゼリアスは吹き飛ばされる。吹き飛ばされたゼリアスは地面を転がるとすぐに立ち上がり大剣を構える。そこに闇姫達の瘴気弾が雨霰《あめあられ》と降り注いだ。

ゼリアスは大剣を自分の前に掲げると闇姫達の瘴気弾を盾のように防いだ。

「いくぞ!!」

「任せて!!」

「うん!!」

「はい!!」

アレンの号令に合わせて四人はゼリアスに突っ込んでいく。アレン達が間合いを詰めると闇姫達は瘴気弾を放つのを止めアレン達の戦いの邪魔はしない。

(くそ!!　このままでは……)

ゼリアスは焦る。自分のおかれた状況が加速度的に悪くなっているのを察したのだ。アレン達と闇姫達の波状攻撃は一切容赦なく降り注いでおり、ゼリアスは反撃のきっかけをまったく掴む事が出来なかった。

(何とか体勢を立て直さないと……)

ゼリアスは足元に魔法陣を展開させた。だが、アレン達はゼリアスが魔法陣を展開させることに気付いた瞬間にゼリアスから間合いをとった。ここは無理をする必要がないと判断したからだ。

ゼリアスは土壁《アースウォール》を展開する。この魔術はその名の通り土で壁を作るという魔術だ。ゼリアスは土壁《アースウォール》を自分の周囲に展開し高さ五メートルほどの土の壁が形成された。その土の壁に対して闇姫達が一斉に瘴気弾を放つ。土の壁に着弾した瘴気弾であったがそれら全てを弾き飛ばした。ただの土の壁ではなく何らかの防御陣が組み込まれたものらしい。

「まかせて!!」

フィアーネが一声発すると、アレンの返事を待たずに土の壁に向かって駆け出す。理不尽を体現するフィアーネが魔力で強化した拳を壁に向かって放った。

ドゴォォォォ!!

ドゴ!! ドゴォ!!

壁の中でやっと一息をつくことの出来たゼリアスは壁を揺らす音に狼狽する。

立て続けに揺らされる壁に対してゼリアスの狼狽は強まる一方であった。フィアーネの破壊行為に対してゼリアスは狼狽しつつも、自分の術が破られるわけがないと自分に言い聞かせる。

(破れるわけがない。この土の壁を殴って破壊するなんてそんな原始的な……え？)

その時ゼリアスの視界に信じられないものが入る。フィアーネの拳が土の壁を貫き姿を現したのだ。

フィアーネの拳はさらにいくつかの穴を空けた。

(バ……バカな……素手で破られるわけが……)

フィアーネの拳は土の壁だけでなくゼリアスの常識をも破壊していく。だがどんなに常識が崩壊していてもゼリアスはベルゼイン帝国の誇る魔剣士である。壁を破ってくるであろう相手に向かって大剣を構える。

ゼリアスは戦うのはフィアーネと考えていたのだが、入ってきたのは闇姫達であった。フィアーネの空けた拳大の穴からスライムのように形を変えて侵入してきたのだ。侵入してきた闇姫達はすぐに美しい姿に変わる。

「う、うぉぉぉぉぉぉ!!」

ゼリアスは咆哮し闇姫達に斬りかかる。ゼリアスの大剣が闇姫の一体の顔面を貫くが闇姫は消滅しない。ゼリアスはそのまま大剣を振り下ろし闇姫の心臓の位置まで斬り裂くと闇姫が消滅する。

(核は心臓か!!)

ゼリアスは闇姫も瘴気の塊であり、アンデッド同様に核を破壊すれば消滅させる事が出来ると考えたのだ。顔面を貫いても消滅しなかった闇姫が心臓の位置を斬り裂いた時消滅した事から闇姫の核の位置を確定したのだ。

だが、次の闇姫の心臓を斬り裂く事は出来なかった。なぜなら一体の闇姫を消滅させる間に他の闇姫達がゼリアスにしがみついてきたのだ。

「く……離せ」

ゼリアスの口から不快気な声が発せられるが、しがみついてきた闇姫達の異変に気付くと不快な声が焦りに変わった。闇姫達の顔、体が膨張し始めたのだ。それを見てゼリアスはこれから何が起こるかを察したのだ。

（自爆だと!!）

ゼリアスが自爆という単語を思い浮かべた瞬間、自分にしがみついた闇姫達が一斉に爆発した。

ドォドゴォォォォォォォォ!!

凄まじい爆発が四方を覆っていた土の壁ごと吹き飛ばした。アレン達は闇姫が自爆する事を知っており防御陣を形成していたため、吹き飛ばされた土の壁の破片でケガをするような事はなかった。

「うん、上手くいったな」

アレンのしてやったりという言葉に三人は頷く。

「まだ生きているみたいですね。トドメといきましょう」

フィリシアがそう言うと粉塵の先に人影が見える。ゼリアスは大剣を杖代わりにしているがまだ倒れ込んではいなかった。全身鎧《フルプレート》の高い防御力のおかげでゼリアスは命を失っていなかったのだ。

「いくぞ」

アレンが駆け出すとそれに三人も続いた。アレン達が突っ込んでくるのを見て、ゼリアスも大剣を構えるとアレン達に向かって駆け出した。その足取りは明らかに重く、ゼリアスの負ったダメージが決して軽くない事を証明していた。

ズ……。

アレンの突きがゼリアスの腹部に突き刺さった。アレンの突きの鋭さは現在のゼリアスの状況では躱す事は出来ない。いや、万全な状態であってもゼリアスが躱すのは困難を極めるものである。その突きがゼリアスの鎧のヒビに吸い込まれた。フィアーネの入れたヒビは闇姫の自爆によりさらに広

がっておりアレンの剣は容易に鎧を貫いたのだ。

ゼリアスは大剣を振り上げアレンに斬りかかった。せめてアレンを道連れにという算段だったのだろう。アレンは慌てること無くゼリアスの振り上げた腕を掴むと同時に心臓の位置に魔力を込めた拳を叩き込む。

ドゴォォォォォ!!

ゼリアスの鎧の表面は全く傷付いていない。だがゼリアスの振り上げていた大剣が地面に落ち、次に膝から崩れ落ちたのだ。アレンもまたフィアーネ同様に体の内部に衝撃を伝える技を会得しており、アレンの一撃の衝撃は鎧を通り抜けゼリアスの心臓に衝撃を与えた。アレンがゼリアスの腹から剣を引き抜くとそのまま倒れ込む。

「よし、終わったな」

アレンの言葉に三人は頷く。そして全員が周囲を見渡しネシュア一行の伏兵を探すが新手が現れる様子は一切無い。アレン達の完全勝利で戦いは終わったのだ。

†

「さて、戦いも終わった事だし後片付けをして帰るとするか」

アレンがそう言うと三人は頷く。三人としても十分に余力があるために後片付けをする事に不満はなかった。アレンは生き残った駒達に好意の欠片も無い視線を向けると冷たい声を発する。

「お前らちょっと来い!!」

アレンの言葉に駒達はビクリと体を震わせると、立ち上がりアレンの元へ急いで走る。アレンの不興を買うことの恐ろしさはすでに思い知っているため、全力を持ってアレンの命令を遂行しようとしたのだ。

「お前らはここにある死体をすべて片付けろ。墓地の入り口にシャベルがあるから持ってきて埋めておけ」

「これ全部をですか……」

アレンの指示に思わず駒の一人が弱音を言う。その瞬間に他の駒達から責める視線が発言した男に突き刺さる。その視線の厳しさを感じた男の顔色は一気に青くなった。発言者にとってはアレンに反抗したつもりは一切無いのだが、自分の発言がアレンの不興を買った可能性に思い至ったのだ。

「お前ら如きがこの数を埋められるだけの穴を掘れるわけ無いだろうが」

「え?」

「この死体達には自分で墓穴を掘ってもらう。お前らはそれを埋めるそれだけだ。それぐらいならお前らでも出来るだろ」

アレンは駒達に冷たい声で指示を出す。

「さっさと行け!!」

アレンの声に弾かれたように駒達は走り出す。ゆっくり行こうものならアレンの不興を買うかも知れないと思うと、全力で走る以外の選択肢は駒達には無かったのだ。その様子を見送ったアレンは三人に言う。駒達に向けるような冷たい声ではなく温かいものである。アレンがあのような口調で命令するのは、敵かつ品性下劣なものに対してだけなのだ。

「それじゃあ魔族達の持ち物をチェックしよう。武器、防具、道具を特に念入りに頼む。魔族の技術レベル、設計思想などが分かるからな」

「分かったわ」

「分かりました」

アレンの指示が発せられると、全員が魔族達の持ち物のチェックに入る。それほど数が多いわけでは無いのでそれほど時間のかかるものではない。回収した魔族の装備は、フィアーネの空間魔術でジャスベイン家の倉庫に一旦保管することになった。事前に許可を得たという話であったために何の問題も無い。

「アレン、回収終わったわよ」

「じゃあ、最後の後片付けをしとくか」

フィアーネの言葉にアレンは返答すると、瘴気を集めてデスナイトを作成する。作成されたデスナイトの数は四体、死体の数から相当な穴を掘らなければならないだろうが、デスナイトならばそれほど時間はかからないだろう。デスナイトが穴を掘り始めてから、しばらくして駒達が戻ってきた。

デスナイトが穴を掘っているのを見た駒達全員が〝ギョッ〟とした表情を浮かべた。先程の悪夢が蘇ったのだろう。アレンはその事に気付いたがまったく配慮するつもりはないようだった。

「お前達はすべての作業が終わったら屋敷に戻ってこい。戻ったらその辺で寝てろ」

「ははぁ!!」

アレンは駒達に指示し、三人に視線を移すと優しげに言う。

「今夜は本当にお疲れ様。それじゃあ帰ろう」

アレンの〝帰ろう〟という言葉に三人の頬は綻ぶ。アレンの家族になったような感覚を覚えたためだ。

「う〜ん、何かいいわね」

「そうね。〝帰ろう〟か……何だかアレンの家族になったみたいね」

「うん、アレンさんの家族かぁ〜、やっぱりそういう事よね？」

「もちろんよ。今着実に私達の目的に向かって進んでいるのよ」

「もう、フィアーネもフィリシアも落ち着いてよ。未だに道半ばという事を忘れないでね」

三人の会話はアレンに聞こえていたのだが、何となくこの話には混ざらない方が良いと判断したアレンは聞こえないふりをすることにした。

（なんか……追い詰められているような感じがするけど……気のせいだよな）

アレンは心の中で呟きながら家路を急ぐのであった。

†

ネシュアとの戦いを終えたアレンはジュラス王達に事の顛末を報告し、手に入れた道具を提出するとすっかりいつもの生活に戻っていた。

ネシュア達との戦いから数日後、アインベルク邸にアルフィスが訪れた。きちんと先触れを出しての行動だったのでまったく問題はなかったのだが、アルフィスがアインベルク邸を訪れるのは久しぶりという事もあり、アインベルク邸の面々は流石に慌てる。

アインベルク邸に訪れたアルフィスはアレンの執務室に通され、そこでアレンと向かいあって座る。

アルフィスの後ろには近衛騎士が三人控えている。

（こいつに護衛なんか必要無いのにな）

アレンは近衛騎士達を見て正直思う。あまり知られていないがアルフィスはアレンと互角に戦う事の出来る数少ない男なのだ。剣ではアレンに一歩及ばないが、魔術においてはアレンを凌駕すると言って良い。

何度かアレンと一緒にローエンベルク国営墓地の見回りに参加しており、アンデッドを斬り伏せるのはお手の物である。

「それで今日はどうしたんだ？」

アレンはアルフィスに尋ねる。アルフィスも学園に在籍しているし、学生の身でありながらいくつかの公務を請け負っており、忙しい身の上なのだ。

「ああ、親友のお前に会いに来たんだ」

「嘘つけ。お前がそんな事でわざわざ来るわけ無いだろ。大方夜会での事で釘を刺しに来たんだろう？」

アレンの言葉にアルフィスは苦笑する。全てお見通しというアレンの態度にアルフィスは苦笑せざるを得なかったのだ。

「そっか、それじゃあ話が早いな。今日はお前に頼み事があってきたんだ」

「あのドラ息子を潰すなと言いたいのか？」

「いや、あいつらじゃなくシーグボルド家とハッシュギル家を潰すのをもう少し待ってくれと言いに来た」

「もう少し？」

「ああ、あの両家の持っている様々な分野に対して影響を考えると今は止めて欲しい」

アルフィスの言葉にアレンは静かに返答する。

「アルフィス、少し誤解があるようだ。俺は別にハッシュギル家の方には手を出すつもりはないぞ。ただしシーグボルド家の方は俺の父上を侮辱してきた。しかも俺が墓地の見回りに行っている間に暗殺者を送り込んできた」

「何だと？」

「ロムとキャサリンも何も言わないし、俺も文字通り蹴散らしたがな」

「救いようが無いな」

アレンからもたらされた情報にアルフィスは吐き捨てるように呟く。いくらなんでも暗殺者を送り込むというのはやり過ぎだ。

「まぁ、アルフィスの顔を立て、潰すのは待ってやることにするか。でもやられっぱなしというのは少々癪だからな。お前に伝言を頼みたいんだが」

「伝言？」

「ああ、俺が礼を言っていたとな」

「礼だと？」

アレンの言葉にアルフィスは訝しがる。アレンは暗殺者を送り込まれた言わば被害者だ。何事も無かったのはアインベルク家の関係者の実力がずば抜けていたからに過ぎない。他の者ならば犠牲が出たのは確実だ。

「あのボンクラが暗殺者をもう一回送り込んでくれたおかげで良い駒を手に入れた。結果として魔族との戦いに投入して、それなりの結果を得ることが出来た」

「魔族？」

「ああ、墓地にやってきた魔族との戦闘だ」

「よくもまあ都合良く……ああ、そういう事か」

アルフィスは少し考えたが答えに行きついたのだろう。納得の表情を浮かべる。

「お前、魔族と揉めていたな。それで暗殺者達を捕まえて駒にしたというわけだな」

「ああ、実は一度魔族がやって来てな。トドメを刺そうとしたんだが逃げられたんだ。その魔族は再びやって来ると思ったからな。戦力を集めようとした所にボンクラが暗殺者を送り込んだというわけだ」

「そうか」

「そこでボンクラに人員を斡旋してくれてありがとう。今後とも役に立つ奴を斡旋してくれと伝えて欲しい」

アレンの言葉にアルフィスは頷く。アルフィスの視線に確かな怒りが込められていることをアレンは察した。

「ああ、舐めた真似をするあのボンクラにはキチンと伝えておくよ」

「よろしく頼む」

アレンはアルフィスの言葉を聞いて頷く。これでレオンが考えを改めるならそれで良し、改めなければ潰すだけとアレンは考えたのだ。

「それでもう一つあるんだが」

「ん？　まだあるのか？」

「ああ、アディラの件だ」

「アディラ？」

アルフィスがアディラの名を出すとアレンは明らかに目が泳いだ。何を言われるか察したのだろう。

「お前、アディラと夜会で踊ったらしいな」

「ああ」

「しかも回数は三回、そしてもう一人ジャスベイン家の令嬢とも三回踊ったとも聞いた」

「……ああ」

アルフィスの言葉にアレンの返答は明らかに歯切れが悪い。

「どういうつもりだ？　アディラと三回踊った後にジャスベイン家の令嬢とも三回踊るなんて、その意味を知らないなんて言わないよな？」

「ああ、実は俺もどうしてそうなったかよくわからないんだ。フィアーネと踊るように勧めたのはアディラ自身だ。しかも陛下、王妃様、ジュスティスさんはものすごく良い笑顔で俺達の様子を見ていた」

アレンの言葉にアルフィスは考え込む。普通に考えてそのような事を許されるような事は決して無い。

（アレンの話では父上、母上は納得しているという事か……そしてジュスティスといえばジャスベイン家の次期当主の名だ。ということはジャスベイン家も承知……ということはそういうことだよな）

アルフィスはアレンが話した情報から今、アレンの外堀が急激に埋められていっているのを察した。

（そしてアディラがそのジャスベイン家の令嬢にアレンと踊る事を勧めた……うわぁ、そういう事か）

アルフィスはアレンに〝頑張れよ〟という表情を向ける。そのアルフィスの視線を感じたアレンは、アルフィスの辿り着いた答えを話すよう促す視線を送る。

「アレン、おめでとう。お前は俺の義弟《おとうと》になるのが確定した。しかもジャスベイン家令嬢との結婚も決まりだな」

「なんでそうなる？」

「何言ってるんだ。お前もとっくにその考えに行きついていたんだろ？　でも常識ではあり得ないという事でその考えを否定していただけだろ」

「う……」

アルフィスの言葉にアレンは反論を封じられる。アレン自身いくら打ち消しても、状況を考えればその答えに行きついてしまうのだ。

「もう諦めろ。親父様はお前を手放さないためにありとあらゆる方法をとってくるぞ」

「でも、アディラは王女だ。そんな身分の者が男爵家に嫁ぐことを陛下が認めるか？　しかもフィアーネとも結婚だなんて」

「いや、確実に決まりだ。このローエンシアは一夫多妻制が認められている以上、絶対に親父様はアディラとそのフィアーネ嬢をお前と結婚させるだろうな」

「なんで複数の妻を持たせるんだ？」

「それはお前が他に好きな子がいる場合の保険だな」

「保険？」

「ああ、最初から複数の妻を持たせる流れなら、お前が他に結婚したい子がいてもアディラも妻の座に座らせることが出来るだろ」

「……陛下は正気か？」

アレンの言葉にアルフィスは即座に頷く。

「もちろんだ。お前をそうまでしてローエンシア王国につなぎ止めるつもりなんだよ」

「しかし、いくらなんでも……」

「アレン、お前アディラの事をどう思ってる？」

「え？」

「だからアディラの事をどう思ってるんだ？　もちろん女性として恋愛感情を持っているかだ」

アルフィスの問いかけにアレンは答える。

「可愛い子だ。立場、身分を考えなければ当然恋愛対象だ」

「ほう。アレンには脈があると……アディラが聞いたら小躍りしそうだな」

「それじゃあフィアーネ嬢は？」

「フィアーネは色々とぶっとんでいるが気配りも出来るし頼りにしている。フィアーネも立場、身分を考えなければ恋愛対象だな」

「それじゃあ、レミア嬢とフィリシア嬢は？」

アルフィスの口からレミアとフィリシアの名が発せられた事にアレンは動揺する。

「どうして二人の名をお前が知っている？」

「この間、ここにアディラが来た時の事を護衛の騎士から聞いた。その時にアディラはその子達三人となにやら話し合っていたらしいじゃないか。そこから考えれば必然的にその二人も気になるな」

「……二人とも性格は良い。レミアはさっぱりとした子で一緒にいると楽しい。フィリシアは普段は静かだが戦いでは頼りになるし、一緒にいると色々と癒やされる。いや、癒やされるのは全員同じか。今挙げた四人は一緒にいて楽しいし癒やされるな」

アレンの言葉にアルフィスは頷く。

「そうか、そこまで聞けば確実だな。お前は最終的に四人の妻を持つ事になりそうだな」

アルフィスの言葉にアレンは頭を抱える。親友にここまで言われるとほぼ確定のような気がしてならない。いや、すでにアレンは最近の四人の行動からそうであろうと考えていたし、周囲の状況から外堀が急速に埋められ、門を破られようとしている事も察していた。

「お前がどんな顔をして四人に結婚を申し込むのか今から楽しみだな」

「妙に嬉しそうだな……」

「俺一人苦労するのは嫌だからな。お前にも苦労を分かち合って欲しいなと思ってさ」

アルフィスはそう言うと人の悪い笑顔を浮かべる。アレンとすれば妙にその苦労とやらが気にかかるのだが指摘するのは何となく憚られた。

(クリスになんと言って説明しよう……)

アルフィスは婚約者のクリスにどのようにこの事を説明しようかと考えている。アディラ大好きなクリスがこの事を知ればどのような怒りを示すか予想できない。

(最終的にはアディラが幸せになるから納得するだろうがその道のりは苦しいな)

アルフィスはクリスの説得にかかる労力を考えると頭が痛かった。

『エピローグ』

epilogue

「す、すごい。また当てたわ」

「うん」

アディラの護衛兼侍女のメリッサとエレナの目の前で、アディラが弓を構えている。その五十メートル程離れた所に的が備え付けられており、何本かの矢が的に突き刺さっていた。

アディラはアインベルク家でフィアーネ達と会ってから武術の鍛錬を始めている。メリッサ、エレナの武術の腕前は相当なものであり、アディラは二人に師事しながらアレン達のサポートのために弓術の鍛錬も同時に始めていた。

アディラは弓術の才能があったのだろう。基礎を学ぶと凄まじい集中力を持って鍛錬に励んだ結果メキメキと実力を上げてきたのだ。

「アディラ様、お疲れ様でした」

「……うん」

アディラは十本の矢を撃ち終えるとメリッサとエレナの元にやってくる。そこをメリッサがアディラを労うとなぜかアディラの声は冴えない。たった十本と思うかも知れないが、アディラは一本一本に凄まじい集中力を持って矢を射るため、その消耗度合いは凄まじいものがあるのだ。

「一つ放つのにここまで疲れちゃ実戦じゃまだまだ使えないわね」

アディラの言葉には自嘲するような響きがある。だがメリッサとエレナにしてみれば、アディラの意識が高すぎると言わざるを得ない。アディラが本格的に弓術の修行を始めて一カ月程しか経っていない。だがすでにアディラの弓術の腕前は並の弓兵を遥かに上回っているのだ。

「焦ってても仕方ないのは分かってるんだけど、みんなに少しでも早く追いつきたいわ」

アディラの言う〝みんな〟とはフィアーネ、レミア、フィリシアの三人である事をメリッサとエレナは察する。

「アレンお兄ちゃん達の中に弓術を修めた人はいない。なら私が弓術を修めることでアレンお兄ちゃん達を助けるのよ」

アディラはぐっと拳を握り宣言する。その目には強い決意がみなぎっている。その様子を見てメリッサもエレナも力を込めて頷いた。メリッサもエレナもアディラに対する忠誠心は高い。

「そうすればアインベルク卿が褒めてくれますね」

そこにエレナがアディラに茶化すように言う。見ようによってはアディラへの侮辱と捉えられかねないのだがアディラは気にしない。それどころかあっさりと認めるような表情を浮かべると言い放った。

「そう、それよ!!　そうすればアレンお兄ちゃんは絶対に褒めてくれるわ!!」

アディラはそう言うと、自分の胸の前で両手を合わせてうっとりとした表情を浮かべている。その表情を見てメリッサがエレナをギロリと睨む。アディラはアレンが絡むと途端に妄想が爆発するのだ。そしてこうなったら中々戻ってこない。ある意味フィアーネと良い勝負なのかも知れない。

「アレンお兄ちゃんは頑張った私を褒めてくれるの。そして〝アディラ、お前は俺のためにここまで努力してくれたのか。結婚しよう今すぐ!!〟といって私を抱きしめるのよ!!」

アディラの妄想は止まらない。メリッサのエレナを見る目の険しさは一段階上がり、エレナはこのままではまずいと察したようだ。

「そして、その後に私の背中に手を回して……きゃ～!!」

アディラは自分の妄想にニヤニヤしっぱなしである。口元に少しばかり涎があるのを見てメリッサが窘める。

「アディラ様、涎が……」

「あ、いけない、いけない。でも……ぐへへ」

涎を拭いたアディラの口から残念な笑い声がのぼる。メリッサとエレナは自らの主の残念な姿を見てがっくりと項垂れる。

アディラ＝フィン＝ローエン……。

後に〝月姫《げっき》〟と呼ばれる彼女がその一歩を踏み出したことを誰も気付いていなかった。

《了》

┼あとがき┼

この本を手にとっていただき本当にありがとうございます。皆様方のおかげで『墓守は意外とやることが多い』の第二巻を出版していただけることになりました。

第一巻のあとがきを書いたのは六月でしたので五ヶ月ぶりという事になりますね。一巻が発売された時に地元の本屋に行ったのですが置いていなかったために「俺ひょっとしてドッキリを仕掛けられた？」と不安になった事は今となっては良い想い出です。

さて第二巻はいかがだったでしょうか？　今巻でいよいよ本作のヒロイン達が主人公へのアプローチを開始していきます。このように書くと読者の皆様方から「いや、あれアプローチとは言わないだろ」というツッコミが聞こえて来そうです（笑）。ですが、作者の私は都合の悪いことは聞こえないという特殊能力を持っていますので華麗にスルーさせていただきます（笑）。

まぁ色々と残念なヒロイン達ではありますが何とか主人公との恋愛は成就させてあげたいと考えていますので読者の皆様方には温かい眼で見守っていただけると嬉しいです。

ではここからは謝辞を述べさせていただきたいと思います。

まずは一二三書房の遠藤様、今回も校正やアドバイス、本当にありがとうございました。おかげさまで第二巻も小説の体裁をとることが出来ました。この場を借りて御礼を申し上げさせていただきます。

次に今回も美麗なイラストを描いてくださったＧｅｎｙａｋｙ様も本当にありがとうございます。

今回のカバーイラストの案は四枚いただき本当に悩みました。ここで私の中で悪魔が囁きます。その囁きとは『この四枚を全部採用していただいて四パターンの表紙で販売してもらうように要求してみてはどうだ？』というものです（笑）。さすがにそれは『人間としてアウトだろ』と思いとどまりましたが本当にそれだけ素晴らしい構図だったのです。これを公表できないのが残念なので、なんとかＧｅｎｙａｋｙ様が発表してくれないかなと考えています。この本の宣伝にもなり……失礼、なんでもありません（笑）。

最後に購入していただいた読者の皆様方、本当にありがとうございます。第二巻を出す事が出来たのは皆様方の応援あっての事だと考えています。厚かましいお願いではありますが今後ともおつきあいいただければと考えています。

それでは、第三巻で再びお会いできることを願ってここで失礼させていただきたいと思います。

二〇一七年一一月　やとぎ

転生貴族の異世界冒険録
～自重を知らない神々の使徒～
「小説家になろう」発
第5回
ネット小説大賞期間中
受賞作
著者：夜州　イラスト：よつば
コミカライズ決定！
神様このステータスはやりすぎです！
カインの活躍がマンガに!?
MAGCOMI
MAG Garden COMIC ONLINEマグコミ
にて連載決定!!
©Yashu

平凡なる皇帝
ORDINARY EMPEROR
平凡な少女に訪れた
運命の転機
竜人の国ドラニアスへの
旅が始まる——
著者：三国司　イラスト：やまかわ
©Tsukasa Mikuni

異世界に転生したので
日本式城郭を
つくってみた。
異世界で日本の城を
築城!?!?
著◆リューク
絵◆村カルキ
©Ryu-ku

レベルリセッター
クリスと迷宮の秘密 1
著者：ブロッコリーライオン
イラスト：saraki
今日も元気に迷宮探索!!
レベルとスキルのエクスチェンジ!
©Broccoli lion

墓守は意外とやることが多い 2

発　行
2017年12月15日　初版第一刷発行

著　者
やとぎ

発行人
長谷川　洋

発行・発売
株式会社一二三書房
〒102-0072　東京都千代田区飯田橋2-14-2　雄邦ビル
03-3265-1881

デザイン
erika

印　刷
中央精版印刷株式会社

作品の感想、ファンレターをお待ちしております。
〒102-0072　東京都千代田区飯田橋2-14-2　雄邦ビル
株式会社一二三書房
やとぎ 先生／Genyaky 先生

Printed in japan, ISBN 978-4-89199-469-3

※本書は小説投稿サイト「小説家になろう」（http://syosetu.com/）に
掲載された作品を加筆修正し書籍化したものです。